Georges Simenon

Der Mann, der den Zügen nachsah

Roman

Aus dem Französischen von Linde Birk

Diogenes

50 Jahre Diogenes Verlag
Einmalige Jubiläumsausgabe 2002

Titel der Originalausgabe:
›L'homme qui regardait passer les trains‹

Eine erste deutsche Übersetzung
erschien 1970 unter dem Titel
›Der Mann, der die Züge vorbeifahren sah‹
Umschlagfoto von
Jacques Marthelot

www.diogenes.ch
Druck und Bindung:
Ebner & Spiegel GmbH Ulm
ISBN 3 257 05609 5

Inhalt

I

Julius de Coster junior betrinkt sich im ›Petit Saint Georges‹, und das Unvorstellbare bricht plötzlich in den Alltag ein

Abends um acht Uhr war Kees Popingas Schicksal noch nicht besiegelt, es wäre also nicht zu spät gewesen. Doch zu spät wofür? Hätte er denn anders handeln können, zumal er nicht das Gefühl hatte, etwas Bedeutsameres zu tun als an den abertausend Tagen zuvor?

Und wenn ihm einer hätte weismachen wollen, daß sich sein Leben schlagartig verändern und daß sich die gesamte europäische Presse auf das Foto stürzen würde, das ihn stehend, mit einer Hand lässig auf die Stuhllehne gestützt, hier auf seiner Anrichte im trauten Familienkreis zeigte – er hätte es mit einem Achselzucken abgetan.

Selbst wenn er in seinem Innern nach Anzeichen einer turbulenten Zukunft gesucht hätte, wäre es ihm bestimmt nicht in den Sinn gekommen, sie mit jener heimlichen, fast verschämten Erregung zu verbinden, die ihn jedesmal beim Vorbeifahren eines Zuges erfaßte, besonders wenn es ein Nachtzug war, dessen heruntergelassene Rouleaus die Reisenden dahinter geheimnisvoll den Blicken entzogen.

Und hätte ihm jemand ins Gesicht gesagt, sein Chef Julius de Coster junior lasse sich im ›Petit Saint Georges‹ gerade vollaufen, hätte er das schlicht überhört, denn Kees Popinga ließ sich ungern zum Narren halten, und schon gar nicht in seiner Meinung über Leute und Zustände beirren.

Nun saß Julius de Coster junior aber tatsächlich im ›Petit Saint Georges‹.

Und eine gewisse Pamela nahm in ihrer Suite im ›Carlton‹ ein Bad, ehe sie ins ›Tuchinski‹, das Nachtlokal von Amsterdam, ging.

Doch was hatte all dies mit Popinga zu tun? Oder auch, daß in Paris bei ›Mélie‹, in einem kleinen Restaurant in der Rue Blanche, eine gewisse rothaarige Jeanne Rozier mit einem Mann namens Louis am Tisch saß und diesen, während sie sich vom Senf bediente, fragte:

»Arbeitest du heute abend?«

Oder daß in Juvisy, nicht weit vom Rangierbahnhof, an der Straße nach Fontainebleau, ein Automechaniker und seine Schwester Rose...

Kurzum, all dies war noch gar nicht vorgefallen! Es war Zukunft – unmittelbare Zukunft für Kees Popinga, der an jenem Mittwoch, den 21. Dezember um acht Uhr abends gerade nichtsahnend eine Zigarre ansteckte.

Nie hätte er zugegeben, daß er nach dem Abendessen oft schläfrig wurde, denn man hätte es als Kritik am Familienleben mißverstehen können. Am Essen lag es nicht, denn wie die meisten holländischen Familien aßen die Popingas abends nur leicht: Tee, Butterbrot, Käse- und Wurstaufschnitt, manchmal eine Süßspeise.

Schuld war eher der Ofen, ein mächtiger Ofen, der beste seiner Art, mit grünen Kacheln und schweren vernickelten Verzierungen, ein Ofen, der nicht nur ein Ofen war, sondern durch seine Wärme, fast könnte man sagen durch seinen Atem, den Rhythmus des ganzen Lebens im Haus bestimmte.

Die Zigarrenkisten lagen auf dem Marmorkamin, und Popinga wählte bedächtig eine Zigarre aus, schnupperte daran, während er das Deckblatt knistern ließ, denn dies gehörte zum Zeremoniell, wenn man eine Zigarre zu schätzen wußte, und außerdem wurde das schon immer so gemacht. Dazu gehörte auch, daß Frida, Popingas fünfzehnjährige brünette Tochter, sobald der Tisch abgeräumt war, ihre Hefte genau unter der Lampe ausbreitete und mit ihren großen dunklen Augen, die so leer blickten, daß man deren Ausdruck kaum deuten konnte, lange hineinstarrte.

Alles verlief wie immer. Carl, der dreizehnjährige Junge, hielt zuerst seiner Mutter, dann seinem Vater die Stirn hin, küßte seine Schwester und ging schlafen.

Der Ofen bullerte noch immer, und Kees fragte aus Gewohnheit:

»Was machen Sie, Mutti?«

Er nannte sie Mutti, wegen der Kinder.

»Ich muß an meinem Album weitermachen.«

Sie war vierzig und ebenso sanft und würdevoll wie alles in diesem Haus, Personen wie Dinge. Fast hätte man über sie so wie über den Ofen sagen können, daß sie als Ehefrau allerbeste holländische Qualität war, denn Kees hatte einen Tick in puncto »allerbeste Qualität«.

In seinem Hause war nur die Schokolade zweitklassig, aber man aß trotzdem immer dieselbe Marke, weil jede Schachtel ein Sammelbildchen enthielt, das in ein besonderes Album geklebt wurde, in dem nach Jahren sämtliche Blumen dieser Erde vereint sein sollten.

Frau Popinga setzte sich also vor dieses berühmte Album und ordnete die billigen Abbildungen ein, während Kees am Radio drehte, bis von der Außenwelt nur eine Sopranstimme zu ihnen drang und manchmal Geschirrklappern aus der Küche, wo das Dienstmädchen beim Abwaschen war. Das Zimmer war so überheizt, daß der Zigarrenrauch nicht einmal bis zur Decke aufstieg, sondern als Wolke um Popingas Kopf stehenblieb, die dieser von Zeit zu Zeit mit der Hand wie Spinnweben wegwedeln mußte.

Ging das nicht schon seit fünfzehn Jahren so, daß sie im immergleichen Verhalten wie erstarrt waren?

Allerdings setzte sich Kees dann gegen halb neun, als der Sopran verklungen war und eine monotone Stimme die Börsenkurse bekanntgab, plötzlich auf und sagte zögernd, mit einem Blick auf seine Zigarre:

»Möchte doch wissen, ob an Bord der *Ozean III* alles in Ordnung ist!«

Schweigen. Der Ofen bullerte. Frau Popinga klebte zwei Bildchen in ihr Album, und Frida blätterte eine Seite in ihrem Heft um.

»Ich sehe lieber mal nach.«

Damit war Popingas Schicksal besiegelt! Es blieb ihm nur noch Zeit, zwei oder drei Millimeter seiner Zigarre zu rauchen, sich zu strecken und zu hören, wie die Orchestermusiker im Sendesaal von Hilversum ihre Instrumente stimmten, dann hatte ihn das Räderwerk erfaßt.

Schon jetzt wog jede Sekunde schwerer als alle Sekunden in seinem bisherigen Leben. Jede seiner Gesten wurde so bedeutsam wie die von Staatsmännern, über deren kleinste Regungen die Zeitungen berichteten.

Das Dienstmädchen brachte ihm seinen dicken grauen Mantel, seine gefütterten Handschuhe und seinen Hut. Sie zog ihm die Gummiüberschuhe an, wozu er brav zuerst den einen, dann den anderen Fuß hob.

Er küßte seine Frau, seine Tochter, stellte dabei wieder einmal fest, daß er nicht wußte, was in ihr vorging, und daß vielleicht gar nichts in ihr vorging; im Hausflur überlegte er kurz, ob er sein Fahrrad nehmen sollte, ein vollständig vernickeltes Fahrrad mit Gangschaltung, wie man es sich schöner kaum vorstellen konnte.

Aber dann beschloß er, zu Fuß zu gehen. Er verließ sein Haus und drehte sich voll Befriedigung noch mal danach um. Es war eher eine Villa, eine Villa, die er selber entworfen und deren Bau er überwacht hatte, und wenn sie vielleicht nicht die größte im Viertel war, so doch ganz bestimmt die schönste mit dem harmonischsten Grundriß.

Und dieses Viertel, eine Neubaugegend nahe der Landstraße nach Delfzijl – war es etwa nicht das angenehmste und gesündeste Viertel von ganz Groningen?

Bisher hatte Kees Popingas Leben nur aus solchen Befriedigungen bestanden, ganz realen Befriedigungen, denn schließlich konnte keiner daran deuteln, daß ein erstklassiger Gegenstand erstklassig, ein solide gebautes Haus solide gebaut und Oostings Wurstwarenhandlung die beste von ganz Groningen war.

Es herrschte trockene, prickelnde Kälte. Popingas Gummisohlen knirschten auf dem hartgefrorenen Schnee. Er ging mit den Händen in den Taschen und der Zigarre zwischen den Lippen zum Hafen und machte sich tatsächlich Gedanken darüber, ob an Bord der *Ozean III* alles in Ordnung war.

Dies war kein Vorwand gewesen. Gewiß ging er jetzt lieber durch die frische Nachtluft, als zu Hause in der abgestandenen Wärme zu sitzen. Aber er hätte sich niemals offen eingestanden, daß es irgendwo schöner sein könnte als bei ihm zu Hause. Daher errötete er jetzt auch, als er einen Zug vorüberfahren hörte und dabei eine merkwürdige Beklemmung verspürte, die vielleicht eine unbestimmte Sehnsucht verriet.

Die *Ozean III* aber gab es ganz real, und Popingas nächtlicher Besuch gehörte zu seinen beruflichen Pflichten. Er war bei Julius de Coster en Zoon als erster Buchhalter und Prokurist angestellt. Die Firma Julius de Coster en Zoon war der größte Lieferant von Schiffsbedarf nicht nur Groningens, sondern ganz niederländisch Frieslands und führte alles, vom Tauwerk über Öl und Kohle bis zu Schnaps und Lebensmitteln.

Und die *Ozean III* nun, die um Mitternacht auslaufen mußte, um noch vor der Ebbe durch den Kanal zu kommen, hatte am Spätnachmittag einen großen Auftrag erteilt.

Kees sah das Schiff, einen dreimastigen Klipper, schon von weitem. Der Kai am Wilhelminenkanal war menschenleer, nur Taue versperrten den Weg, über die Kees geschickt hinwegstieg. Geübt kletterte er die Lotsenleiter hinauf und ging gleich auf die Kapitänskabine zu.

Strenggenommen war dies die letzte Galgenfrist,

die ihm das Schicksal ließ. Er hätte noch umkehren können, doch das ahnte er nicht. Er stieß eine Tür auf und sah sich einem Koloß von einem Mann gegenüber, der ihn mit hochrotem Gesicht und einer Flut von Beschimpfungen und Flüchen empfing.

Etwas völlig Unerwartetes für jeden, der die Firma Julius de Coster en Zoon kannte, war geschehen: Der Tanker, den Kees Popinga persönlich angeordert hatte und der um sieben Uhr das Öl hätte bunkern sollen, war nicht gekommen; er hatte nicht an der *Ozean III* festgemacht. Niemand war an Bord, und auch die übrigen Waren wurden nicht geliefert.

Fünf Minuten später stieg ein stammelnder Popinga wieder auf den Kai hinunter und schwor, das müsse ein Mißverständnis sein und er würde alles regeln.

Seine Zigarre war ausgegangen. Er bereute, nicht doch sein Fahrrad mitgenommen zu haben, und lief durch die Straßen, jawohl, er rannte wie ein kleiner Junge, so sehr entsetzte ihn die Vorstellung, daß dieses Schiff, wenn es nicht rechtzeitig sein Öl bunkerte, von der Ebbe überrascht würde und seine Fahrt nach Riga nicht antreten könnte. Popinga fuhr zwar nicht selber zur See, aber er besaß das Hochseekapitänspatent und empfand diesen Zwischenfall als eine Schande für seine Firma, für sich selber und für die ganze Schiffahrt.

Er hoffte, Julius de Coster, wie auch sonst manchmal, noch in seinem Büro anzutreffen, doch da war er nicht. Obwohl schon außer Atem, zögerte Popinga nicht, zum Haus seines Chefs zu eilen, einem ruhigen, ehrwürdigen Haus, das aber, wie alle Häuser im Stadtkern, schon älter und nicht so komfortabel war wie sein eigenes. Erst als er an der Türschwelle stand und klingelte, warf er seinen Zigarrenstummel fort und legte sich einen Satz zurecht...

Dann näherten sich Schritte von weit her; der Türspion ging halb auf, und ein Dienstmädchen musterte ihn gleichgültig. Nein! Herr de Coster sei nicht zu Hause. Kees erkühnte sich, nach Frau de Coster zu fragen. Sie war eine wirkliche Dame, Tochter eines Provinzgouverneurs, und niemand hätte gewagt, sie in irgendwelche geschäftlichen Angelegenheiten hineinzuziehen.

Schließlich ging die Tür auf. Popinga hatte eine ganze Weile am Fuß der drei Marmorstufen neben einer Topfpalme gewartet, bis er hinaufgewinkt wurde, einen orangerot beleuchteten Raum betrat und einer Frau im seidenen Morgenrock gegenüberstand, die eine Zigarette in einer Jadespitze rauchte.

»Was wünschen Sie? Mein Mann ist schon früh weg, um eine dringende Arbeit im Büro zu erledigen. Warum haben Sie sich nicht an ihn gewandt?«

Nie würde er diesen Morgenrock vergessen, diese braunen Haare, die zu einer Rolle geschlungen in ihrem Nacken lagen, vor allem aber die arrogante

Selbstsicherheit dieser Frau, die ihn einschüchterte und zum Rückzug zwang.

Eine halbe Stunde später gab es keine Hoffnung mehr, daß die *Ozean III* noch auslaufen würde. Kees hatte noch einmal im Büro vorbeigesehen, weil er dachte, er hätte seinen Chef nur einfach verpaßt, und war dann auf einer belebteren Straße zurückgegangen, deren Geschäfte wegen der bevorstehenden Weihnachtstage noch geöffnet waren. Dort hatte ihm jemand die Hand gedrückt.

»Popinga!«

»Claes!«

Dr. Claes, ein Kinderarzt, der im gleichen Schachclub war wie er.

»Kommen Sie heute abend nicht zum Turnier? Der Pole wird wahrscheinlich geschlagen...«

Nein, er würde nicht hingehen. Außerdem war der Dienstag sein Tag, und heute war Mittwoch. Von dem vielen Herumlaufen in der Kälte war sein Gesicht gerötet, und er atmete heftig.

»Übrigens«, fuhr Claes fort, »Arthur Merkemans war eben bei mir...«

»Daß der sich nicht geniert!«

»Das habe ich ihm auch gesagt...«

Dr. Claes ging weiter in Richtung Club, während Popinga sich mit einem neuen Ärgernis belastet fühlte. War das nötig gewesen, ihm jetzt auch noch von seinem Schwager zu erzählen? Hatte nicht jede

Familie ihr schwarzes Schaf? Dabei hatte Merkemans nichts Schlimmes getan. Man konnte ihm höchstens vorwerfen, daß er acht Kinder in die Welt gesetzt hatte, allerdings verdiente er damals noch ganz gut in einem Auktionshaus. Dann verlor er die Anstellung und war lange Zeit arbeitslos, weil er zu anspruchsvoll war. Später aber nahm er wahllos alles an und sank dabei immer tiefer. Jetzt war er stadtbekannt, weil er alle Leute anpumpte und ihnen von seinem Pech und seinen acht Kindern erzählte.

Das war peinlich. Popinga spürte einen Druck im Magen und dachte voller Mißfallen an diesen Schwager, der sich so gehenließ und dessen Frau jetzt schon keinen Hut mehr aufsetzte, wenn sie einkaufen ging.

Nun ja! Er betrat einen Laden, um eine Zigarre zu kaufen, und beschloß, über den Bahnhof nach Hause zu gehen, was auch nicht weiter war als am Kanal entlang. Er wußte jetzt schon, daß er sich nicht würde enthalten können, zu seiner Frau zu sagen:

»Dein Bruder war bei Dr. Claes.«

Sie würde verstehen und stumm aufseufzen. Immer das gleiche!

Vorerst ging er an der Christoph-Kirche vorbei, bog links in eine ruhige Straße mit hohen Schneewällen längs der Gehsteige und schweren Türen mit Messingklopfern. Er dachte an Weihnachten, doch nur einen Moment lang, denn schon nach der dritten Gaslaterne überfielen ihn ganz andere Gedanken.

Oh, schlimm war es nicht! Nur ein kurzes Herzklopfen jedesmal, wenn er nach seiner wöchentlichen Schachpartie hier vorbeikam...

Groningen war eine anständige Stadt, wo man nicht wie etwa in Amsterdam Gefahr lief, auf der Straße von schamlosen Frauenzimmern angesprochen zu werden.

Aber hundert Meter vor dem Bahnhof gab es doch so ein Haus, ein einziges, mit bürgerlicher, stattlicher Fassade, dessen Tür sich beim leisesten Klopfen einen Spaltbreit öffnete.

Kees hatte es noch nie betreten. Er hatte nur gehört, was man im Club erzählte. Er selbst hatte es immer fertiggebracht, seiner Frau treu zu bleiben.

Nur wenn er abends hier vorüberging, stellte er sich alles mögliche vor, und der Anblick Frau de Costers im Negligé hatte seine Phantasie angeregt. Bis jetzt hatte er sie immer nur aus der Ferne und im Straßenkleid zu Gesicht bekommen. Er wußte, daß sie erst fünfunddreißig Jahre alt war, während Julius de Coster junior die Sechzig bereits überschritten hatte.

Kees ging vorbei... und verhielt nur kaum merklich den Schritt, als er hinter dem Vorhang im ersten Stock zwei sich bewegende Schatten bemerkte... Er konnte den Bahnhof schon sehen, von wo der letzte

Zug fünf nach Mitternacht abgehen würde… Rechts vor dem Bahnhof lag das ›Petit Saint Georges‹, eine Kneipe, die er zwar nicht ganz so anrüchig fand wie das Haus, das jetzt hinter ihm lag, die aber doch zur gleichen Kategorie gehörte.

Zur Postkutschenzeit hatte hier eine Herberge ›Zum Grand Saint Georges‹ gestanden, neben der später eine Schenke ›Zum Petit Saint Georges‹ aufmachte.

Nun gab es nur noch die Schenke im Untergeschoß mit den Fenstern auf Straßenhöhe. Sie war allerdings fast immer leer, nur deutsche oder englische Seeleute trieben sich dort herum, wenn alle anderen Kneipen schon geschlossen hatten.

Unwillkürlich warf Popinga jedesmal einen Blick hinein, obwohl es nichts Besonderes zu sehen gab: dunkle alte Eichentische, Bänke, Hocker und im Hintergrund einen Tresen, hinter dem ein Hüne von einem Wirt stand, der wegen seines Kropfs nur offene Hemden tragen konnte.

Warum wirkte das ›Petit Saint Georges‹ so anrüchig auf ihn? Weil es bis zwei oder drei Uhr nachts offen hatte? Weil hier mehr Genever- und Whiskyflaschen in den Regalen standen als anderswo? Weil der Schankraum halb unter der Erde lag?

Auch diesmal warf Kees einen Blick hinein, und gleich darauf drückte er sich die Nase an der Scheibe platt, um sich zu versichern, daß er sich nicht getäuscht hatte, oder vielmehr in der Hoffnung, sich getäuscht zu haben.

In Groningen gab es zwei Kategorien von Lokalen, *verlofs*, in denen man nur harmlose Getränke bekam, und *vergünings* mit Alkoholausschank.

Für Kees wäre es etwas Ehrenrühriges gewesen, ein *vergüning* zu betreten. Hatte er nicht sogar aufs Kegeln verzichtet, nur weil sich die Kegelbahn im Hinterzimmer eines solchen Lokals befand?

Das ›Petit Saint Georges‹ war das allerübelste aller *vergünings.* Dennoch saß dort ein Mann und trank, und dieser Mann war niemand anderer als Julius de Coster junior!

Wäre Kees in den Schachclub gelaufen und hätte Dr. Claes oder sonst jemandem erzählt, daß er Julius de Coster im ›Petit Saint Georges‹ gesehen habe, hätte man ihn nur mitleidig angesehen und sich an die Stirn getippt.

Mit bestimmten Leuten durfte man sich seine Scherze erlauben. Aber mit Julius de Coster…

Allein sein Kinnbärtchen hatte schon so etwas Abweisendes! Und erst sein Gang! Seine Kleidung! Und sein berühmter Hut, so ein Zwischending zwischen Melone und Zylinder…

Nein, völlig unvorstellbar, daß sich Julius de Coster sein Kinnbärtchen hatte abrasieren lassen! Ganz unwahrscheinlich auch, daß er sich mit einem zu weiten braunen Anzug ausstaffiert hatte! Und daß er jetzt hier an einem Tisch des ›Petit Saint Georges‹

vor einem Glas mit dickem Boden saß, das bestimmt Genever enthielt…

Aber nun sah dieser Mann Richtung Fenster und schien ebenfalls verwundert, denn er neigte den Kopf etwas vor, um Popinga genauer zu sehen, der noch immer mit der Nase an der Scheibe klebte.

Und dann passierte etwas noch Unwahrscheinlicheres: Er winkte, so als wollte er sagen:

»Kommen Sie doch herein!«

Wie ein von einer Schlange gebanntes Kaninchen trat Kees ein, und der Kneipier, der gerade Gläser abtrocknete, rief ihm vom Tresen aus zu:

»Können Sie nicht die Tür zumachen wie andere Leute auch?«

Es war tatsächlich Julius de Coster! Er wies seinem Angestellten einen Hocker zu und murmelte:

»Wetten, Sie waren an Bord!«

Ohne eine Antwort abzuwarten, sagte er in einem Ton, den Popinga noch nie von ihm gehört hatte:

»Zerreißen sich schon die Mäuler, was?«

Und weiter:

»Sie haben mir wohl nachspioniert, wie?«

Am verwirrendsten dabei war, daß er gar nicht ärgerlich wirkte, sondern alles ohne Groll, mit einem amüsierten Lächeln sagte. Er winkte dem Wirt, die Gläser zu füllen, überlegte es sich dann aber anders und behielt die ganze Flasche auf dem Tisch.

»Hören Sie, Herr de Coster, heute abend…«

»Trinken Sie erst mal was, Herr Popinga!«

Er redete Kees immer mit *Herr* an, wie übrigens auch seine kleinsten Lageristen. Jetzt aber legte er in die Anrede eine ironische Spitze und weidete sich an der Verwirrung seines Angestellten.

»Los, trinken Sie – leeren Sie die ganze Flasche –, dann verkraften Sie vielleicht eher, was ich Ihnen jetzt erzähle... Ich hätte nicht gedacht, noch das Vergnügen zu haben, Ihnen heute abend zu begegnen... Es wird Ihnen nicht entgangen sein, daß ich ein bißchen was getrunken habe, doch das macht unser Gespräch nur um so reizvoller...«

Er war betrunken! Kein Zweifel! Aber betrunken wie ein Gewohnheitstrinker, der sich nicht darum schert, ob man es ihm anmerkt oder nicht.

»Eine unangenehme Geschichte für die *Ozean III*, ein gutes Schiff, und laut Vertrag muß sie in sieben Tagen zurück in Riga sein... Aber richtig unangenehm ist die Sache für die anderen Beteiligten, für Sie zum Beispiel, *Herr* Popinga...«

Er schenkte sich ein, ohne im Reden innezuhalten, trank, und da fiel Popingas Blick auf die Bank neben ihm und auf ein großes weiches Paket.

»Um so unangenehmer, da Sie ja wohl keine Ersparnisse haben und wie Ihr Schwager auf der Straße sitzen werden...«

Redete auch er jetzt über Merkemans?

»Bitte, trinken Sie Ihr Glas aus... Sie sind doch ein vernünftiger Mann, Ihnen kann ich alles sagen.

Stellen Sie sich vor, *Herr* Popinga, die Firma Julius de Coster en Zoon macht morgen betrügerischen Bankrott, und ich werde von der Polizei gesucht...«

Ein Glück, daß Kees hintereinander zwei Gläser Genever geleert hatte! So konnte er annehmen, daß sein Blick vom Alkohol getrübt und dies nicht Julius de Coster war, der jetzt so diabolisch grinste und sich hämisch übers frisch rasierte Kinn strich.

»Als guter Holländer werden Sie vielleicht nicht alles verstehen, was ich Ihnen jetzt sage, aber wenn Sie dann später darüber nachdenken, *Herr* Popinga...«

Er betonte dieses »*Herr* Popinga« jedesmal anders, als ergötzte er sich an den Silben.

»Als erstes sollte Ihnen dies ein Beweis dafür sein, daß Sie trotz Ihrer Fähigkeiten und der hervorragenden Meinung, die Sie von sich selber haben, ein miserabler Prokurist sind, da Sie überhaupt nichts bemerkt haben... *Herr* Popinga, ich gebe mich nun schon seit über acht Jahren Spekulationen hin, die man, gelinde gesagt, gewagt nennen muß...«

Es war noch heißer als bei Kees zu Hause, und diese Hitze schlug ihm von einem schlecht regulierten gußeisernen Monster von einem Ofen entgegen, wie man sie oft in kleinen Bahnhöfen findet. Es stank nach Genever, auf dem Boden lag Sägemehl, auf dem Tisch glänzten feuchte Ringe.

»Trinken Sie, das ist Ihr einziger Trost! Übrigens, als ich Ihren Schwager zuletzt traf, hatte ich den

Eindruck, daß er auch langsam dahinter kommt... Also, Sie sind an Bord gegangen und...«

»Ich bin zu Ihnen nach Hause...«

»Wo Sie die reizende Frau de Coster angetroffen haben? War Dr. Claes auch da?«

»Aber...«

»Nur nicht so empfindlich, *Herr* Popinga! Das geht nun schon drei Jahre so, es hat an einem Weihnachtsabend begonnen, seither schläft Dr. Claes fast täglich mit meiner Frau...«

Er trank und paffte seine Zigarre, und sein Gesicht verwandelte sich immer mehr in eine der Fratzen gotischer Teufel, wie sie Popinga an den Portalen gewisser Kirchen gesehen hatte und die den Kindern so angst machen.

»Dafür bin ich jede Woche einmal nach Amsterdam gefahren, um mich mit Pamela zu treffen... Sie erinnern sich doch noch an Pamela, *Herr* Popinga?«

Er wirkte so ruhig, daß man sich fragen mußte, ob er wirklich betrunken war, während Kees beim Namen Pamela wie ein Schuljunge errötete.

Hatte Popinga sie vielleicht nicht auch begehrt, wie alle? So wie es in ganz Groningen nur *ein* Freudenhaus gab, gab es auch nur ein einziges Lokal, in dem man bis ein Uhr früh tanzte.

Er hatte es nie betreten, aber von Pamela hatte er gehört, dieser etwas fülligen Animierdame, braunhaarig und lispelnd, die zwei Jahre in Groningen gewesen war, wo sie so aufgetakelt herumspazierte, daß sich die Damen entrüstet abwandten, wenn sie ihr begegneten.

»Na ja, ich habe Pamela ausgehalten... Ich habe sie in Amsterdam im ›Carlton‹ untergebracht, wo sie mich mit reizenden Kolleginnen bekannt machte. Dämmert's Ihnen langsam, *Herr* Popinga? Haben Sie Ihre Sinne noch soweit beisammen, um zu verstehen, was ich sage? Nutzen Sie die Gelegenheit, um Himmels willen! Wenn Sie morgen über all dies nachdenken, werden Sie ein anderer Mensch sein, und vielleicht bringen Sie es ja noch zu was im Leben...«

Er lachte! Er trank, füllte sein Glas und das seines Zechkumpanen, dessen Blick sich schon trübte.

»Ich weiß, es ist ein bißchen viel auf einmal, ich habe aber keine Zeit, Ihnen alles auf Raten zu verklickern... Nehmen Sie so viel auf, wie Sie irgend können... Denken Sie nur, was für ein Trottel Sie gewesen sind... Der Beweis? Den liefere ich Ihnen gern auf beruflicher Ebene... Sie haben Ihr Kapitänspatent und sind auch noch stolz darauf... Die Firma Julius de Coster besitzt fünf Klipper, um die Sie sich persönlich kümmern... Haben Sie denn nie bemerkt, daß auf dem einen ausschließlich Schmuggelware transportiert wurde, während ein zweiter auf mein Geheiß versenkt worden ist, um die Versicherungsprämie zu kassieren?«

Nun geschah etwas Unerwartetes. Kees wurde geradezu unnatürlich ruhig. Lag es am Alkohol?

Jedenfalls zeigte er keine Reaktion mehr und hörte still zu.

Immerhin... Allein der Name der fünf Klipper der Firma: *Eleonore I... Eleonore II... Eleonore III...* und so fort bis fünf! Alle auf den Namen Frau de Costers, jener Frau, die Kees eben noch im Negligé und mit einer langen Zigarettenspitze zwischen den Lippen gesehen hatte und die angeblich mit Dr. Claes ein Verhältnis hatte.

Aber noch war das Sakrileg nicht vollkommen! Über Julius de Coster junior und seiner Frau stand eine Person, die sozusagen für alle Zeiten über die profanen Dinge des Lebens erhaben schien: Julius de Coster senior, der Vater des anderen, der Firmengründer, der trotz seiner dreiundachtzig Jahre noch immer Tag für Tag in seinem spartanischen Büro thronte.

»Wetten«, sagte jetzt sein Sohn, »daß Sie nicht wissen, wie der alte Halunke zu seinem Vermögen gekommen ist... Während des Burenkriegs... Da hat er alles, was er an Ausschußmunition billig in den belgischen und deutschen Fabriken aufkaufen konnte, dort hinuntergeschickt... Inzwischen ist er völlig vertrottelt, so daß man ihm die Hand halten muß, wenn er etwas unterschreiben soll... Noch eine Flasche, Wirt! Trinken Sie, lieber *Herr* Popinga... Wenn Sie wollen, können Sie dies morgen unseren braven Mitbürgern alles erzählen... Ich bin dann nämlich amtlich tot!...«

Kees war völlig betrunken, trotzdem entging ihm kein Wort, kein Zucken in de Costers Gesicht. Doch schien sich für ihn alles in einer irrealen Welt abzuspielen, in die er wie aus Versehen hineingetappt war; sobald er hier herauskäme, würde er wieder in seinem alltäglichen Leben Fuß fassen.

»Im Grunde tut's mir Ihretwegen leid... Warum mußten Sie aber auch unbedingt Ihre Ersparnisse in mein Unternehmen stecken... Hätte ich es Ihnen abgeschlagen, wären Sie mir böse gewesen... Und warum mußten Sie eine Villa bauen, die Sie zwanzig Jahre lang abzahlen und für die Sie jetzt die Jahresraten nicht mehr aufbringen können...«

Und wie zum Beweis seiner Kaltblütigkeit fragte er schonungslos:

»Ist die nächste nicht Ende Dezember fällig?«

Sein Bedauern wirkte aufrichtig.

»Glauben Sie mir, ich habe getan, was ich konnte... Ich hab' eben Pech gehabt, das ist alles!... Durch eine Zuckerspekulation ist alles zusammengekracht, und ich möchte lieber anderswo neu anfangen, als mich hier mit diesen feierlichen Idioten herumzuschlagen... Entschuldigen Sie... Damit sind nicht Sie gemeint... Sie sind ein anständiger Kerl, und wenn Sie eine andere Erziehung gehabt hätten... Auf Ihr Wohl, mein alter Popinga!...«

Diesmal hatte er das *Herr* weggelassen!

»Glauben Sie mir! Diese Leute sind all die Anstrengungen nicht wert, die man macht, damit sie eine gute Meinung von einem haben … Sie sind dumm! … Sie verlangen einem Scheinheiligkeit ab, und in Wirklichkeit betrügen alle … Ich möchte Ihnen ja keinen Kummer bereiten, aber gerade fällt mir Ihre Tochter ein, der ich letzte Woche begegnet bin … Also, unter uns gesagt, sie ähnelt Ihnen so wenig mit diesen dunklen Haaren und den versonnenen Augen, daß ich mich frage, ob sie von Ihnen ist … Aber was macht das schon? … Oder vielmehr, es macht nichts, wenn man selber auch betrügt … Während, wenn man beharrlich immer nur mit offenen Karten spielt und dann betrogen wird …«

Er sprach jetzt nicht mehr zu Kees, sondern zu sich selber und schloß:

»Am besten betrügt man als erster, so geht man auf Nummer Sicher! … Was kann mir schon passieren? … Heute abend werde ich die Kleider von Julius de Coster junior am Kanal ablegen, und morgen glauben alle, daß ich Selbstmord verübt habe, um der Schande zu entgehen, und diese Idioten werden es sich einiges an Gulden kosten lassen, um den Kanal auszubaggern … Unterdessen bin ich mit dem 0-Uhr-05-Zug bereits auf und davon … Hören Sie mir überhaupt zu?«

Kees schreckte wie aus einem Traum hoch.

»Passen Sie gut auf, wenn Sie nicht zu betrunken sind … Erstens einmal werde ich nicht versuchen, Sie zu kaufen … De Coster kauft keinen, und ich habe Ihnen all diese Dinge anvertraut, weil ich weiß, daß

Sie sie nicht weitererzählen... Klar? Und jetzt will ich mich einmal an Ihre Stelle versetzen... Sie sind vollkommen blank, und wie ich die Leute von der Immobiliengesellschaft kenne, nehmen die Ihnen sofort Ihr Haus weg, wenn Sie Ihrem ersten Zahlungstermin nicht nachkommen... Ihre Frau wird Ihnen böse sein... Alle werden glauben, daß Sie mein Komplize gewesen sind... Wenn Sie keine neue Anstellung bekommen, sitzen Sie schon bald auf der Straße wie Ihr Schwager Merkemans... Ich habe tausend Gulden in der Tasche... Wenn Sie hierbleiben, kann ich nichts für Sie tun... Was sind schon fünfhundert Gulden... Aber vielleicht geht Ihnen ja bis morgen ein Licht auf... Hier, das ist für Sie!«

Mit einer unerwarteten Geste schob de Coster Popinga die Hälfte der Geldscheine aus seinem Bündel zu.

»Nehmen Sie!... Das ist noch nicht alles... Ich bin noch nicht völlig abgebrannt und kann schon bald wieder flott sein... Warten Sie!... Ich lese nun schon seit fünfunddreißig Jahren jeden Tag die ›Morning Post‹ und werde sie auch künftig lesen... Wenn Sie nicht hierbleiben und irgend etwas brauchen, setzen Sie eine mit Kees gezeichnete Anzeige in diese Zeitung... Das genügt dann... Und jetzt könnten Sie mir ein wenig Hilfestellung leisten... Es hätte mir nämlich etwas ausgemacht, von hier so ganz allein wie ein armer Schlucker wegzufahren... Wirt, wieviel schulde ich Ihnen?«

Er zahlte, ergriff sein Paket an dem Bindfaden und versicherte sich, daß Popinga sich auf den Beinen halten konnte.

»Wir werden die allzu gut beleuchteten Straßen meiden... Überlegen Sie sich's, Popinga!... Morgen bin ich tot, was noch das Beste ist, was einem Menschen passieren kann...«

Sie gingen an dem berühmten »Haus« vorbei, aber Popinga war so mit seinen Gedanken beschäftigt und mußte aufpassen, das Gleichgewicht nicht zu verlieren, daß er es gar nicht merkte. Er hatte, aus einem alten Reflex heraus, das Paket seines Chefs tragen wollen, aber dieser hatte abgewehrt.

»Kommen Sie hier rüber... Da ist es ruhiger...«

Die Straßen waren leer. Außer dem ›Petit Saint Georges‹, dem »Haus« und dem Bahnhof lag ganz Groningen in tiefem Schlaf.

Der Rest war wie ein Traum. Sie kamen unweit der *Eleonore IV*, die Käse für Belgien lud, ans Ufer des Wilhelminenkanals. Der Schnee war hart gefroren. Ganz mechanisch hielt Kees seinen Chef, der fast ausgerutscht wäre, als er die Kleider aus dem Paket an der Böschung ablegte. Er sah kurz den berühmten Hut, aber es war ihm nicht zum Lächeln zumute.

»Wenn Sie nicht zu müde sind, könnten Sie mich jetzt noch zum Zug begleiten... Ich habe eine Fahrkarte dritter Klasse...«

Es war ein echter Nachtzug, der ganz verlassen abgedunkelt am Ende eines Bahnsteigs stand, während der Stationsvorsteher mit orangeroter Schildmütze wartete, bis er seinen Pfiff abgeben und schlafen gehen konnte.

Italiener – woher die nur kamen? – hatten sich in einem Abteil zwischen unförmigen Bündeln ausgestreckt, während ein junger Mann in einem Ratiné-Mantel, dem zwei Gepäckträger vorausgingen, würdevoll ein Erster-Klasse-Abteil erklomm und seine Handschuhe auszog, um Kleingeld aus den Taschen zu angeln.

»Kommen Sie nicht mit?«

De Coster hatte dies lachend gefragt, trotzdem blieb Kees einen Augenblick die Luft weg. Obwohl er betrunken war – oder vielleicht gerade deshalb –, verstand er eine Menge und hätte gern gesagt...

Aber nein! Dies war noch nicht der richtige Augenblick... Und es wäre auch nicht gut gewesen... Julius de Coster hätte geglaubt, daß er sich großtun wollte...

»Seien Sie mir nicht böse, mein Lieber... Das Leben ist eben manchmal so!... Denken Sie an die Anzeige in der ›Morning Post‹... Aber nicht zu schnell, denn ich brauche Zeit, um...«

In diesem Augenblick bewegten sich die Waggons ruckartig vor und wieder zurück, und Kees Popinga konnte sich später nicht erinnern, wie er anschließend nach Hause gekommen war, wie er einen letzten Blick auf die Schatten hinter einem Vorhang im zweiten Stock des bewußten »Hauses« geworfen und wie er sich schließlich in seinem Schlafzimmer ausgezogen hatte, ohne Muttis Verdacht zu erregen.

Fünf Minuten später fing sein ganzes Bett so heftig zu schaukeln an, daß sich Kees an den Laken festkrallen mußte, dabei aber trotzdem das beängstigende Gefühl nicht los wurde, jeden Moment in den Wilhelminenkanal zu stürzen, aus dem ihn die Leute von der *Ozean III* aber nicht wieder herausfischen würden.

2

Obwohl er auf der falschen Seite schläft, wacht Kees Popinga gutgelaunt auf und überlegt, ob er sich für Eleonore oder für Pamela entscheiden soll

Wenn Kees auf der linken Seite lag, schlief er gewöhnlich schlecht. Er bekam Atembeklemmungen, wurde unruhig, keuchte und stöhnte, so daß seine Frau aufwachte und ihn schubste, bis er sich umdrehte.

Nun hatte er auf der linken Seite geschlafen und konnte sich doch an keinen einzigen schlimmen Traum erinnern. Ja, er, der morgens meist nur schwer wach wurde, war jetzt von einer Sekunde auf die andere munter.

Erwacht war er an einem leisen Geräusch der Bettfedern, als Frau Popinga aufstand; doch machte er die Augen noch nicht auf. Normalerweise döste er dann noch einmal ein, denn er wußte, daß er noch eine halbe Stunde liegenbleiben durfte.

Diesmal aber nicht! Als seine Frau aufgestanden war, blinzelte er ein wenig und beäugte sie, während sie vor dem Spiegel die Klammern aus ihrem Haar löste.

Sie fühlte sich unbeobachtet und bewegte sich leise, um ihren Mann nicht zu wecken. Sie betrat das Badezimmer, wo sie Licht anmachte, und Kees sah ihr die ganze Zeit durch die offene Tür zu.

Der Laternenanzünder hatte die Straßenbeleuchtung noch nicht gelöscht. Man hörte das rhythmische Kratzen von Schneeschippen. Unten war das Dienstmädchen wie üblich geräuschvoll mit Herd und Töpfen beschäftigt.

Mutti zog jetzt mit verträumtem Blick eine warme Unterhose an, die oberhalb der Knie mit einem Gummizug fest abschloß. Dann lief sie in diesem Aufzug herum, putzte sich die Zähne, spuckte mit einer komischen Grimasse aus, machte tausend rituelle Gesten, ohne zu ahnen, daß sie dabei beobachtet wurde.

Im Zimmer des Jungen läutete ein Wecker, und nun kamen auch von dort Geräusche, während Kees, der wohlig auf dem Rücken lag, seelenruhig beschloß, einfach nicht aufzustehen.

Na also! Das war seine erste große Entscheidung an diesem Tag. Er sah nicht den geringsten Grund, weshalb er aufstehen sollte, da die Firma Julius de Coster doch Bankrott gemacht hatte! Er weidete sich schon im voraus daran, wie sich seine Frau aufregen würde, wenn er ihr seinen Entschluß mitteilte, im Bett zu bleiben!

Was sollte er machen! Sie würde noch ganz andere Schläge erleben, die arme Mutti!

Dabei fiel Kees eine Unterhaltung mit Mutti ein, die jetzt plötzlich brandaktuell geworden war. Er hatte nämlich vor fünf Jahren ein Mahagoniboot gekauft, das er auf den Namen *Zeedeufel* taufte und das ganz objektiv wirklich ein kleines Wunderwerk war, lackiert, blank, mit Messingbeschlägen, elegant und eigentlich mehr Schmuckstück als Boot.

Da es sehr teuer gewesen war, hatte es Kees in einen gewissen Taumel versetzt, und am Abend hatte er selbstgefällig alle ihre Habe aufgezählt: das Haus, die Möbel, Schränke voller Wäsche, das Silberbesteck...

Kurzum, die Familie fühlte sich so in Abrahams Schoß, daß sie sich den Spaß erlaubten, einmal zu überlegen, was sie bei einem plötzlichen Ruin tun würden.

»Ich habe schon oft darüber nachgedacht«, hatte Mutti seelenruhig erklärt. »Als erstes müßten wir alles verkaufen, was wir haben, und die Kinder in einem nicht zu teuren Internat unterbringen. Sie, Kees, würden sicher wieder auf einem Schiff anheuern können. Und ich würde nach Java gehen und dort eine Stelle als Hotelverwalterin suchen. Erinnern Sie sich noch an Marias Tante, die ihren Mann verloren hat? Sie hat das gemacht, und man schätzt sie offenbar sehr...«

Fast hätte er laut gelacht, als er innerlich feststellte, daß es nun soweit gekommen war:

»Wir sind ruiniert!... Jetzt können wir in einem

großen Hotel auf Java Leintücher und Servietten zählen...«

Wobei wieder einmal bewiesen war, daß man nur Unsinn redet, wenn man versucht, sich die Dinge im voraus auszumalen. Denn erstens einmal würde man ihnen sofort ihr Haus wegnehmen und ihre gesamte Habe verkaufen. Und zweitens, wie sollte man bei der weltweiten Wirtschaftskrise einen Posten auf einem Schiff finden?

Außerdem hatte Popinga dazu nicht die geringste Lust! Wenn er ehrlich hätte sagen sollen, worauf er denn Lust hatte, hätte er doch antworten müssen: auf Eleonore de Coster oder auf Pamela!

Die nachhaltigste Erinnerung vom Vorabend war Eleonore im seidenen Negligé, mit der langen grünen Zigarettenspitze und der schwarzen Haarrolle im Nacken... Und die Vorstellung, daß Dr. Claes, sein Freund, mit dem er Schach spielte...

Und Pamela, die in Amsterdam junge Freundinnen herbeiholte, damit sich Julius de Coster wie ein Pascha amüsierte...

Vor den mit Eisblumen bedeckten Fenstern wurde es heller. Der Junge war nach unten gegangen und frühstückte jetzt wahrscheinlich, denn seine Schule begann um acht. Frida, die langsamer war, wie ihre Mutter, und auch ordentlicher, räumte ihr Zimmer auf.

»Kees, es ist halb acht!«

Mutti stand im Türrahmen, und Popinga ließ

sie zweimal ihre Aufforderung wiederholen, dann streckte er sich und erklärte:

»Heute stehe ich nicht auf.«

»Sind Sie krank?«

»Ich bin nicht krank und stehe trotzdem nicht auf.«

Er war so recht zum Scherzen aufgelegt. Im vollen Bewußtsein, wie ungeheuerlich seine Entscheidung war, beobachtete er unter gesenkten Lidern hervor die Reaktion seiner Frau, die mit schreckensstarrer Miene auf sein Bett zukam.

»Was ist los, Kees? Sie wollen heute nicht ins Büro?«

»Nein!«

»Haben Sie Herrn de Coster informiert?«

»Nein!«

Das tollste war, daß er sich zu dieser Haltung gar nicht zwingen mußte, sondern daß sie ganz seinem wahren Charakter entsprach. Jawohl! So hätte er schon immer sein müssen!

»Kees, hören Sie zu... Sie haben schlecht geschlafen... Sagen Sie mir offen, wenn Sie krank sind, aber erschrecken Sie mich nicht so...«

»Ich bin nicht krank, und ich bleibe im Bett. Lassen Sie mir bitte Tee heraufbringen.«

Das hätte nicht einmal de Coster verstanden! Der hatte geglaubt, ihn mit seinem Geständnis am Boden zu zerstören, aber Kees war keineswegs am Boden zerstört!

Er wunderte sich nur, daß ein anderer, sein Chef sogar, die gleichen Ideen hatte nähren können oder vielmehr die gleichen Wunschträume, denn für Kees war bisher alles immer nur ein Wunschtraum geblieben.

Die Züge zum Beispiel... Er war kein Kind mehr, und es war nicht die Technik, die ihn lockte... Die Nachtzüge zogen ihn am meisten an, weil sie für ihn etwas Fremdes, geradezu Lasterhaftes darstellten... Er hatte den Eindruck, daß Leute, die so abreisten, für immer abreisten, vor allem die armen Familien, die zusammengepfercht in der dritten Klasse inmitten ihrer Bündel saßen...

Wie diese Italiener am Vorabend...

Kees hatte also geträumt, ein anderer zu sein als Kees Popinga. Und gerade deshalb war er so sehr Popinga, war er es zu sehr, übertrieb er, weil er wußte, wenn er auch nur in einem Punkt nachgeben würde, könnte ihn nichts mehr bremsen.

Am Abend... Ja, wenn Frida am Abend mit ihren Aufgaben begann und Mutti sich mit ihrem Album beschäftigte... Wenn er das Radio andrehte und eine Zigarre rauchte und es zu warm war... Da hätte er einfach aufstehen und herausplatzen können:

»Tödlich langweilig, diese Familie!«

Eben um dies nicht zu sagen, um dies nicht zu denken, betrachtete er den Ofen und sagte sich immer wieder, daß dies der schönste Ofen von ganz Holland sei, und beobachtete Mutti und redete sich ein, daß sie eine schöne Frau sei, und entschied, daß seine Tochter verträumte Augen habe...

Und auch, wenn er an dem berühmten »Haus« vorüberkam... Wahrscheinlich wäre alles aus gewesen, wenn er es auch nur ein einziges Mal betreten hätte... Dann hätte er weitergemacht... eine oder mehrere Pamelas ausgehalten... Vielleicht verbotene Dinge getrieben, denn seine Phantasie reichte weiter als die eines de Coster junior...

Die Haustür ging auf und wieder zu, man hörte eine Fahrradklingel, die Klingel Carls, der zur Schule fuhr. In einer Viertelstunde würde Frida an der Reihe sein...

»Hier kommt Ihr Tee... Er ist sehr heiß... Sind Sie auch sicher nicht krank, Kees?«

»Ganz sicher nicht.«

Was etwas übertrieben war, er merkte dies erst jetzt. Solange er unbeweglich in seinen Kissen gelegen hatte, hatte er sich körperlich ganz wohl gefühlt, aber als er sich jetzt aufsetzte, um seinen Tee zu trinken, spürte er plötzlich einen heftigen Schmerz im Nacken, und es wurde ihm schwindlig.

»Sie sind ganz blaß. Es wird doch nicht etwa Ärger mit der *Ozean III* gegeben haben?«

»Nein, überhaupt nicht.«

»Wollen Sie mir denn nicht sagen, was los ist?«

»O doch, *meine Ruhe will ich, verflucht noch mal!*«

Unerhört. Wie die Begegnung mit Julius de Coster im ›Petit Saint Georges‹. Solche Worte waren in diesem Haus noch nie gefallen, bestimmt war es jetzt bis in die Grundfesten erschüttert. Und am schlimmsten war, daß er sie ganz ruhig, ohne jede Wut ausgesprochen hatte, so als hätte er noch um Tee oder Zucker gebeten.

»Tun Sie mir einen Gefallen, Mutti, und stellen Sie mir keine Fragen mehr. Ich bin jetzt vierzig Jahre alt und werde ja wohl langsam selber entscheiden können, was ich zu tun und zu lassen habe...«

Sie konnte sich nicht entschließen hinauszugehen, mußte ihm noch unbedingt das Kopfkissen zurechtzupfen, blieb auf halbem Wege stehen, um ihm einen betrübten Blick zuzuwerfen, und schloß endlich lautlos die Tür.

»Wetten, daß sie jetzt flennt!« dachte er und wußte, daß sie regungslos auf dem Treppenabsatz stand.

Es war ziemlich verwirrend für ihn, um diese Uhrzeit, ohne krank zu sein und ohne daß Sonntag war, im Bett zu liegen. Frida ging nun ebenfalls, und von da an erlebte er Stunden im Haus, die er noch nie erlebt hatte, hörte, wie die Milch gebracht wurde, dann wie das Erdgeschoß geputzt wurde, alles Dinge, die er nur aus der Theorie kannte.

Die Begehrenswertere der beiden war zweifellos Eleonore! Andererseits fühlte er sich ihr nicht gewachsen. Gewiß, soviel wie Dr. Claes war er auch noch wert, der gleichaltrig war und den er regelmäßig beim Schach besiegte. Außerdem rauchte Claes Pfeife, was die meisten Frauen nicht mochten.

Bei Pamela war es einfacher. Vor allem jetzt, da er alles wußte!

Allein die Vorstellung, daß sie zwei Jahre lang in Groningen gewesen war und er sich nie an sie herangewagt hatte!

Plötzlich fiel ihm etwas ein; er erhob sich und ging barfuß auf dem Linoleum herum, wobei ihn wieder quälender Schwindel befiel.

Er wollte nachsehen, ob seine Frau nicht vielleicht seinen Anzug zum Ausbürsten mitgenommen hatte, in dem Fall hätte sie nämlich die Taschen geleert und dabei die fünfhundert Gulden gefunden.

Das Jackett hing über einer Stuhllehne. Kees nahm das Geld und steckte es unter sein Kopfkissen. Als er wieder im warmen Bett lag, wäre er fast noch mal eingeschlafen.

Besser, er entschied sich für Pamela... Warum hatte de Coster die Bemerkung gemacht, daß seine Tochter Frida brünett sei und ihm gar nicht ähnele?

Das stimmte nämlich. Auch wenn man sich wirklich schwer vorstellen konnte, daß eine Frau wie Mutti ihn schon im ersten Ehejahr hätte betrügen können!

Gab es seit der spanischen Besatzung nicht eine Menge dunkelhaariger Leute in Holland? Und kamen Erbanlagen nicht oft erst nach mehreren Generationen wieder zum Vorschein?

Außerdem war es ihm sowieso egal. Und darüber hätte sich dieser Julius de Coster, der geglaubt hatte, ihn vor den Kopf zu stoßen, nun wirklich gewundert! Es war ihm egal! Und da er nun einmal nicht mehr Prokurist war und ihm seine Villa nicht mehr gehörte, da also ein Steinchen ins Rollen gekommen war, konnte ruhig alles zusammenbrechen.

Er war bereit, Pfeife zu rauchen wie Claes, drittklassigen Käse zu essen und in allen *vergüning*-Kneipen der Stadt Genever zu bestellen, ohne sich im geringsten zu genieren.

Ein Sonnenstrahl drang jetzt schräg durch den gepunkteten Musselin-Vorhang ins Zimmer und flackerte im Spiegel des Kleiderschranks auf. Im Erdgeschoß machten sich die beiden Frauen mit Eimern und Wischtüchern zu schaffen, wobei Mutti bestimmt hin und wieder die Ohren spitzte, um zu horchen, ob er sich rührte.

Es klingelte. Vom Hausflur waren gedämpfte Stimmen zu hören. Frau Popinga kam herauf, betrat das Schlafzimmer mit schuldbewußter Miene und sagte betrübt:

»Sie wollen den Schlüssel...«

Den Schlüssel der Firma de Coster natürlich! Dort standen jetzt gewiß alle vor der Tür und stellten die haarsträubendsten Vermutungen an.

»Rechte Jackentasche...«

»Soll ich etwas ausrichten?«

»Gar nichts.«

»Und Sie schicken auch nicht ein paar Zeilen an Herrn de Coster mit?«

»Nein!«

Es war wirklich ungeheuerlich. Er hätte nie auch nur im Traum gewagt, sich so etwas vorzustellen. Auch damals, als sie vom Ruin gesprochen hatten, um sich in der Illusion wiegen zu können, reich zu sein, hatten sie sich doch nur die schwachsinnigsten Dinge wie eine Verwalterstelle auf Java und eine Heuer als zweiter Offizier auf einem Schiff ausgemalt...

Völliger Quatsch! Von all dem konnte keine Rede sein! Was aus war, war aus, für alle Zeiten, und diese Gelegenheit mußte man nutzen!

Er ärgerte sich jetzt sogar, daß er am Vorabend nicht so geistesgegenwärtig gewesen war, dies de Coster ins Gesicht zu sagen. Er hatte ihn einfach reden lassen, und der andere hatte ihn für einen Idioten gehalten oder wenigstens für einen zaghaften braven Kerl, der zu keiner Entscheidung fähig war, dabei hatte er seine Entscheidung praktisch schon gefällt gehabt.

Er hätte ihm einfach erklären sollen:

»Wissen Sie, was ich als erstes mache? Ich gehe nach Amsterdam und besuche Pamela...«

Denn mit ihr hatte er noch eine alte Rechnung zu begleichen. Es mochte vielleicht nicht die ernsthafteste Angelegenheit sein, auf jeden Fall aber war es die dringendste, denn was Kees am meisten demütigte, war die Tatsache, daß er sich nie getraut hatte, sondern Woche für Woche an dem gewissen Haus vorbeigegangen und wie ein ungeratener Gymnasiast errötet war, dabei...

Also, die Frage war gelöst. Zuerst Pamela! Und dann...

Er würde ja sehen! Wenn Kees noch nicht ganz genau wußte, was er machen würde, so wußte er doch ganz genau, was er nicht machen würde, und auch davon war schon am Vorabend die Rede gewesen, obwohl er noch nicht so kühn gewesen war, darüber zu sprechen.

Hatte de Coster nicht auf Arthur Merkemans angespielt? Und hatte nicht auch Claes von ihm erzählt und dabei kein Blatt vor den Mund genommen:

»Ihr Schwager hat mich wieder angepumpt. Was für ein armseliger Mensch!«

Kees würde also kein zweiter Merkemans werden. Er kannte die Verhältnisse in Groningen besser als jeder andere. Es verging kaum eine Woche, ohne daß Leute, die mehr Diplome besaßen als er, ihn um eine noch so bescheidene Stelle angingen. Am meisten nervten ihn die, die in eleganten, schon etwas abgetragenen Kleidern erschienen und seufzend erklärten:

»Ich war bisher Direktor der und der Firma. Aber ich nehme jede Stelle an, denn ich habe Frau und Kinder...«

Sie zogen mit einer Aktentasche unterm Arm von einer Firma zur anderen. Einige versuchten auch, Staubsauger zu verkaufen oder den Leuten Lebensversicherungen aufzuschwatzen.

»Nein!« bekräftigte Kees mit lauter Stimme und sah sich von ferne im Spiegel an. Er würde nicht abwarten, bis seine Anzüge abgetragen und seine Schuhe durchlöchert wären, und auch nicht, daß seine Schachfreunde ihm aus Mitleid den Clubbeitrag erlassen würden, wie dies bei einem Clubmitglied nach langem Beratschlagen geschehen war...

Um all diese Dinge ging es ja im übrigen auch gar nicht. Sicher, er selbst hätte niemals all das bewirken können, was jetzt geschehen war...

Aber da es nun einmal geschehen war, mußte er die Gelegenheit beim Schopfe packen...

»Was ist denn jetzt wieder los?« schrie er.

»Frau de Coster läßt fragen, ob Sie etwas über ihren Mann wissen. Er ist offenbar heute nacht nicht nach Hause gekommen und...«

»Was geht das mich an?«

»Soll ich ihr antworten, daß Sie es nicht wissen?«

»Antworten Sie ihr, daß sie sich zum Teufel scheren soll, mitsamt ihrem Liebhaber!«

Als ob Frau Popinga jetzt noch gewußt hätte, wo ihr der Kopf stand...

»Und machen Sie gefälligst die Tür zu. Und sagen Sie dem Dienstmädchen, es soll nicht so einen Lärm mit dem Eimer machen...«

Er hatte Kopfweh und rief seine Frau zurück, um sie um eine Orange zu bitten, denn sein Mund war ganz ausgetrocknet, und die Zunge klebte ihm am Gaumen.

Der Sonnenstrahl wurde breiter. Man spürte, daß draußen trockene, prickelnde Kälte herrschte. Vom Hafen drangen die vertrauten Sirenen der Schiffe herüber, die die erste Brücke des Wilhelminenkanals erreichten und Durchfahrt verlangten. Ob die *Ozean III* noch immer am Kai lag? Wahrscheinlich. Der Kapitän hatte sein Öl wohl inzwischen bei einem Konkurrenten, vermutlich bei Wrichten, gekauft, der sich gewiß darüber wunderte.

Die Angestellten im Büro waren ratlos und warteten auf ihn...

Also – es machte ihm Spaß, alles noch einmal zusammenzufassen und im voraus auszukosten – zuerst Pamela... Julius de Coster hatte ihm erzählt, daß sie eine Suite im ›Carlton‹ bewohnte...

Danach würde er mit seinen fünfhundert Gulden einen Zug nehmen, einen Nachtzug natürlich, den »Nordstern« zum Beispiel...

Ob es noch lange dauern würde, bis man Julius de Costers Kleider entdeckte? Nicht weit von der Stelle, an der er sie abgelegt hatte, gab es einen Laden für Angelgerät. Der schwarze Hut hob sich gewiß deutlich von dem Schnee an der Böschung ab...

»Mutti, wenn Sie mich noch mal stören, werde ich...«

»Kees, etwas ganz Furchtbares!... Unvorstellbar!... Ihr Chef hat sich ertränkt... Er hat...«

»Was geht das mich an?«

Während er dies sagte, betrachtete er sich im Spiegel, um zu prüfen, ob seine Miene auch ganz unerschütterlich war. Er genoß es! Er hatte sich von klein auf gern im Spiegel betrachtet. Damals nahm er dann alle möglichen Posen ein und schnitt die verrücktesten Grimassen.

Vielleicht war er ja schon immer ein Schauspieler gewesen und hatte sich fünfzehn Jahre lang darin gefallen, im Spiegel dem würdigen und unerschütterlichen Bild eines selbstsicheren, achtbaren, ehrenhaften Holländers zu begegnen, der nicht daran zweifelte, daß alles, was er besaß, von erstklassiger Qualität war.

»Wie können Sie so etwas sagen, Kees? Haben Sie denn nicht verstanden? Julius de Coster hat sich ertränkt...«

»Na und?«

»Sie werden mir doch nicht erzählen, daß Sie schon etwas gewußt haben...«

»Warum soll ich mich groß aufregen, weil ein Mann sich umgebracht hat?«

»Aber er... er war doch Ihr Chef, und...«

»Er darf ja wohl tun und lassen, was er will, oder? Ich habe Sie gebeten, mich schlafen zu lassen...«

»Das geht doch nicht! Unten ist ein Angestellter, der Sie unbedingt sprechen will...«

»Sagen Sie ihm, daß ich schlafe…«

»Bestimmt kommt bald die Polizei, um Sie zu befragen…«

»Dann kann ich immer noch aufstehen.«

»Kees!… Sie machen mir angst!… Sie sind wohl nicht bei Trost… Ihre Augen sind so verändert…«

»Schicken Sie mir Zigarren herauf, ja?«

Inzwischen war sie überzeugt, daß ihr Mann schwer krank oder zumindest überarbeitet, vielleicht auch ein wenig verrückt geworden war. Resigniert wies sie das Dienstmädchen an, eine Kiste Zigarren hinaufzubringen, es war gewiß besser, ihn nicht zu verärgern. Sie tuschelte lange im Hausflur mit dem Angestellten, der mit gesenktem Kopf abzog.

»Fühlen Sie sich nicht wohl, Herr Popinga?« glaubte das Dienstmädchen murmeln zu müssen, als sie sein Zimmer betrat.

»Herr Popinga hat sich in seinem ganzen Leben noch nie so wohl gefühlt! Wer hat denn das Gegenteil behauptet?«

»Ihre Frau…«

Es war jetzt etwa zehn Uhr, um diese Tageszeit löschten am Hafen bestimmt fünfzehn Schiffe ihre Ladungen. Dies war, vor allem bei Sonnenschein, immer ein hübscher Anblick, um den es ihm leid tat, die meisten Schiffe hatten grüne, rote oder blaue Scheuerleisten, die sich im Wasser des Kanals spiegelten, und an manchen waren jetzt bei Windstille die Segel zum Trocknen aufgezogen…

Von seinem Büro aus hatte er sie jeden Morgen beobachtet... Er kannte alle Kapitäne und alle Seeleute... Er kannte auch jede Sirene und konnte sagen:

»Aha! Die *Jesus-Maria* passiert die zweite Brücke... In einer halben Stunde legt sie an...«

Und um Punkt elf brachte ihm der Bürodiener eine Tasse Tee mit zwei Keksen herauf...

Julius de Coster senior saß währenddessen völlig allein hinter der gepolsterten Tür in seinem Büro. Daß nie einer gemerkt hatte, wie verkalkt er war! Man setzte ihn wie eine Mumie, gleichsam als Aushängeschild der Firma, in seinen Sessel und gewährte den Kunden nur einen kurzen Blick auf ihn, so daß sie seine völlige Verblödung als Weisheit deuten konnten!

Kees wurde unruhig in seinem Bett, das sich jetzt feucht anfühlte. Sein Pyjama war unter den Achseln naß. Trotzdem stand er noch nicht auf, denn aufzustehen bedeutete, handeln zu müssen.

Solange er in seinem Zimmer im Bett lag, konnte er alles nur im Geiste tun, er fühlte sich Pamela nahe, und auch Eleonore de Coster vermochte ihn trotz ihrer angeberischen Zigarettenspitze kaum einzuschüchtern.

Aber wenn er erst wieder die grauen Kleider von Kees Popinga anlegen und frisch rasiert, frisch gewaschen, die blonden Haare mit Pomade an den Schädel geklebt, dastehen würde?

Schon mußte er ein wenig gegen seine Neugier oder gar ein anderes, etwas undeutlicheres Gefühl ankämpfen, um nicht dort hinunter zu gehen und sich um alles zu kümmern. Brutal und vulgär, wie der Kapitän der *Ozean III* sein konnte, hatte dieser vielleicht schon den ganzen Hafen aufgehetzt und verlangte Schadensersatz...

Und wenn die Polizei wirklich ins Büro käme? Dies wäre etwas so Unerwartetes, daß man sich nicht mal vorstellen konnte, wie das vor sich gehen würde... Das ganze Erdgeschoß war Speicherraum, mit Lageristen in blauer Leinenschürze und bis zur Decke gestapelten Waren.

In einer Ecke gab es ein verglastes Büro mit einem Fenster zum Hafen und drei Seiten zum Lager: Kees' Büro, der von da aus die Rolle des Dirigenten spielte.

Im ersten Stock weitere Vorräte und Büros; Büros auch im zweiten Stock über dem zwei Meter breiten Streifen, auf dem schwarz auf weiß die Worte standen: *Julius de Coster en Zoon – Shipchandler.*

Er brachte den Mut auf, nicht aufzustehen, war aber doch verwirrt, daß man ihn so lange allein ließ, obwohl er ja strikt befohlen hatte, ihn nicht zu stören.

Was trieben die beiden Frauen da unten? Warum hörte man sie nicht mehr? Und warum wurde er nicht wegen des Selbstmords seines Chefs ausgefragt?

Er würde natürlich nichts sagen! Aber es ärgerte ihn, daß man noch nicht nach ihm gefragt hatte.

Er aß seine Orange ohne Messer und warf die Schalen auf den Boden, um Mutti zu ärgern, vergrub sich dann wieder in seine Kissen, schloß die Augen und zwang sich, an Pamela und an all das, was er mit ihr machen würde, zu denken.

Das Pfeifen eines Zuges drang wie ein Versprechen an sein Ohr; im Halbschlaf beschloß er jetzt schon, nicht am Tage abzureisen, was ihm nicht wehmütig genug war, sondern wenn nicht die Nacht, so zumindest die Dunkelheit abzuwarten, die gegen vier Uhr einsetzen würde.

Pamela war brünett wie Eleonore... aber etwas molliger als sie... Frau Popinga wiederum war dick, aber nicht mollig... Sie tat immer etwas schamvoll, wenn Kees abends zärtlich wurde, und zuckte, aus Angst, die Kinder könnten etwas hören, beim geringsten Geräusch zusammen...

Kees dachte mit aller Kraft an Pamela, aber dann kamen ganz unbewußt Bilder der Firma de Coster en Zoon in ihm hoch, Hafenszenen, Schiffe beim Beladen oder Entladen, und sobald er es bemerkte, drehte er sich schwerfällig auf die andere Seite und begann von vorne:

»Wenn ich in ihr Appartement im ›Carlton‹ komme, sage ich zu ihr...«

Und ging Sekunde für Sekunde noch einmal die Ereignisse durch, wie er sie vorsah.

»Papa?«

Ganz sicher hatte er geschlafen, denn er schreckte jetzt hoch und sah verwundert seine flennende Tochter vor sich.

»Was hast du Mutti angetan?«

»Ich?«

»Sie weint. Sie sagt, daß du ganz anders bist als sonst und daß schreckliche Dinge geschehen...«

Sehr schlau!

»Wo ist denn deine Mutter?«

»Im Eßzimmer... Wir wollen jetzt essen... Carl ist nach Hause gekommen... Mutti wollte nicht, daß ich hinaufgehe...«

Frida weinte, ohne zu weinen, was eine ihrer Spezialitäten war. Schon als ganz kleines Kind flennte sie einfach wie ein Opferlamm vor sich hin. Wegen nichts und wieder nichts, etwa wegen eines etwas strengeren Blicks, brach sie in Tränen aus! Aber das geschah so automatisch und regelmäßig, daß man zweifeln mußte, ob sie wirklich traurig war.

»Stimmt es, daß Herr de Coster tot ist?«

»Woher soll ich das wissen?«

»Mutti meint, du bist krank...«

»Ich?«

»Sie möchte am liebsten Dr. Claes rufen, aber sie hat Angst, daß du dann wütend wirst...«

»Da hat sie verdammt recht. Ich brauche weder Dr. Claes noch sonst jemanden...«

Wirklich ein merkwürdiges Mädchen! Kees hatte

sie noch nie verstanden, und jetzt verstand er sie schon gar nicht. Warum stand sie da und starrte ihn in seinem Bett so angsterfüllt an? Hatte er ihr vielleicht je etwas getan? Dabei besaß sie trotz aller Tränen einen verblüffenden Realitätssinn.

»Was soll ich Mutti sagen? Daß du zum Essen herunterkommst?«

»Ich komme nicht.«

»Sollen wir ohne dich essen?«

»Genau! Eßt! Weint! Aber laßt mich um Himmels willen in Ruhe!«

Er hatte keine Gewissensbisse, aber unangenehm war es ihm doch. Er hätte lieber gleich frühmorgens einfach weggehen und sie im Glauben lassen sollen, daß er ins Büro ging wie jeden Tag.

Jetzt war er seiner Sache nicht mehr so sicher. Er sah eine Menge Ärger auf sich zukommen. Vor allem fürchtete er, daß sein Schwager Merkemans antanzen und, wie es so seine liebenswürdige Art war, seine Dienste anbieten würde. Denn so war er! Wenn in der Umgebung jemand starb, bot er sich immer gleich an, Totenwache zu halten!

»Geh essen... Laß mich allein...«

Wenn er doch wenigstens zwei oder drei Schnäpse hätte runterkippen können.

Aber es gab keinen Alkohol im Haus. Höchstens vielleicht ein Fläschchen Likör für besondere Gelegenheiten, wenn überraschend Besuch kam. Und das war auch noch links im Büfett unter Verschluß!

»Wiedersehen, Frida!«

»Wiedersehen, Papa.«

Sie verstand nicht, daß er dies unwillkürlich auf eine ganz besondere Weise gesagt hatte, und sie spürte auch nicht, daß er sie bis zur Tür mit den Blicken verfolgte und dann sein Gesicht ins Kopfkissen drückte.

In Wirklichkeit war er sich seiner Sache nicht mehr so sicher. Er hatte große Mühe, an Pamela und alles andere zu denken.

Zum Glück kam um zwei Uhr jemand, um ihm mitzuteilen, daß die Polizei, die sich in de Costers Büros aufhielt, ihn sprechen wollte.

Er kleidete sich sorgfältig an, betrachtete sich lange im Spiegel, ging hinunter und hielt sich eine ganze Weile in der Nähe seiner Frau auf.

»Soll ich nicht besser mitkommen?« wagte sie zu fragen.

Und dies rettete ihn, denn er hätte sonst noch länger gezögert. Aber die Tatsache, daß sie ohne besonderen Anlaß die Gefahr spürte und sich darauf einstellte, dieser zu begegnen...

»Ich bin ja wohl alt genug, um solche Angelegenheiten alleine zu regeln.«

Sie hatte rote Augen und auch eine rote Nase, wie immer, wenn sie geweint hatte. Sie wagte nicht, ihm ins Gesicht zu sehen, was ein Beweis dafür war, daß sie so ihre Hintergedanken hatte.

»Nimmst du dein Fahrrad?«

»Nein!«

Sie duzte ihn nur in großen Ausnahmefällen.

»Warum weinst du?« fuhr er sie an.

»Ich weine nicht.«

Aber dicke Tränen liefen ihr über die Wangen!

»Dummerchen!«

Nie würde sie verstehen oder erfahren, daß dies das zärtlichste Wort war, das er in seinem ganzen Leben an sie gerichtet hatte.

»Kommst du auch nicht zu spät nach Hause?«

Wirklich dumm, daß er selber schon den Tränen nahe war. Die fünfhundert Gulden steckten in seiner Tasche. Aber die zweihundert Gulden, die im Schlafzimmer für eine Rechnung, die am übernächsten Tag fällig war, bereitlagen, hatte er nicht angerührt.

»Hast du deine Handschuhe?«

Er hatte sie vergessen. Sie brachte sie ihm, küßte ihn nicht, weil das in diesem Haus nicht üblich war. Aber sie blieb leicht gebeugt an der Tür stehen, während er sich in dem unter seinen Gummiüberschuhen knirschenden Schnee entfernte.

Er mußte alle Kraft zusammennehmen, um sich nicht umzudrehen.

3

Über ein rotes Saffian-Notizbuch, das Popinga eines Tages, als er beim Schach gewann, für einen Gulden kaufte

Der Zug war vor einer Viertelstunde von Groningen abgefahren. Da es halb fünf und schon dunkel war, konnte man nicht mehr aus dem Fenster gukken. Kees Popinga saß in einem Zweiter-Klasse-Abteil mit einem mageren kleinen Herrn, der bestimmt Gerichtsvollzieher oder Kanzleigehilfe war, und einer schon älteren Frau in tiefer Trauer in der Ecke gegenüber.

Zufällig berührte er in seiner Tasche ein kleines, in rotes Saffianleder gebundenes Notizbuch mit Goldschnitt, das er einmal für einen Gulden gekauft hatte, um seine gelungensten Schachzüge zu notieren.

Er holte das Notizbuch ohne besondere Absicht hervor, einfach so, um die Zeit totzuschlagen. Bis jetzt hatte er nur zwei Schachpartien darin aufgezeichnet, das heißt, zwei Seiten waren mit entsprechenden Zeichen vollgekritzelt.

Nun zog er den Bleistift heraus, der im Einband steckte, und fing an zu schreiben:

Mit dem 16-Uhr-07-Zug von Groningen abgefahren.

Darauf steckte er das Notizbuch wieder in die Tasche und holte es erst nach dem Bahnhof von Sneek wieder heraus, um hinzuzufügen:

Zu kurzer Halt für ein Gläschen.

Dieses Notizbuch nun, diese Aufzeichnungen, sollten sehr viel später den Psychiatern als Anhaltspunkt für ihre Behauptung dienen, daß er bereits bei seiner Abreise aus Groningen geistesgestört war!

War demnach seine Frau vielleicht auch geistesgestört, nur weil sie ihr Tagebuch aus der Jungmädchenzeit aufbewahrte und abends, wenn sie keine Sammelbildchen einklebte, ganz im Ernst Dinge notierte wie:

Neue Schuhe für Carl gekauft. Frida beim Friseur gewesen?

Aber nicht nur dieses Notizbuch würde eine Rolle spielen. Auch seine Mitreisenden, die ihn jetzt gar nicht beachteten, würden sich später an so manche beeindruckende Einzelheit erinnern.

Dabei gab es nichts an seinem Verhalten, was Neugier wecken konnte. Er war ruhig. Vielleicht sogar übertrieben ruhig?

Er merkte es selber, und dabei kamen ihm zwei Episoden aus seinem Leben in den Sinn, bei denen er ebenfalls eiserne Ruhe bewahrt hatte.

Die erste Geschichte fiel ihm wegen des roten Notizbuchs ein, denn sie hatte mit dem Schachspiel zu tun. Eines Abends hatte er im Club hintereinander drei Partien gewonnen, worauf der alte Copenghem, der ihn nicht leiden konnte, hämisch sagte:

»Kunststück, wenn Sie immer nur gegen Schwächere spielen!«

Popinga hatte sich beleidigt dagegen verwahrt, Copenghem schließlich herausgefordert und ihm einen Läufer und einen Turm vorgegeben.

Er sah die Partie noch vor sich – sie sollte in die Annalen des Clubs eingehen. Obwohl Copenghem ein hervorragender Spieler war, gab sich Popinga sehr selbstsicher und stolzierte zwischen den einzelnen Zügen auf und ab, was seinen Gegner rasend machte. Auf einem Tischchen neben ihm stand ein kleines Glas Münchner Bier, von dem gerade ein Faß angezapft worden war.

Nach einer Stunde, in der sich Popinga immer nur arrogant aufspielte, setzte der andere ihn mit süffisantem Lächeln matt.

Etwas Unangenehmeres hätte Popinga gar nicht passieren können. Über zwanzig Personen waren Zeugen der Partie und seiner Prahlereien gewesen.

Aber er ließ es sich nicht anfechten, er wurde

weder blaß noch rot, sondern blieb die Ruhe selbst und sagte einlenkend:

»Kann ja mal passieren, oder?«

Gleichzeitig nahm er unbemerkt einen Läufer aus dem Spiel. Diese Schachfiguren aus geschnitztem Elfenbein waren in ganz Groningen bekannt und gehörten Copenghem, der immer behauptete, mit keinen anderen als seinen eigenen Schachfiguren spielen zu können.

Popinga hatte den schwarzen Läufer gewählt. Mit einem Blick hatte er die Lage erfaßt und ließ gleich darauf den Läufer in sein Glas Münchner Bier plumpsen.

Danach sollte eine neue Schachpartie beginnen. Man bemerkte, daß der Läufer fehlte, und suchte ihn überall, rief den Kellner und stellte alle möglichen Vermutungen an, dachte aber nicht an das Glas Dunkelbier, das Kees sich hütete auszutrinken und das dann wer weiß wo ausgeschüttet wurde, denn Copenghem bekam seinen Läufer nie zurück.

Ja, und während dieser ganzen Suche war Popinga ebenso seelenruhig geblieben wie jetzt im Zug, als er an die Leute von Groningen dachte, denen er eine ganz schöne Nuß zu knacken gab, indem er nun einfach verschwand.

Was aber die Dame in Trauer nicht hinderte, zwei Tage später zu erklären:

»Er wirkte so verängstigt, und zweimal hat er vor sich hin gelacht...«

Gelächelt! Nicht gelacht! Das erste Mal wegen der Sache mit Copenghem, das zweite Mal wegen der Ochsenschwanzsuppe.

Diese Geschichte war jüngeren Datums, sie hatte sich erst im vergangenen Jahr abgespielt, als Jef van Duren an die Medizinische Fakultät berufen wurde. Sein alter Freund van Duren hatte ein großes Abendessen gegeben. Während der Wermut serviert wurde, war Kees in die Küche gegangen, wo er wie gewöhnlich mit dem attraktiven Dienstmädchen Maria schäkerte.

Als er aber dann versuchte, zärtlich zu werden, hatte diese erklärt:

»Nehmen Sie doch Vernunft an, sonst komme ich erst wieder, wenn Sie weg sind...«

Dann war sie in den Keller gegangen, um etwas zu holen.

Das war für Kees um so demütigender gewesen, als er sich nur mit Maria solche Intimitäten erlaubte, bei denen ihm jedesmal das Blut zu Kopfe stieg.

Aber er war ruhig geblieben, furchtbar ruhig, und ähnlich wie bei der Geschichte mit der Schachfigur und dem Bierglas hatte er nun einen Topf mit Ochsenschwanzsuppe auf dem Herd ins Visier genommen – das war eine Spezialität, die die van Durens nur bei großen Gelegenheiten auftischten. Auf einem Regal standen verschiedene Dosen, wovon zwei die Aufschrift »Salz« trugen. Er hatte eine davon aufgemacht und einen großen Teil ihres Inhalts in die Suppe gekippt; danach war er mit Unschuldsmiene ins Wohnzimmer zurückgekehrt.

Die Wirkung war weit komischer gewesen, als er erwartet hatte. Die Dose mit der Aufschrift »Salz« enthielt aus unerfindlichen Gründen Zucker, und über eine Minute lang hatte man am Tisch nur verwirrte Mienen, gerunzelte Brauen, ratlose Gäste gesehen, die noch einen Löffel Suppe versuchten.

Genau dieselbe Ruhe bewies er auch heute. Um sechs Uhr stieg er in Stavoren aus, aber auch da blieb ihm keine Zeit für ein Gläschen, obwohl er großen Durst hatte. Er schaffte es nur knapp auf das Schiff über die Zuidersee; zum Glück konnte er dann an Bord etwas bestellen.

»Zwei Genever«, sagte er zu dem Steward, als wäre dies völlig normal.

Er bestellte zwei Genever, weil er von vornherein wußte, daß er zwei trinken würde, warum sollte der Kellner dann zweimal den Weg durch das ganze Schiff machen? Schließlich hatte Julius de Coster am Vorabend im ›Petit Saint Georges‹ den Wirt gebeten, die ganze Flasche auf dem Tisch stehenzulassen, und dieser hatte nichts Besonderes dabei gefunden.

Aber warum würde der Steward dann später erklären:

»Er hat wie ein Irrer ausgesehen und zwei Genever auf einmal bestellt...«

Nach der vierzigminütigen Überfahrt bestieg Kees in Enkhuizen den Zug nach Amsterdam, wo er kurz nach acht ankam. Auf dieser letzten Strecke saß er in einem Abteil mit zwei Viehhändlern, die über ihre Geschäfte redeten und ihn dabei wie einen unliebsamen Konkurrenten scheel ansahen.

Aber keiner, nicht einmal er selber, konnte ahnen, zu welch schauriger Berühmtheit er es schon wenige Stunden später bringen würde. Er war wie gewöhnlich grau gekleidet und hatte automatisch seine lederne Aktentasche mitgenommen, mit der er sonst ins Büro ging.

In Amsterdam zögerte er keinen Augenblick, sich ins ›Carlton‹ zu begeben, so wie er auch keinen Augenblick gezögert hatte, die Schachfigur ins Bierglas und den Zucker in die Ochsenschwanzsuppe zu werfen.

»Ist Fräulein Pamela da?«

Gab es irgend etwas, wodurch er sich von jedem beliebigen Besucher unterschied? Seine Ruhe vielleicht.

»Wen darf ich melden?« fragte der Portier in Livree.

»Julius de Coster...«

Der Portier zauderte einen Moment, sah ihn an und murmelte:

»Entschuldigen Sie... Aber Sie sind nicht Herr de Coster...«

»Woher wollen Sie das wissen?«

»Ich kenne Herrn de Coster, er kommt jede Woche...«

»Und wenn ich nun ein anderer Herr de Coster wäre?«

Was den Portier aber nicht überzeugte, denn er erklärte am Telefon:

»Hallo!… Fräulein Pamela?… Hier ist ein Herr, der im Auftrag von Herrn de Coster kommt… Soll ich ihn hinaufschicken?«

Ein nichtsahnender Liftboy begleitete ihn mit dem Aufzug nach oben.

Pamela, die sich gerade vor dem Spiegel kämmte, rief arglos: »Herein!«, drehte sich dann aber um, weil sie, nachdem die Tür ins Schloß gefallen war, keinen Laut mehr hörte.

Kees Popinga stand mit seiner Aktentasche unterm Arm und dem Hut in der Hand vor ihr. Sie murmelte:

»Setzen Sie sich doch…«

Er antwortete:

»Danke… Ich stehe lieber…«

Sie befanden sich in einem der über hundert Appartements des ›Carlton‹, die sich alle glichen. Die Tür zu dem erleuchteten Badezimmer stand halb offen. Auf dem Bett lag ein Abendkleid.

»Hat Ihnen de Coster etwas für mich aufgetragen?… Erlauben Sie, daß ich mich fertig frisiere?… Ich bin schon spät dran… Wieviel Uhr ist es überhaupt?«

»Halb neun… Sie haben noch Zeit…«

Er legte Aktentasche und Hut nieder, zog den

Mantel aus und versuchte, sich im Spiegel zuzulächeln.

»Sie können sich wahrscheinlich nicht an mich erinnern, aber ich habe Sie in Groningen oft gesehen … Ja, ich darf wohl sagen, daß ich Sie zwei Jahre lang begehrt habe … Gestern konnte ich mich ein wenig mit Julius de Coster unterhalten, und jetzt bin ich hier …«

»Was wollen Sie eigentlich?«

»Verstehen Sie denn nicht? Ich bin hierhergekommen, weil dies hier eine andere Situation ist als damals in Groningen.«

Er war auf sie zugegangen und stand jetzt dicht neben ihr, was sie unangenehm berührte. Trotzdem beschäftigte sie sich weiter mit ihrem braunen Haar.

»Ich kann Ihnen jetzt nicht alles erklären … Wichtig ist nur, daß ich beschlossen habe, ein Stündchen mit Ihnen zu verbringen …«

Als er das Appartement wieder verließ, war er womöglich noch ruhiger als vorher. Er mußte fünf Stockwerke hinunter, verzichtete aber auf den Lift. Erst unten bemerkte er, daß er seine Aktentasche in Pamelas Zimmer vergessen hatte, und überlegte, ob es dem Portier wohl auffallen würde.

Er war hellwach im Kopf, denn es entging ihm nicht, daß der Mann auf seine leeren Hände sah.

»Ich habe meine Tasche oben vergessen«, sagte er in gleichgültigem Ton. »Ich hole sie morgen ab …«

»Soll ich nicht den Liftboy hinaufschicken?«

»Nein danke, nicht nötig.«

Er leistete sich nur einen Fauxpas, aber das kam daher, daß er es nicht gewohnt war, in Luxushotels zu verkehren: Er holte eine Viertelguldenmünze aus der Tasche und streckte sie dem Portier entgegen.

Zehn Minuten später erreichte er den Bahnhof. Der nächste Schnellzug nach Paris ging erst um elf Uhr sechsundzwanzig, also in knapp zwei Stunden. Er vertrieb sich die Zeit damit, auf den Bahnsteigen auf und ab zu gehen und die haltenden Züge zu betrachten.

Genau um Viertel vor elf kam eine kleine Tänzerin, die jeden Abend mit Pamela ausging, ins ›Carlton‹ und fragte:

»Ist sie noch nicht heruntergekommen? Ich warte jetzt schon eine Stunde im Restaurant...«

»Ich werde in ihrem Appartement anrufen.«

Der Portier rief einmal, zweimal, dreimal an und sagte dann seufzend:

»Dabei habe ich sie nicht weggehen sehen!«

Er rief den Liftboy heran, der gerade vorüberging.

»Fahr schnell zu Fräulein Pamela hinauf und sieh nach, ob sie vielleicht eingeschlafen ist.«

Popinga blieb auch auf dem Bahnhof die Ruhe selbst. Er schlenderte auf und ab und musterte die Reisenden.

Der Liftboy kam die fünf Stockwerke heruntergerannt, sank in einen Sessel und japste:

»Schnell!... Da oben...«

Er hatte den Aufzug oben stehen lassen, und man mußte zu Fuß hinauf. Pamela lag quer über dem Bett, ein Frottierhandtuch war als Knebel um ihr Gesicht gebunden. Man mußte den Direktor informieren und einen Arzt rufen. Als schließlich die Polizei kam, war es halb zwölf, und der Zug nach Paris war gerade abgefahren.

Dies war nun ein echter Nachtzug, wie ihn Popinga immer erträumt hatte, ein Zug mit Schlafwagen, an dessen Abteilen die Vorhänge zugezogen waren und wo Nachtleuchten brannten und die Reisenden sich in verschiedenen Sprachen unterhielten, ja, es war sogar ein internationaler Nachtzug, der innerhalb weniger Stunden über zwei Grenzen fuhr.

Popinga hatte eine Fahrkarte zweiter Klasse gelöst und sich in ein Abteil gesetzt, in dem sich nur ein einziger Reisender befand, der schon schlafend dalag, so daß er sein Gesicht nicht sehen konnte.

Kees hatte keine Lust zu schlafen, er hatte auch keine Lust, sitzen zu bleiben, also ging er drei- oder viermal durch den ganzen Zug und versuchte, in die Abteile hineinzuspähen und irgend etwas zu erkennen...

Der Schaffner knipste seine Fahrkarte, ohne ihn anzusehen. Die belgische Polizei warf nur einen Blick auf seinen Ausweis, und er nutzte den Halt am Zoll, um in sein Notizbuch zu schreiben:

In Amsterdam den 23-Uhr-26-Zug genommen, zweiter Klasse.

Etwas später hatte er noch einmal das Bedürfnis, etwas hineinzuschreiben:

Kann nicht begreifen, warum sich Pamela über mich lustig gemacht hat, als ich ihr sagte, was ich wollte. Pech für sie! So konnte ich nicht weggehen. Nun hat sie wohl verstanden.

Wenn sie wenigstens gelächelt oder ironisch reagiert hätte! Oder wütend gewesen wäre! Aber nein! Nachdem sie Kees von Kopf bis Fuß gemustert hatte, war sie in schallendes, endloses hysterisches Gelächter ausgebrochen, wobei ihre Brüste bebten, was sie noch begehrenswerter machte.

»Ich verbiete Ihnen zu lachen!« hatte er streng gesagt.

Aber da hatte sie nur noch mehr gelacht, bis ihr die Tränen kamen und er sie an den Handgelenken packte.

»Sie sollen nicht lachen!«

Er hatte sie heftig ans Bett gedrängt, auf das sie sich fallen ließ.

Und seine Aktentasche lag in Reichweite, neben ihrem Abendkleid.

»Fahrkarten bitte!«

Dies war nun der belgische Schaffner, der dann

doch einen neugierigen Blick auf diesen Reisenden warf, der trotz der Kälte im Gang stand. Aber wie hätte er ahnen sollen...

Der Mann in Popingas Abteil war an der Grenze aufgewacht, und Kees blickte in ein unscheinbares Gesicht mit einem kleinen braunen Schnurrbart.

Eine seltsame Nacht auch diese, fast so beeindruckend wie die letzte und wie die Stunden im ›Petit Saint Georges‹ mit de Coster. Was würde Julius junior nun sagen, wenn er das hörte?

Ob Pamela ihn anzeigte? Dann würde Popingas Name in allen Zeitungen stehen, denn man würde ja seine Aktentasche in ihrem Zimmer finden.

Unvorstellbar dies alles. Unmöglich, alle Folgen zu bedenken. Frida zum Beispiel besuchte eine von Nonnen geführte Schule. Könnte man dort die Tochter eines Mannes behalten, der...

Und der Schachclub! Copenghems Gesicht! Dr. Claes, der sich einbildete, als einziger Anspruch auf eine Geliebte zu haben. Und...

Er senkte die Lider, verzog aber keine Miene. Manchmal tauchten vor dem Fenster Lichter auf oder der Lärm nahm zu, weil der Zug durch einen Bahnhof fuhr. Auch erkannte er undeutlich eine weite schneebedeckte Ebene und ein kleines Haus, das, wer weiß, warum, vielleicht weil jemand gestorben oder weil ein Kind geboren war, mitten in der Nacht erleuchtet war...

War es nicht überhaupt besser, daß er seine

Aktentasche bei Pamela vergessen hatte? Er hätte am liebsten jeden Augenblick etwas in sein rotes Notizbuch geschrieben.

An der französischen Grenze stieg er aus und fragte, ob das Bahnhofsbüfett offen habe, mußte dann wegen des Zolls einen Umweg machen, leerte ein großes Glas Cognac und schrieb hastig in sein Notizbuch:

Stelle fest, daß der Alkohol nicht die geringste Wirkung hat.

Der letzte Teil der Reise war der längste. Er hatte wohl versucht, mit dem Mitreisenden in seinem Abteil, einem Diamantenmakler, ins Gespräch zu kommen. Aber der Mann, der diese Reise zweimal wöchentlich machte, hatte seine Gewohnheiten und wollte schlafen.

»Wissen Sie vielleicht, ob das ›Moulin Rouge‹ noch offen hat?« fragte Popinga dennoch.

Er wollte Leute sehen und ging wieder im Gang auf und ab, durchquerte die Faltenbälge zwischen den Waggons, preßte sein Gesicht an die Scheiben der Abteile, in denen Leute schliefen. Ins ›Moulin Rouge‹ oder anderswohin... Er hatte nur deshalb ›Moulin Rouge‹ gesagt, weil er schon so viel darüber gelesen hatte...

Er sah sich schon in einem üppig mit Spiegeln ausgestatteten Lokal mit purpurroten Samtbänken, einen Sektkübel vor sich auf dem Tisch und tiefdekolletierte schöne Frauen neben sich... Er würde ruhig bleiben! Der Champagner würde keine stärkere Wirkung auf ihn haben als der Genever oder der Cognac. Und er würde sich das boshafte Vergnügen gestatten, seine Tischdamen mit rätselhaften Aussagen zu verwirren...

Dann kam plötzlich übergangslos die Gare du Nord, die zugige Bahnhofshalle, der Ausgang, ein wartendes Taxi.

»Zum ›Moulin Rouge‹!« stieß er hervor.

»Haben Sie kein Gepäck?«

Das ›Moulin Rouge‹ war zu, aber das Taxi setzte ihn vor einem anderen Nachtlokal ab, wo sich ein Türsteher um Popinga bemühte. Kein Mensch konnte ihm ansehen, daß er zum ersten Mal in seinem Leben ein solches Lokal betrat. Er überstürzte nichts. Er sah sich in Ruhe um und wählte dann einen Tisch, ohne sich um den Kellner zu kümmern.

»Bringen Sie mir Champagner und eine Zigarre!«

Na bitte! Er hatte es geschafft! Alles war so eingetroffen, wie er es gewollt hatte, und so fand er es auch ganz natürlich, daß eine Frau in grünem Kleid auf ihn zukam und murmelte:

»Erlauben Sie?«

Er antwortete:

»Bitte!«

»Sind Sie Ausländer?«

»Holländer. Aber ich spreche vier Sprachen: meine eigene, französisch, englisch und deutsch...«

Wie wunderbar entspannend dies alles! Und das erstaunlichste dabei war auch jetzt, daß alles bis ins kleinste so verlief, wie er es sich ausgedacht hatte.

Fast kam es ihm so vor, als kenne er dieses Lokal mit seinen leuchtendroten Samtbänken, der Jazzband mit dem blonden Saxophonisten, der bestimmt aus dem Norden stammte, vielleicht sogar Holländer war wie er, und dieser rothaarigen Frau, die jetzt die Ellbogen auf den Tisch stützte und ihn um eine Zigarette bat.

»Herr Ober!« rief er. »Zigaretten...«

Etwas später zog er sein Notizbuch aus der Tasche und fragte die Frau:

»Wie heißen Sie?«

»Ich?... Sie wollen meinen Namen aufschreiben?... Komische Idee!... Na ja, wenn es Ihnen Spaß macht... Jeanne Rozier... Übrigens, wissen Sie, daß jetzt geschlossen wird?«

»Das ist mir egal.«

»Was wollen Sie machen?«

»Zu Ihnen gehen.«

»Nein, das nicht... In ein Hotel vielleicht...«

»Gut!«

»Du scheinst ja ganz umgänglich!«

Er deutete ein Lächeln an. Es war irgendwie komisch, warum, wußte er auch nicht!

»Kommst du oft nach Paris?«

»Dies ist das zweitemal. Beim erstenmal war ich auf Hochzeitsreise...«

»Und hast du deine Frau auch diesmal mitgebracht?«

»Nein! Die habe ich zu Hause gelassen...«

Er hätte fast gelacht. Er rief den Kellner, um Champagner nachzubestellen.

»Du hast wohl gern kleine Freundinnen um dich, wie?«

Diesmal lachte er und erklärte:

»Kleine nicht!«

Wie sollte sie das verstehen! Pamela war eben nicht klein! Sie war so groß wie er! Und auch Eleonore de Coster war einen Meter siebzig groß...

»Wenigstens hast du gute Laune. Bist du auf Geschäftsreise?«

»Das wird sich zeigen.«

»Was soll das heißen?«

»Nichts... Sie haben Sommersprossen... Das ist sehr lustig...«

Am lustigsten fand er, daß seine Begleiterin immer wieder verstohlene Blicke auf ihn warf und ihn sichtlich nicht einordnen konnte. Sie hatte tatsächlich Sommersprossen unter den Augen und schönes rotes Haar, einen matten Teint und volle Lippen. Er kannte nur eine einzige Rothaarige, die Frau eines seiner Freunde aus dem Schachclub, die war groß und mager, schielte und hatte fünf Kinder.

»Warum siehst du mich so an?«

»Nur so... Ich finde es hier wunderbar... Ich denke daran, was Pamela für ein Gesicht machen würde...«

»Wer ist das?«

»Die kennst du nicht...«

»Du solltest zahlen, wir müssen gehen... Hier warten alle darauf, daß sie schlafen gehen können...«

»Herr Ober!... Wechseln Sie mir bitte diese Gulden...«

Er zog seine fünfhundert Gulden heraus und streckte dem Kellner lässig das ganze Bündel entgegen.

Eigentlich war er müde und hätte sich manchmal am liebsten einfach flach ausgestreckt, aber Tage wie diesen durfte man nicht durch Schlaf verkürzen.

»Warum kann ich nicht bei dir schlafen?«

»Weil ich einen Freund habe!«

Er sah sie mißtrauisch an.

»Wie ist der? Alt?«

»Er ist dreißig.«

»Was macht er?«

»Zwischenhandel...«

»Ach ja!... Ich auch...«

Immer noch verstand und amüsierte er sich ganz für sich allein, ergötzte sich an seinen eigenen Worten, seinen Gesten, seinem Gesicht, das er in einem Spiegel sah.

»Bitte, mein Herr!«

Was ihn aber nicht davon abhielt, sein Geld sorgfältig nachzuzählen und zu bemerken:

»Sie haben mir einen schlechten Kurs gegeben. In Amsterdam hätte ich viel mehr bekommen.«

Draußen musterte ihn Jeanne Rozier in ihrem grauen Fehmantel nun doch etwas unschlüssig:

»In welchem Hotel wohnst du?«

»In gar keinem. Ich bin direkt vom Bahnhof gekommen.«

»Und dein Gepäck?«

»Ich habe kein Gepäck.«

Sie überlegte einen Moment, ob es nicht doch besser wäre, Abstand zu nehmen.

»Was haben Sie denn?« fragte er erstaunt über ihr Zögern.

»Nichts!... Komm!... In der Rue Victor-Massé gibt es ein Hotel, das sauber ist...«

In Paris lag kein Schnee. Es fror auch nicht. Popinga fühlte sich so leicht wie der Champagner, den er getrunken hatte.

Seine Begleiterin betrat das Hotel, als wäre sie dort zu Hause, und rief durch eine Glastür:

»Lassen Sie nur... Ich nehme Nummer 7...«

Sie zupfte selber die Decke zurecht, verriegelte die Tür und stieß dann einen kleinen Seufzer aus.

»Ziehst du dich nicht aus?« fragte sie aus der Waschecke.

Weshalb eigentlich nicht? Er würde alles tun, was man von ihm verlangte!

Er war folgsam und unbeschwert wie ein Kind. Er wollte alle Menschen glücklich machen!

»Bleibst du lange in Paris?«

»Vielleicht für immer...«

»Und da bist du ohne Gepäck gekommen?«

Sie traute ihm nicht so recht und zog sich nur widerstrebend aus, während er sie vom Bett aus, auf dem er jetzt saß, amüsiert ansah.

»Woran denkst du?«

»An nichts. Du hast ein hübsches Hemd... Ist das Seide?«

Sie behielt es an, schlüpfte unter die Decke, ließ das Licht brennen und wartete.

»Was machst du?« fragte sie nach einer Weile.

»Nichts!«

Er lag auf dem Rücken, blickte zur Decke und rauchte einfach seine Zigarre zu Ende.

»Nervös bist du ja nicht gerade!«

»Nein!«

»Dann kann ich das Licht ausmachen?«

»Ja.«

Sie drehte ab und spürte, daß er weiter bewegungslos in der gleichen Haltung dalag und seinen Zigarrenstummel, der in der Dunkelheit rot aufglühte, zwischen den Lippen hielt.

Nun war sie es, die nervös wurde.

»Warum bist du überhaupt mitgekommen?« fragte sie, nachdem sie sich drei- oder viermal herumgewälzt hatte.

Er fühlte ihren warmen Körper neben sich, doch er empfand dabei vor allem ein moralisches Vergnügen, denn er dachte:

»Wenn Mutti das sähe!«

Dann erhob er sich plötzlich, machte Licht, suchte sein Jackett, holte das Notizbuch heraus und fragte:

»Wie ist die Adresse?«

»Welche Adresse?«

»Die von hier...«

»Rue Victor-Massé 37. Mußt du das alles aufschreiben?«

Jawohl! Genau wie gewisse Reisende Ansichtskarten oder Speisekarten sammelten. Er legte sich wieder ins Bett, drückte den Zigarrenstummel im Aschenbecher aus und murmelte:

»Ich bin noch nicht müde... Womit handelt er denn?«

»Wer?«

»Dein Freund...«

»Autos... Aber hör mal, wenn das alles ist, was du von mir wissen willst, dann kannst du mich auch schlafen lassen. Du bist vielleicht ein komischer Typ! Wann soll ich dich denn morgen wecken?«

»Du sollst mich überhaupt nicht wecken.«

»Um so besser! Hoffentlich schnarchst du wenigstens nicht.«

»Nur, wenn ich auf der linken Seite schlafe.«

»Dann versuch auf der rechten zu schlafen.«

Er lag noch lange mit offenen Augen da, und das komischste war dann, daß die Frau neben ihm schon bald regelmäßig schnarchte, so daß er vor sich hin lachen mußte.

Der Rest verlief dann ähnlich wie am Vortag in Groningen, als er seiner Frau, die nicht ahnte, daß er sie beobachtete, mit halbgeschlossenen Augen beim Anziehen zusah.

Es war schon Tag, aber nicht sehr hell, die Vorhänge waren zugezogen, so daß das Zimmer noch halb im Dunkeln lag und nur ein zartes Lichtbündel hereindrang.

Und da im Gegenlicht stand Jeanne Rozier schon angekleidet und hielt Popingas Hose in der Hand.

Sie kramte in seinen Taschen, denn sie hatte ihn in der Nacht dabei beobachtet, wie er sein Geld in die Hose steckte. Sie versuchte so angestrengt, kein Geräusch zu machen, daß sie dabei eine komische Schnute zog und Popinga unwillkürlich lächeln mußte.

Vielleicht spürte sie dieses Lächeln, obwohl es stumm war, denn sie drehte sich plötzlich um, aber ebenso plötzlich schloß er die Augen, so daß sie nicht wissen konnte, ob er nun schlief oder sich nur so stellte.

Sehr komisch, wie sie in dem fahlen Lichtkegel mit der Hose in der Hand dastand, den Atem anhielt und keine Bewegung wagte. Einen Augenblick lang ließ sie sich von ihm täuschen und griff in die

Tasche, aber dann durchschaute sie ihn und sagte gedehnt:

»Hör mal!«

»Was denn?«

»Willst du mich noch lange für dumm verkaufen?«

»Warum?«

»Hör doch auf... Ich habe verstanden...«

Sie warf die Hose auf einen gelblichen Sessel, zog ihren Mantel aus und pflanzte sich vor dem Bett auf:

»Kannst du mir vielleicht sagen, warum du ohne Gepäck und mit einer Menge Geld in den Taschen nach Paris gekommen bist?... Stell dich bloß nicht dumm... Ich gebe ja zu, daß ich darauf hereingefallen bin...«

»Aber...«

»Warte!«

Sie ging ans Fenster, zog die Vorhänge auf und ließ das frostige Tageslicht herein.

»Erzähl!«

Sie setzte sich auf die Bettkante, betrachtete Kees aufmerksam und sagte schließlich seufzend:

»Hätte ich mir gleich denken sollen, daß du kein richtiger Kunde bist... Was hast du denn heute nacht damit gemeint, als du gesagt hast, daß du Zwischenhandel treibst?... Wetten, du machst in Koks!... Sag bloß, das stimmt nicht!...«

4

Kees Popinga verbringt einen denkwürdigen Heiligen Abend und sucht sich gegen Morgen ein Auto aus

Der Portier des ›Carlton‹ hatte ihn für verrückt gehalten; Jeanne Rozier hielt ihn für einen Kokainhändler, nur weil er keinen Wutanfall bekam, als er sie dabei überraschte, wie sie in seinen Taschen wühlte. Und das war im Grunde auch ganz gut so. Hatte er sich nicht vierzig Jahre lang bemüht, als Kees Popinga akzeptiert zu werden, und jede Geste eingeübt?

»Ich bin müde…«, murmelte er, ohne Jeanne zu antworten, die neben dem Bett stand.

Ihre fahlgelb gesprenkelten grünlichen Augen drückten mehr als Neugier aus. Sie war stutzig geworden und ärgerte sich, jetzt weggehen zu müssen, ohne etwas Genaues erfahren zu haben. Sie schob ein Knie aufs Bett und murmelte:

»Soll ich mich nicht doch noch einen Moment zu dir legen?«

»Das brauchst du nicht!«

Sie hielt die Banknoten in der Hand, die sie aus seinen Taschen geholt hatte, und legte sie jetzt ostentativ auf den Tisch.

»Ich lege sie hier hin, hast du gesehen?... Sag mal, kann ich so einen nehmen?«

Er schlief nicht so tief, um nicht zu bemerken, daß sie einen Tausend-Franc-Schein mitnahm, aber spielte das eine Rolle? Er döste wieder ein.

Jeanne Rozier hatte an jenem kalten Morgen nur zweihundert Meter zurückzulegen und in der Rue Fromentin drei Stockwerke hochzugehen, dann war sie zu Hause in ihrer möblierten Wohnung. Sie schloß die Tür leise, gab der Katze Milch, legte sorgfältig ihre Kleider ab und schlüpfte in das Bett, in dem ein Mann lag.

»Rück ein wenig, Louis...«

Louis rückte brummend ein wenig zur Seite.

»Ich komme gerade von einem komischen Typen... Der ist schon fast zum Fürchten...«

Aber Louis hörte ihr nicht zu, und nachdem sie eine Viertelstunde lang auf den Spalt im Vorhang gestarrt hatte, schlief endlich auch Jeanne Rozier ein, und zwar wohlig warm in ihrem eigenen Bett neben Louis im seidenen Pyjama.

Etwa um dieselbe Stunde traf in der Rue des Saussaies, wo sich die Büros langsam mit Leuten füllten, die wenig Lust zur Arbeit hatten, und deren erste Zigarette bitter schmeckte, das Telegramm ein.

Kriminalpolizei Amsterdam an Sicherheitspolizei Paris.

EIN GEWISSER KEES POPINGA, NEUNUNDDREISSIG JAHRE, WOHNHAFT GRONINGEN, GESUCHT WEGEN MORDES AN PAMELA MAKINSEN, NACHT VOM 23. AUF 24. DEZEMBER IN APPARTEMENT HOTEL CARLTON AMSTERDAM STOP HABEN GRUND ZUR ANNAHME, DASS POPINGA ZUG NACH FRANKREICH NAHM STOP TRÄGT GRAUE KLEIDUNG UND GRAUEN HUT STOP BLONDE HAARE, HELLE HAUT, BLAUE AUGEN, MÄSSIG KORPULENT, BESONDERE KENNZEICHEN KEINE STOP SPRICHT FLIESSEND ENGLISCH, DEUTSCH UND FRANZÖSISCH.

Reibungslos und ohne Hast kam die Maschinerie in Gang, das heißt, Kees Popingas Steckbrief wurde über Radio, telegrafisch oder telefonisch an alle Grenzübergänge, Polizeidienststellen und die Bereitschaftspolizei gemeldet.

In jeder Polizeiwache von Paris dechiffrierte ein Beamter das Band des Morseapparats:

... mäßig korpulent, besondere Kennzeichen keine ...

Um diese Zeit lag Kees Popinga in seinem Hotelzimmer noch in tiefem Schlaf. Auch um zwölf schlief er noch. Um eins klopfte das Zimmermädchen an das verglaste Büro und fragte:

»Ist Nummer sieben noch nicht frei?«

Keiner konnte sich genau erinnern, also ging das Zimmermädchen nachsehen; sie blickte in das entspannte Gesicht des mit offenem Mund schlafenden

Kees und sah gleich daneben auf dem Tisch ein Bündel Banknoten; aber sie wagte nicht, die Hand danach auszustrecken.

Es war vier Uhr, und man hatte gerade die Lampen angemacht, als Jeanne Rozier die Tür zu dem Büro aufstieß:

»Ist der Kerl weg, mit dem ich heute nacht gekommen bin?«

»Ich glaube, der schläft noch.«

Jeanne Rozier, die eine Zeitung in der Hand hatte, stieg die Treppe hinauf, machte die Tür auf und betrachtete Popinga, der sich immer noch nicht rührte und im Schlaf einen fast kindlichen Gesichtsausdruck hatte.

»Kees!« rief sie plötzlich mit tonloser Stimme. Ihr Ruf durchdrang seinen Schlaf, aber sie mußte ihn noch zwei- oder dreimal wiederholen, bis Popinga wirklich zu sich kam. Er schlug die Augen auf, sah die brennende Lampe über seinem Bett und Jeanne Rozier in ihrem grauen Fehmantel und mit Hut.

»Sind Sie immer noch da?« murmelte er gleichgültig. Er wollte sich schon auf die andere Seite drehen, um weiterzuträumen, aber sie schüttelte ihn:

»Hast du nicht gehört, was ich gesagt habe?«

Er sah sie ruhig an, rieb sich die Augen, setzte sich halb auf und fragte in friedfertigem Ton, der fast ebenso kindlich wirkte wie sein Gesichtsausdruck im Schlaf:

»Was hast du gesagt?«

»Ich habe dich Kees gerufen... Kees Popinga!...«

Sie betonte jede Silbe, aber er zeigte nicht die geringste Verwirrung:

»Verstehst du immer noch nicht?... Hier!... Lies!...«

Sie warf die Zeitung auf sein Bett und ging unruhig im Zimmer auf und ab.

In einem Amsterdamer Luxushotel ist eine Tänzerin ermordet worden.

Der Mörder konnte anhand von Unterlagen, die er am Tatort zurückließ, identifiziert werden.

Es handelt sich wahrscheinlich um einen Geisteskranken oder einen Sadisten.

Jeanne Rozier platzte fast vor Ungeduld und drehte sich unablässig zu Kees um, weil sie hoffte, daß er endlich reagieren würde. Aber er rührte sich noch immer nicht und bat nur ganz ruhig:

»Reichst du mir bitte mein Jackett?«

Sie war so naiv, die Taschen abzutasten, um sich zu vergewissern, daß sich keine Waffe darin befand. Aber nein, er holte eine Zigarre heraus und steckte sie enervierend langsam an. Erst nachdem er sein Kopfkissen höher gezogen und den Rücken hineingedrückt hatte, begann er mit der Lektüre des Artikels und bewegte dabei manchmal die Lippen.

… Wie wir soeben erfahren, soll Popinga seinen Wohnort Groningen unter Bedingungen verlassen haben, die die Vermutung nahelegen, daß er noch ein anderes Verbrechen auf dem Gewissen hat. Sein Chef Julius de Coster ist plötzlich verschwunden und …

»Das bist doch du?« schrie Jeanne Rozier entnervt.

»Natürlich bin ich das!«

»Und du hast diese Frau erwürgt?«

»Ich habe es nicht absichtlich getan… Ich weiß überhaupt nicht, wie sie davon sterben konnte… Im übrigen ist in dem Artikel vieles übertrieben und manches sogar völlig falsch…«

Nun erhob er sich und ging zur Toilette.

»Was machst du jetzt?«

»Ich ziehe mich an… Ich muß zu Mittag essen…«

»Es ist fünf Uhr!«

»Dann gehe ich eben abendessen.«

»Und was hast du dann vor?«

»Weiß nicht.«

»Hast du denn keine Angst, sofort verhaftet zu werden?«

»Dazu müßte man mich zuerst einmal erkennen…«

»Und wo willst du schlafen? Du hast wohl vergessen, daß du deinen Ausweis zeigen mußt…«

»Das ist schon unangenehmer!«

Er hatte noch keine Zeit gehabt, all dies zu bedenken, und nachdem er so tief geschlafen hatte, fiel es ihm schwer, einen klaren Gedanken zu fassen.

»Das werde ich mir später überlegen. Vorerst habe ich nicht einmal eine Zahnbürste. Ist heute nicht der 24. Dezember?«

»Richtig.«

»Gibt es hier keine Weihnachtsbäume?«

»Wir feiern mit einem Festessen... In allen Restaurants und Cafés wird bis spät gegessen und getanzt... Hör mal, du wirst mich doch nicht an der Nase herumführen?«

»Warum denn?«

»Ich weiß nicht, vielleicht willst du mich reinlegen und mir nur vormachen, daß du Popinga bist.«

Nicht zu fassen! Wieder einmal wollte man ihm seine eigene Persönlichkeit streitig machen!

»Ich will dir mal was sagen«, fuhr Jeanne Rozier fort. »Ich kann dir aber noch nichts versprechen, und vielleicht mache ich auch einen Fehler... Ich werde nachher mal jemandem von dir erzählen... Oh, keine Angst, keinem von der Polizei, sondern einer Person, die dir, wenn sie will, erst mal weiterhilft... Ich weiß aber nicht, ob es klappt... Sexualtäter machen einem immer ein wenig angst...«

Er schnürte seine schwarzen Schuhe zu, während sie sprach.

»Ich treffe diese Person wahrscheinlich erst ziemlich spät... Weißt du, wo die Rue de Douai ist?... Nicht? Hier ganz in der Nähe... Du kannst ja fragen... Da ist ein Café, in das du dich reinsetzen und auf mich warten kannst... Vielleicht komme ich vor Mitternacht, vielleicht aber auch erst später, denn wir sind eine ganze Clique beim Essen.«

Sie warf ihm noch einen Blick zu und hob die Zeitung vom Bett auf.

»Laß das hier nicht herumliegen... Oft wird man auf diese Weise geschnappt... Ja, und ich werde besser selber das Zimmer bezahlen, damit die im Büro nicht so auf dich achten. Sie haben sich schon gewundert, daß du so lange geschlafen hast. Das ist ja auch so ein Zeichen!«

»Ein Zeichen wofür?«

Sie zuckte nur die Achseln und ging hinaus.

»Dann also im Café in der Rue de Douai...«

So gegen acht, als in Paris schon großes Gewühl herrschte, blieb er auf den Großen Boulevards plötzlich wie angewurzelt vor der sechsten Ausgabe einer Abendzeitung stehen.

Auf der Titelseite war ein Foto abgebildet, und darüber stand diese Schlagzeile:

Der Mörder Pamelas
(Von unserem Korrespondenten aus Amsterdam)

Unglaublich! Erstens einmal wollte er doch gern wissen, woher dieses Foto stammte, an das er sich nicht erinnern konnte. Bei genauerer Betrachtung erkannte er dann allerdings links von seinem Kopf die Wange einer anderen Person und verstand. Die andere Person war seine Frau auf dem Familienfoto von der Anrichte.

Man hatte seinen Kopf aus dem Foto herausgeschnitten, eine Vergrößerung gemacht und per Belinogramm verschickt, so daß das Bild ganz streifig war, als ob es darauf geregnet hätte.

Beim zweiten Kiosk blieb er vor der gleichen Zeitung mit dem gleichen Cliché stehen und bedauerte nun schon fast, daß er so schlecht zu erkennen war. Dies hätte ebensogut ein Bild des erstbesten Passanten sein können!

Die Frau des Mörders spricht von Amnesie …

Er ging zu einem dritten Kiosk, kaufte die Zeitung und fragte:

»Gibt es noch andere Abendzeitungen?«

Man nannte ihm vier, und er nahm sie alle.

»Haben Sie auch holländische Zeitungen?«

»Am Kiosk an der Place de l'Opéra…«

Alles war strahlend beleuchtet, und auf Plakaten wurden den Passanten Menüs zum Pauschalpreis von fünfundzwanzig oder hundert Franc angeboten. Das Fest hatte noch nicht begonnen, aber es stand vor der Tür.

»Geben Sie mir bitte die holländischen Zeitungen.«

Er zuckte zusammen. Vor ihm lag der ›Daily Mail‹ ausgebreitet, und sein Foto, dasselbe wie in den französischen Zeitungen, war auch hier auf der ersten Seite abgedruckt.

»Geben Sie mir auch den ›Daily Mail‹... und die ›Morning Post‹...«

Je mehr es davon gab, desto zufriedener war er, so wie früher, wenn sich auf seinem Schreibtisch möglichst viel Arbeit stapelte. Sollte er sich schon in das Café setzen? Besser, er ging vorher abendessen. Er betrat das ›Café de la Paix‹, wo die Kellner noch damit beschäftigt waren, Girlanden und Mistelbüschel aufzuhängen.

Dabei fiel ihm ein, daß Amersen wahrscheinlich an diesem Morgen den Weihnachtsbaum geliefert hatte, den er selber bestellt hatte. Was würden sie jetzt zu Hause damit anfangen? Und was würde wohl ein Mädchen wie Frida jetzt denken?

Über solche nebensächlichen Fragen hatte er sich früher nie Gedanken gemacht, wenn er die Vermischten Meldungen las, aber jetzt, da er selber mitten in dieser Geschichte steckte, wurde ihm klar, wie viele solche kleinen Folgen sie hatte.

Zum Beispiel hatte er eine Lebensversicherung abgeschlossen... Aber was wird mit einer Lebensversicherung, wenn die betreffende Person wegen Mordes gesucht wird?

»Alles in Ordnung?« fragte ihn der Ober, bei dem er halb durchgebratenes Fleisch bestellt hatte.

»Es ist wirklich gut!« erwiderte er überzeugt.

Nur saß er schlecht, um beim Essen seine Zeitungen lesen zu können, auch fand er das Gebäck weit weniger schmackhaft als das holländische. Er mochte süßere Sachen. Außerdem trank er seinen Kaffee immer mit Schlagsahne und Vanillezucker, was der Ober nicht verstehen konnte.

Aber einer Person hatte er wirklich imponiert, Jeanne Rozier nämlich! Warum würde sie sich sonst um ihn kümmern, da er sie doch um nichts gebeten hatte? Was sie wohl dachte? Daß er außergewöhnlich kaltblütig war, natürlich! Das dachte er selber auch. Und um sich dies aufs neue zu beweisen, fragte er an der Ecke des Boulevard des Capucines einen Polizisten nach dem Weg zur Rue de Douai.

In dem Ecklokal mit Tresen und Tabakverkauf war hinter einer Glaswand ein kleines Café mit acht Tischen eingerichtet. Kees Popinga setzte sich in das Café, wo er zum Glück einen freien Platz am Fenster fand. Er sah, wie draußen der Reihe nach die Lichter der Nachtlokale angingen, aber die Türsteher und Berufstänzer hielten sich noch in dem Café auf und besprachen ihre Geschäfte. Gegenüber in einer Ecke saß eine Blumenfrau mit ihrem Korb neben sich und trank einen Kaffee und ein Glas Rum.

»Ich nehme auch einen Kaffee, bitte!«

Er fand diesen seltsamen Heiligen Abend, der

jetzt begonnen hatte, ein wenig enttäuschend, denn dies war kein richtiger Heiliger Abend, sondern eher eine Art wilde Hochzeit. Schon um neun Uhr abends sah man Betrunkene, und kein Mensch sprach von der Mitternachtsmesse!

(Von unserem Sonderberichterstatter in Groningen.) Während unsere Amsterdamer Korrespondenten ihre Untersuchungen im ›Carlton‹ weiterführten, wo die unglückliche Pamela den Tod fand, sind wir so schnell wie möglich nach Groningen gefahren, um Erkundigungen über Kees Popinga, den Mörder der Tänzerin, einzuholen…

Kees seufzte, wie er immer geseufzt hatte, wenn einer der Angestellten Julius de Costers einen unverzeihlichen Fehler gemacht hatte. Er zog sein Notizbuch aus der Tasche, schrieb Datum und Name der Zeitung hinein und fügte an:

Es geht nicht um Mord, sondern um Totschlag. Wichtig: Es war ein Unfalltod.

Er blickte auf die Blumenfrau, die wartete, bis die Theatervorstellungen beendet sein würden, und vor sich hin döste, und setzte dann seine Lektüre fort.

Zu unserer großen Verwunderung erfuhren wir, daß Kees Popinga als ehrbarer Bürger galt und die

Nachricht tiefe Bestürzung in der Stadt hervorgerufen hat, wo jeder Mutmaßungen anstellt...

Er unterstrich das Wort »Mutmaßungen« mit dem Bleistift, denn er fand es zu gespreizt.

In Popingas Haus, wo seine Familie sich vor Schmerz verzehrt, war Frau Popinga so liebenswürdig, uns zu erklären ...

Bedächtig schrieb er zwischen zwei Zügen aus seiner Zigarre in sein Notizbuch:

Immerhin hat Mutti die Journalisten empfangen!

Dann lächelte er, denn die Blumenfrau hatte plötzlich ihren Kopf auf die Brust sinken lassen.

... uns zu erklären, daß nur ein plötzlicher Wahnsinnsanfall oder eine kurze Amnesie zur Tat geführt haben kann ...

Er fand es komisch, auch das Wort »Tat« zu unterstreichen, vor allem, wenn Mutti es tatsächlich ausgesprochen haben sollte.

Dann schlug er ein leeres Blatt seines Notizbuchs auf und schrieb:

Meinung Frau Popingas: Wahnsinn oder Amnesie.

Sie war nicht die einzige, die sich zu seinem Fall äußerte. Ein junger kaufmännischer Angestellter von Julius, ein siebzehnjähriger Bengel, den er selber eingestellt hatte, erklärte dreist:

Mir war schon aufgefallen, daß seine Augen manchmal so merkwürdig glänzten …

Und Claes hatte selbstgefällig erklärt:

Es ist doch offenbar, daß sich Popingas Tat nur durch einen Wahnsinnsanfall erklären läßt. Im Hinblick auf die Frage, ob er dazu veranlagt war, kann ich aus Gründen des Berufsgeheimnisses nicht …

Wahnsinn also auf der ganzen Linie! Allerdings nur, bis man darauf kam, daß er vor Pamela vielleicht schon Julius de Coster umgebracht hatte. Denn nun gestand der alte Copenghem einem Journalisten:

Es fällt mir schwer, über einen Mann, der Mitglied unseres Schachclubs gewesen ist, etwas Schlechtes zu sagen, aber für einen unvoreingenommenen Beobachter war es immer klar, daß Popinga ein verbitterter Mensch war, der auf keinem Gebiet die Überlegenheit anderer ertrug und Rachepläne schmiedete. Daß die Großmannssucht bei ihm zu einer fixen Idee geworden ist, wird schon aus dem Zwischenfall deutlich…

Popinga notierte neben dem Namen Copenghem: *Großmannssucht.* Und fügte in kleinerer Schrift hinzu: *Hat mich nur ein einziges Mal überraschend beim Schach geschlagen. Also!*

Um zehn Uhr bemerkte er schon gar nicht mehr, daß es keinen freien Platz in dem Café gab und man ihn immer mehr ans Ende der Bank drängte. Er hob hin und wieder den Blick von seinen Zeitungen oder dem Notizbuch, sah in ein unbekanntes Gesicht, runzelte die Stirn und dachte dann nicht weiter darüber nach. Auch nicht darüber, daß sogar vier oder fünf Schwarze zugegen waren. Die Blumenfrau saß noch immer da. Seite an Seite mit sehr schlecht gekleideten Leuten gab es auch Männer im Frack.

Er wußte nicht, daß er sich hier in Gesellschaft von Statisten und kleinen Schauspielern praktisch hinter den Kulissen von Montmartre befand, wo nun bald in sämtlichen Lokalen ringsum das Fest beginnen würde.

Der Bahnhofsbeamte von Groningen erinnert sich an einen sehr erregten Mann, der ...

Er notierte verstimmt: *Ganz falsch.* Daß die Leute von Wahnsinn, von Großmannssucht redeten, mochte ja noch angehen, aber zu behaupten, daß er bei seiner Abreise aus Groningen erregt war, nur weil er ein paar Stunden später unwillentlich Pamela getötet hatte… War er vielleicht jetzt erregt, obwohl er schon zwei Tassen Kaffee getrunken hatte?

Der Gipfel aber war, was der Hotelportier von Amsterdam aussagte, Popinga hätte ihn am liebsten geohrfeigt.

Ich habe gleich bei seiner Ankunft bemerkt, daß er in einem merkwürdigen Zustand war, und wollte Fräulein Pamela schon vor ihm warnen.

Kees notierte:

Warum hat er es dann nicht getan?

Als er wieder herunterkam, erklärte der Portier weiter, *hatte er den verängstigten Blick eines gehetzten Tieres und …*

Sarkastisch schrieb Popinga:

Was heißt hier verängstigter Blick?

Dann sah er auf, denn vor ihm stand jemand, der ihn von oben herab betrachtete. Es war ein junger Mann im Smoking. Hinter ihm stand Jeanne Rozier und murmelte:

»Mein Freund Louis!… Ich lasse euch allein…«

»Kommen Sie mal kurz mit?« fragte Louis, ohne die Hände aus den Taschen und die Zigarette aus dem Mund zu nehmen. »Lassen Sie alles hier liegen. Wir gehen nach unten...«

Er führte Kees ins Untergeschoß zu den Toiletten, wo er ihn von Kopf bis Fuß musterte und dann brummte:

»Jeanne hat mir die Geschichte erzählt... Ich habe auch einen Blick in die Zeitungen geworfen... Sagen Sie mal, kommen Sie öfter auf solche Ideen?«

Popinga grinste. Nach der Art, wie ihm sein Gegenüber leicht spöttisch voll in die Augen sah, schloß er, daß dieser ihm weder etwas von Wahnsinn noch von Großmannssucht erzählen würde.

»Es war das erste Mal!« antwortete er und verbiß sich ein Lächeln.

»Und der andere? Der Alte?«

»Die haben nichts begriffen. Julius de Coster war in finanziellen Schwierigkeiten und hat Selbstmord vorgetäuscht, sich aber in Wirklichkeit abgesetzt. Und deshalb bin ich eigentlich...«

»Schon gut! Ich habe jetzt keine Zeit. Können Sie fahren?«

»Auto? Natürlich!«

»Also, wenn ich Jeanne richtig verstanden habe, brauchen Sie erst mal einen Unterschlupf, bis Sie neue Papiere bekommen.«

Er nahm Popinga die Zigarre aus dem Mund, um sich daran eine Zigarette anzustecken, und meinte dann lässig:

»Wir werden ja nachher sehen!... Gehen Sie jetzt

wieder hinauf und warten Sie auf uns. Wir sind eine ganze Clique beim Essen dort drüben...«

Es war fast Mitternacht. Die Blumenfrau war verschwunden, zwei der Schwarzen ebenfalls. Hin und wieder kam ein Türsteher von einem der Nachtlokale in Begleitung eines Taxichauffeurs oder einer anderen Person herein, verhandelte über irgendwelche Geschäfte, leerte ein Glas und nahm dann auf dem Trottoir gegenüber seinen Posten wieder ein.

Für Popinga war ein so schäbiges Weihnachtsfest überhaupt nicht vorstellbar gewesen. Als es Mitternacht schlug, horchte er vergebens auf Glockengeläut. Nur ein Betrunkener erhob sich und sang »Stille Nacht«, wovon er aber nur die Hälfte der ersten Strophe wußte. Dann drehte der Wirt das Radio an, und ein paar Augenblicke später wurde das Café von brausender Orgelmusik und einem lauten Männer- und Kinderchor erfüllt, der ein Weihnachtslied sang.

Kees faltete seine Zeitungen zusammen, bestellte noch einen Kaffee, denn auf Alkohol hatte er schon jetzt keine Lust mehr. Er wartete ungeduldig auf das Dominus vobiscum des Priesters im Radio.

Eine schlechtgekleidete Frau vor ihm war sehr blaß, wahrscheinlich von der Kälte, denn sie kam jede Stunde völlig erstarrt vom Auf- und Abgehen auf dem Trottoir herein.

Und all die vielen Autos, die hier vor den Nachtlokalen hielten... Und die drei Schwarzen, die leidenschaftlich diskutierten... Worüber wohl?

Dabei wurde doch um die gleiche Zeit auf der ganzen Erde in allen Kirchen...

Popinga stellte sich die Welt wie aus einem Flugzeug betrachtet vor, wenn dieses Flugzeug nur schnell und hoch genug hätte fliegen können: eine riesige schneebedeckte Kugel, da und dort Städte und Dörfer, die mit Kirchtürmen wie mit riesenhaften Nägeln aufgesteckt waren... Und in all diesen Kirchen Licht, Weihrauch, Gläubige, die schweigend eine Krippe betrachteten...

Aber das ging natürlich gar nicht. In Mitteleuropa war die Mitternachtsmesse schon vorbei, denn da war es jetzt ein Uhr. Und in Amerika war es noch heller Tag. Und überall Leute, die nicht in der Kirche waren, Schwarze, die ihre Geschäfte trieben, Straßenmädchen, die sich mit einem Kaffee mit Schuß aufwärmten, nachdem sie zu lange auf dem Trottoir gestanden hatten, und Hotelportiers...

Er würde sich nicht mehr ins Bockshorn jagen lassen. Er hatte nicht die geringste Lust, in den Gesang aus dem Radio einzustimmen, und im übrigen mußte der Wirt, der gedacht hatte, seinen Gästen einen Gefallen zu tun, oder der vielleicht früher einmal Chorknabe gewesen war, den Apparat schließlich abstellen, denn die Leute schimpften, weil sie ihr eigenes Wort nicht verstehen konnten.

Plötzlich hörte man wieder die Stimmen der

Gäste. Der Zigarettenrauch staute sich zwei Meter unter der weißen Decke zu einer zweiten blauen Decke. Ein junger Mann in einem zu engen Smoking, der allein vor einem Glas Mineralwasser saß, schnupfte weißes Pulver.

Warum hatte Louis ihn eigentlich gefragt, ob er Auto fahren könne? Und was hätten alle diese Leute hier gesagt, wenn er plötzlich aufgestanden wäre und erklärt hätte:

»Ich bin Kees Popinga, der Lustmörder von Amsterdam!«

Denn eine französische Abendzeitung hatte ihn doch tatsächlich so bezeichnet!

Um zwei Uhr früh saß er immer noch da, auf dem gleichen Platz, und der Kellner, dem er nun schon vertraut war, winkte ihm im Vorübergehen manchmal zu. Er wußte nicht, was er noch trinken sollte. Er machte es wie der junge Mann gegenüber und bestellte Mineralwasser. Schließlich waren alle anderen aufgestanden, und er saß noch als einziger da.

An der Theke war ein Streit ausgebrochen. Man hörte Leute schreien. Einer ergriff einen Siphon und zerschmetterte ihn auf einem Tisch. Gleich darauf drängte ein ganzes Menschenknäuel gleichzeitig aus dem Lokal und war dann auf dem Gehsteig als aufgeregte dunkle Masse zu sehen.

Von irgendwo kam ein Pfiff. Popinga nahm seelenruhig seine Zeitungen, ging zu den Waschräumen hinunter und schloß sich in einer Toilette ein, wo er den erstbesten Artikel, über die wirtschaftliche Expansion Hollands im 18. Jahrhundert, las.

Als er eine Viertelstunde später wieder heraufkam, war alles ruhig, und es lagen auch keine Scherben von dem Siphon mehr auf dem Boden. Einige Gäste waren verschwunden. Der Kellner kam augenzwinkernd auf Popinga zu, denn er hatte bemerkt, daß sich sein Gast zur Sicherheit aus dem Staub gemacht hatte.

»Sind viele verhaftet worden?« fragte Popinga.

»Ach, wissen Sie, am Heiligen Abend sind die nicht so streng. Zwei haben sie mit auf die Wache genommen, aber die kommen morgen früh wieder frei…«

Jeanne Rozier kam im Abendkleid herein. Sie war parfümiert, mit gut durchbluteter und glänzender Haut, als habe sie viel getanzt. Sie machte nur schnell einen nachbarschaftlichen Besuch und hatte den Mantel über die nackten Schultern geworfen.

»Keinen Ärger gehabt? Anscheinend hat es hier ein bißchen Stunk gegeben.«

»Nein, nein, das war nicht schlimm.«

»Louis wird sich Ihrer, glaube ich, annehmen. Er scheint noch nicht so richtig entschlossen, aber das ist bei ihm immer so. Warten Sie auf jeden Fall, bis ich wiederkomme! Wenn Sie wüßten, wie heiß es dort drüben ist! Man hat nicht einmal genug Platz, um seine Gabel in den Mund zu kriegen…«

Sie schien ihn ja ganz unter ihre Fittiche genommen zu haben, gleichzeitig sah sie ihn aber immer irgendwie ängstlich an, als traue sie ihm doch nicht ganz über den Weg.

»Langweilen Sie sich auch nicht zu sehr?«

»Überhaupt nicht.«

Erst als sie schon wieder weg war, wurde ihm bewußt, daß sie ihn nicht mehr geduzt hatte, und das erfüllte ihn mit Befriedigung. Wenigstens sie hatte verstanden! Sie war nicht so dumm wie Pamela, der nichts anderes eingefallen war, als blöde zu lachen.

Er nahm sein Notizbuch aus der Tasche und schrieb auf die Seite, auf der er die Aussagen Muttis, des Bahnhofsbeamten, Copenghems, des Portiers und anderer notiert hatte:

Jeanne Rozier hält mich bestimmt nicht für verrückt!

Eine Frau wie jene andere, die schon mehrmals hereingekommen war, fragte ihn, ob er sie zu einem Glas einladen würde. Er streckte ihr fünf Franc entgegen und gab ihr zu verstehen, daß sie sich mehr von ihm nicht zu erhoffen brauchte.

Er hatte seine Zeitungen sorgfältig zusammengelegt. Er wartete. Zweimal mußte er an Fridas merkwürdigen Blick denken und fragte sich, was aus ihr werden sollte.

Obwohl ihm sehr warm war, hatte er den Eindruck, noch nie im Leben einen so kühlen und klaren Kopf gehabt zu haben. Ob Frau Popinga ihr Projekt verwirklichen würde, in einem indonesischen Hotel eine Verwalterstelle anzunehmen?

Dann kam ihm der Gedanke, in der ›Morning Post‹ für Julius de Coster eine Kleinanzeige nur mit der Frage »Wie geht es Ihnen?« aufzugeben.

Er konnte sich alles erlauben! Er konnte alles sein, nachdem er es nun aufgegeben hatte, um jeden Preis und für alle der Prokurist Kees Popinga sein zu wollen!

Dabei hatte er sich so lange Zeit ganz ungeheuer bemüht, diese Person zu vervollkommnen, damit auch die Kritischsten keinen Makel an ihm finden konnten! Und trotzdem hatte Copenghem den Reportern erklärt…

Er hätte jetzt ohne weiteres eine ganze Flasche Genever oder Cognac bestellen können!… Er hätte mit dieser Frau gehen können, der er die fünf Franc gegeben hatte! Er hätte den nervösen jungen Mann um ein bißchen Kokain bitten können! Er hätte…

»Bringen Sie mir bitte noch ein Mineralwasser!« sagte er dann entschlossen, um all diese Möglichkeiten abzuwehren. Und auch, weil er sich jetzt wohl fühlte, sehr wohl, geradezu verwirrend klar im Kopf. Er war sogar überzeugt, daß es nur von ihm abhing, Jeanne Rozier trotz ihres Gigolos in ihn verliebt zu machen…

Als sie dann gegen vier Uhr früh kam, war sie ein

wenig beschwipst. Sie schien fast verwundert, daß er immer noch da war, und sagte anerkennend:

»Sie haben wirklich Sitzfleisch!«

Und fuhr dann in verändertem Ton fort:

»Louis und die andern sind nicht gerade begeistert. Ich habe getan, was ich konnte. Das einzige, was ich erreicht habe, ist dies: Sie verlassen in ein paar Minuten das Lokal, knacken zwei Autos und fahren durch bis zur Porte d'Italie. Kennen Sie die?«

»Nein!«

»Schade, dann schaffen Sie's bestimmt nicht. Sie wollen nämlich, daß auch Sie ein Auto knacken. An der Porte d'Italie warten sie einen Augenblick auf Sie, und Sie sollen, sobald Sie dort ankommen, kurz aufblenden. Von da an brauchen Sie ihnen dann nur noch hinterherzufahren.«

»Einen Moment! Geht es zur Porte d'Italie nach rechts oder nach links?«

»Weder – noch, man muß durch ganz Paris ...«

»Macht nichts. Ich werde die Polizisten fragen.«

»Sind Sie verrückt oder schwer von Begriff? Sie sollen ein Auto *klauen*, ein Auto von Leuten, die noch in einem Lokal beim Essen sind ...«

»Das habe ich schon verstanden. Deshalb ist es auch besser, Polizisten zu fragen, um kein Mißtrauen zu erregen.«

»Na, dann viel Glück! Louis und seine Freunde werden aber nicht lange auf Sie warten... Noch etwas, sie wollen keinen Luxusschlitten, sondern ein ganz normales Auto.«

Sie hatte sich neben ihn gesetzt, und er bedauerte einen Augenblick, daß er sich nicht mit ihr eingelassen hatte, als sich ihm die Gelegenheit bot. War er denn blind gewesen?

»Wann sehe ich Sie wieder?« fragte er leise.

»Weiß nicht... Das hängt von Louis ab... Achtung... Da kommen sie...«

Er zahlte, zog seinen Mantel an, rollte die Zeitungen zusammen und steckte sie in die Tasche. Zwei Wagen aus der dichten Reihe, die die ganze Straße versperrte, fuhren fast gleichzeitig an.

»Verabschieden Sie sich nicht von mir?«

»Doch... Ich mag Sie wirklich gern... Sie sind eine sehr nette Frau...«

Als er dann draußen war und spürte, daß sie ihm durch die Fensterscheibe nachsah, ging er los, als wäre er ganz normal auf dem Heimweg, sah sich zwei oder drei Autos an, setzte sich in ein viertes und drückte auf den Anlasser.

Das Auto fuhr sanft an, scherte aus, folgte kurz einer schweren Limousine, in der mehrere Frauen saßen, und als sich Popinga schließlich umdrehte, um Jeanne Rozier zuzuwinken, war das Café in der Rue de Douai, wo er seinen Heiligen Abend verbracht hatte, schon nicht mehr zu sehen.

5

Popinga in Pullover und Overall dreht sich in einer Autowerkstatt enttäuscht im Kreis, beweist aber wieder einmal seine Unabhängigkeit

Es war noch nicht einmal zehn Uhr früh. Die Concierge hatte sich gerade erst erhoben, die Post lag neben einer unberührten Flasche Milch und einer Baguette noch unsortiert in einer Ecke ihrer Loge. Die Straßen waren menschenleer und trostlos, wie immer frühmorgens nach einem Fest; nicht einmal die Taxis standen bereit, nur ein paar Kirchgänger mit vor Kälte geröteter Nase gingen zur Messe.

»Wer ist da?« fragte Jeanne Rozier mit belegter Stimme, nachdem sie schon seit ein paar Minuten ein Geräusch wahrgenommen, aber nicht erkannt hatte, daß dieses Geräusch von ihrer Wohnungstür kam.

»Polizei!«

Bei diesem Wort kam sie vollends zu sich. Während sie mit den Zehen nach ihren Pantoffeln angelte, brummte sie:

»Warten Sie einen Moment…«

Sie war zu Hause in der Rue Fromentin. Sie hatte

allein geschlafen, ihr grünes Seidenkleid hing über einem Stuhl, die Strümpfe lagen am Fußende ihres Bettes; ihr Unterhemd hatte sie anbehalten und zog jetzt nur einen Morgenrock über, bevor sie die Tür aufmachte.

»Was wollen Sie?«

Sie kannte den Inspektor vom Sehen. Er betrat ihr Zimmer, nahm den Hut ab, drehte das Licht an und erklärte nur:

»Kommissar Lucas will Sie sprechen. Ich habe den Befehl, Sie zum Quai zu bringen.«

»Arbeitet der auch an Feiertagen?«

Vielleicht war Jeanne Rozier schöner so, wie sie aus dem Bett kam, als in großer Aufmachung. Das rote Haar fiel ihr ins Gesicht, und ihre ungeschminkten Augen drückten lauerndes Mißtrauen aus.

Sie zog sich an, ohne sich um den Inspektor zu kümmern, der eine Zigarette rauchte und sie dabei nicht aus den Augen ließ.

»Wie ist das Wetter?« fragte sie.

»Eiskalt.«

Sie begnügte sich mit einem einfachen Make-up. Auf der Straße fragte sie:

»Nehmen wir denn kein Taxi?«

»Nein! Ich habe keine entsprechende Anweisung.«

»Also, dann zahle ich es selber. Ich habe keine Lust, durch halb Paris mit dem Bus zu kutschen!«

Bis sie am Quai des Orfèvres ankamen, wo die

Gänge und die meisten Büros verlassen dalagen, hatte sie innerlich schon alle vorstellbaren Hypothesen durchgespielt und war auf jede Frage des Kommissars gefaßt.

Dieser ließ sie aus Prinzip zuerst einmal eine gute Viertelstunde im Gang warten, aber Jeanne Rozier war schon so an diese Methoden gewöhnt, daß sie sich davon nicht aus der Ruhe bringen ließ.

»Kommen Sie, Kleine... Entschuldigen Sie, daß ich Sie so früh aus dem Bett geholt habe...«

Sie setzte sich neben den Mahagonischreibtisch, legte ihre Handtasche ab und sah den kahlköpfigen Kommissar Lucas an, der sich väterlich gab.

»Schon lange nicht mehr hier gewesen, wie? Das letzte Mal glaube ich vor drei Jahren wegen einer Drogengeschichte. Sagen Sie mal, sind Sie denn nicht mehr mit Louis zusammen?«

Die beiden ersten Sätze waren einfach nur so zur Einstimmung gemeint, bei dem dritten zuckte Jeanne zusammen, sagte dann aber nur:

»Wer hat Ihnen das erzählt?«

»Weiß nicht mehr genau. Heute nacht, als ich beim Essen am Montmartre war, hat mir jemand erzählt, daß Sie sich mit einem Ausländer zusammengetan haben, einem Deutschen oder einem Engländer...«

»Was Sie nicht sagen!«

»Deshalb habe ich Sie übrigens auch hergerufen. Es würde mir nämlich leid tun, wenn Sie Ärger bekämen...«

Das klang fast freundschaftlich. Der Kommissar steckte die Finger in den Armausschnitt seiner Weste und wanderte im Zimmer auf und ab. Er hatte seiner Besucherin eine Zigarette angeboten.

Sie saß mit übereinandergeschlagenen Beinen da, rauchte und starrte auf die verlassene Seine-Böschung am Ende einer Brücke, über die Busse fuhren.

»Ich kann mir vorstellen, was Sie meinen«, murmelte sie nach kurzem Nachdenken. »Sie sprechen sicher über meinen Freier von vorgestern...«

Lucas täuschte Überraschung vor.

»Ach, das war ein Freier? Man hat mir erzählt...«

»Etwas anderes konnte man Ihnen gar nicht erzählen. Sie können ja nur von Freddy davon gehört haben, dem Kellner aus dem ›Picratt's‹. Sie wollten schon zumachen, als der Holländer kam und sich unbedingt noch amüsieren wollte. Er hat mich an seinen Tisch eingeladen und Champagner bestellt, und als es dann ans Zahlen ging, hat er Gulden wechseln lassen. Dann sind wir in die Rue Victor-Massé, dort gehe ich immer hin, weil es sauber ist. Wir haben uns ins Bett gelegt, und er hat mich nicht einmal angerührt...«

»Warum?«

»Wie soll ich das wissen? Am Morgen hatte ich dann genug, mit dieser trüben Tasse im Bett zu liegen, und bin weg...«

»Mit seinem Geld?«

»Nein. Ich habe ihn geweckt, und er hat mir tausend Franc gegeben.«

»Für nichts und wieder nichts?«

»Ist doch nicht meine Schuld!«

»Und dann sind Sie nach Hause? War Louis da?«

Sie nickte.

»Was treibt er eigentlich, der Louis? Stimmt es, daß er heute früh nicht da war?«

Aus Jeanne Roziers Augen blitzte es nur so.

»Ich würde ja zu gern von Ihnen hören, wo er ist!« schimpfte sie.

»War er denn heute nacht nicht zu Hause?«

»Eben nicht! Wir haben mit Freunden einen netten Abend verbracht... Ich weiß nicht, welche Nutte ihm dann schöne Augen gemacht hat, jedenfalls hat er sich verdrückt und nicht zu Hause geschlafen...«

»Arbeitet er viel?«

Sie lachte hart auf.

»Wozu soll er arbeiten? Er hat doch mich!«

Lucas grinste. Jeanne Rozier seufzte, was als Frage gemeint war, ob die Sache beendet sei. Beide hatten, so gut es ging, ihre Rolle gespielt, und beide waren noch immer argwöhnisch und hatten ihre Hintergedanken.

»Kann ich jetzt wieder schlafen gehen?«

»Ja sicher... Hören Sie mal, wenn Sie Ihrem Holländer zufällig noch mal begegnen...«

»Dann knall' ich ihm erst mal eine!« erklärte sie. »Mir graust es vor diesem Wüstling... Glauben Sie bloß nicht, ich habe nicht kapiert, warum Sie mich seit einer Viertelstunde ausfragen... Ich habe schließlich auch die Zeitungen gelesen!... Wenn ich denke, daß mir das gleiche hätte passieren können wie dieser Amsterdamer Tänzerin...«

»Haben Sie ihn nach dem Foto erkannt?«

»Da müßte ich lügen... Er sieht anders aus als auf dem Foto... Aber ich habe es mir trotzdem gedacht...«

»Hat er Ihnen nichts erzählt? Keine Hinweise auf das, was er vorhat?«

»Er hat mich gefragt, ob ich den Süden kenne... Ich glaube, er hat auch von Nizza geredet...«

Sie war aufgestanden. Der Kommissar dankte ihr, und eine Viertelstunde später war Jeanne Rozier wieder zu Hause, wo sie sich aber nicht noch einmal ins Bett legte, sondern ein heißes Bad nahm und sich danach etwas Bequemes anzog.

Etwa um halb eins betrat sie das ›Mélie‹, ihr Stammlokal in der Rue Blanche, wo sie sich an ihren Tisch setzte und einen Portwein bestellte, denn Hunger hatte sie nicht.

»Louis?« fragte der Kellner nur und sparte sich den Rest des Satzes.

»Weiß nicht... Er wird wohl kommen...«

Um drei Uhr war er immer noch nicht da. Jeanne hinterließ eine Nachricht für ihn und ging um die Ecke ins Kino, wo sich erst um fünf Uhr jemand neben sie setzte. Louis!

»Du kommst spät!« murmelte sie.

»Ich mußte bis nach Poitiers.«

»Ach! Ich muß dir was sagen… Paß auf, da könnten Neugierige hinter uns sein…«

Sie verließen das Kino und setzten sich in ein Lokal an der Place Blanche, das sehr voll war.

»Sie haben mich heute früh an den Quai des Orfèvres geholt… Lucas… Das ist der, der einen immer wie seine eigene Tochter behandelt, in Wirklichkeit ist er aber gemeiner als alle anderen zusammen… Wo hast du diesen Trottel untergebracht?«

»Bei Goin… Komischer Typ… Fernand, der mit mir im ersten Auto war, meinte, der würde nie mit einem Wagen an der Place d'Italie ankommen… Aber von wegen! Kaum waren wir da, sehen wir ein Auto, das uns das verabredete Signal gibt… Wir rasen volle Pulle nach Juvisy… Fahren in die Werkstatt rein, und er immer hinterher, als hätte er sein Leben lang nichts anderes gemacht…«

»Was hat er gesagt?«

»Nichts!… Goin wartete mit seinem Mechaniker… Wir haben uns an die Arbeit gemacht, und eine Stunde später war alles fertig… Rose hat uns Kaffee gekocht… Es war noch nicht einmal hell, als wir mit den drei Autos in verschiedene Richtungen losfuhren. Nur dein Holländer blieb da und wird dort bleiben, bis ich sehe, was man aus dem herausholen kann… Der muß doch irgendwo Geldreserven haben…«

»Paß bloß auf, die Polizei weiß nämlich, daß ich eine Nacht mit ihm verbracht habe. Wenn Lucas mich an einem Feiertag morgens um zehn zu sich ruft, wird er sich schon etwas dabei gedacht haben.«

»Pech!« brummte Louis. »Ich muß Goin anrufen und es ihm sagen.«

»Und wenn sie das Gespräch abhören?«

So wie sie zusammen am Tisch saßen, wirkten sie einfach nur wie ein elegantes junges Paar. Sie ließen sich ihre Gedanken nicht anmerken.

»Wir werden einen anderen Weg finden«, sagte Jeanne Rozier schon leicht mißmutig. »Ich bespreche das morgen mit dir. Heute abend solltest du irgendwo hingehen, wo man dich bemerkt, zu einem Boxkampf, ins Vélodrome, was weiß ich...«

»Kapiert! Essen wir zusammen?«

»Nein! Ich habe erzählt, daß du mit einer Kollegin rumpoussierst. Du solltest vielleicht eine auftreiben...«

Während sie dies sagte, zwickte sie ihn in den Schenkel, sah dabei aber in eine ganz andere Richtung und fügte hinzu: »Aber wehe, du faßt sie an! Dann...«

Worüber hätte sich Kees wundern sollen, er, der im ›Petit Saint Georges‹ die Geständnisse Julius de Costers angehört und danach beschlossen hatte, daß alles, woran er bisher geglaubt hatte, nicht mehr gelten sollte?

Früher wäre ihm nicht aufgefallen, daß diese Werkstatt hier keine normale Autowerkstatt war. Jetzt aber war ihm völlig klar, daß eine richtige Kraftfahrzeugwerkstatt niemals in hundert Meter Entfernung von der Hauptverkehrsstraße an einem Weg liegen konnte, der nirgendwo hinführte und auch nicht zwei unbeleuchtete Benzinpumpen und Türen haben konnte, die von selber aufgingen, wenn man auf eine bestimmte Art hupte.

Er hatte auch bemerkt, daß auf einem unbebauten Gelände mindestens ein Dutzend in Einzelteile zerlegte Autos herumstanden, aber keine alten Autos, sondern ziemlich neue, und zwar Unfallwagen, einer war sogar zum Teil ausgebrannt. Er hatte auch Zeit gehabt, im Scheinwerferlicht das Schild zu lesen: »Goin & Boret – Kraftfahrzeugelektriker...«

Und schließlich hatte er, eine Zigarre rauchend, der Szene gleich nach ihrer Ankunft beigewohnt. Zwei Männer hatten sie erwartet, ein großer Dicker, das war Goin, und ein Junge, der nicht Boret sein konnte, alle nannten ihn Kiki. Goin war in einem braunen Overall, aus dessen Taschen Schraubenschlüssel herausragten. Er hatte Louis nur kurz die Hand geschüttelt und sich dann an die Arbeit gemacht. Man merkte genau, daß hier jeder Handgriff saß. Der zweite Wagen war von einem sympathischen Jungen gefahren worden, dessen Namen er nicht erfuhr. Er war genau wie Louis und wie Fernand im Smoking.

Außer einem Lieferwagen und ein paar Werkzeugen gab es nichts in dieser Werkstatt mit gestampftem Fußboden und gekalkten Wänden, einem riesigen Ofen in einer Ecke und starken, grellen Lampen.

Während die anderen arbeiteten, zerrte Louis einen Koffer aus dem Lieferwagen, entkleidete sich halb und zog seelenruhig wie ein Schauspieler, der hinter den Kulissen das Kostüm wechselt, einen braunen Anzug an, knüpfte eine gelbe Krawatte und legte über dem Ganzen einen Overall an, um seinen Kameraden zur Hand zu gehen.

Fernand und der junge Mann machten genau das gleiche, während Goin mit einem Schneidbrenner hantierte und Kiki die Kennzeichen abmontierte.

»Ist Rose nicht da?« fragte Louis.

»Sie kommt gleich herunter. Ich habe geklingelt, als ich euch hörte.«

Kees entdeckte nun einen Klingelknopf neben einer Tür, die gewiß zur Wohnung führte. Tatsächlich kam etwas später eine noch junge, ziemlich verschlafene Frau, die sich in aller Eile etwas übergeworfen hatte. Sie begrüßte alle wie alte Freunde, auch Popinga, den sie allerdings leicht erstaunt ansah.

»Drei Kutschen auf einmal, wenn das nichts ist! Heute ist eben Weihnachten...«

»Komm, mach uns schnell einen Kaffee! Willst du was essen, Louis?«

»Nein danke! Mir liegt noch der Truthahn im Magen...«

Keiner kümmerte sich darum, ob die Luft draußen rein war. Sie fühlten sich in Sicherheit. Zwischen zwei Drehungen mit dem Schraubenschlüssel warfen sie sich gegenseitig Informationen oder Scherzworte zu.

»Geht's Jeanne gut?«

»Sie hat ja unseren Freund hier aufgetrieben, den du bis auf weiteres mal hier behältst. Aber Vorsicht! Der sitzt bis zum Hals drin, und wenn sie ihn schnappen...«

Innerhalb einer Stunde waren alle Nummernschilder sowie die Motor- und Fahrgestellnummern geändert. Hinter der Werkstatt lag eine gar nicht so unsaubere Küche, in der Rose Kaffee, Brot, Butter und Wurst auftischte.

»Also«, sagte Louis zu Kees zwischen zwei Schlucken kochendheißen Kaffees, »Sie halten sich jetzt erst mal hier versteckt und tun alles, was Goin sagt. Solange Sie keine Papiere haben, können Sie sich keine Mätzchen erlauben! Nächste Woche werden wir sehen, ob wir Sie hier rausholen... Klar?«

»Klar!« erklärte Popinga befriedigt.

»Und wir andern sollten jetzt los! Fernand fährt Richtung Reims... Du umfährst Paris und versuchst, die Kiste in Rouen loszuwerden... Ich fahre in die Gegend von Orléans... Bis heute abend, Jungs!... Bis heute abend, schöne Rose!...«

Kees fand es zunächst ganz lustig, mit unbekannten Leuten in dieser fremden Atmosphäre zu leben. Nachdem er seine Arbeit beendet hatte, schlürfte Goin, der einen Meter achtzig groß und kräftiger war als der Kapitän der *Ozean III*, seinen Kaffee und rollte sich sorgfältig eine Zigarette, während Rose mit den Ellbogen auf dem Tisch vor sich hin döste.

»Bist du Ausländer?«

»Holländer.«

»Wenn du nicht geschnappt werden willst, solltest du dich lieber als Engländer ausgeben. Von denen gibt es hier in der Gegend einige. Du kannst doch hoffentlich Englisch? Die Polizei hat deinen Steckbrief.«

Während sich Kees noch einmal Kaffee mit viel Milch einschenkte, ging Goin ins obere Stockwerk hinauf und kam mit einer alten blauen Hose, einem Overall wie dem, den er anhatte, und mit einem dicken grauen Pullover zurück.

»Hier! Probier das... Das müßte passen... Rose wird dir in der Kammer hinter unserem Schlafzimmer ein Bett herrichten... Wenn ich richtig verstanden habe, wäre es vorerst das beste, du würdest möglichst viel pennen.«

Nun ging auch Rose hinauf, wahrscheinlich, um ihm sein Bett zu machen. Goin, der müde war, schloß die Augen halb und saß mit ausgestreckten Beinen bewegungslos da, bis von oben die Stimme ertönte:

»Er kann raufkommen!«

»Hast du gehört? Geh schlafen... Gute Nacht...«

Die Treppe war dunkel und schmal. Kees mußte durch das Zimmer von Goin und Rose, das unaufgeräumt war, und kam in ein kleineres Zimmer, wo es ein Feldbett, einen Tisch und einen zerbrochenen Spiegel an der Wand gab.

»Zum Waschen müssen Sie an den Wasserhahn im Gang... Stört Sie das Geräusch?... Hier hören Sie nämlich Tag und Nacht die Züge pfeifen... Wir sind hier am Rangierbahnhof...«

Sie schloß die Tür. Er trat ans Fenster und sah draußen im Halbdunkel endlose Schienen, Waggons, ganze Eisenbahnzüge und mindestens zehn Lokomotiven, aus denen makellose Dampfwolken in den grauen Himmel stiegen.

Er lächelte, streckte sich, setzte sich auf sein Bett, und eine Viertelstunde später lag er voll angekleidet in tiefem Schlaf.

Als Jeanne Rozier bei der Kriminalpolizei vorgeladen wurde, schlief er noch. Und er schlief auch noch, als sie sich im ›Mélie‹ an den Tisch setzte, und als Rose gegen zwei Uhr verwundert, weil sie nichts von ihm hörte, die Tür einen Spalt öffnete.

Erst um drei Uhr stand er auf und zog seine neuen Kleider an, die ihn gedrungen erscheinen ließen. Er tastete sich die Treppe hinunter, die völlig unbeleuchtet war, und fand in der Küche an einem Tischende ein Gedeck vor.

»Mögen Sie Kaninchen?«

»Ja sicher!«

Er mochte alles, was eßbar war.

»Wo ist Ihr Mann?«

»Das ist nicht mein Mann. Das ist mein Bruder. Er ist zu einem Fußballspiel fünfzehn Kilometer von hier.«

»Und die andern sind noch nicht zurück?«

»Sie kommen nie hierher zurück.«

»Und Jeanne Rozier? Kommt die manchmal?«

»Was soll sie hier? Sie ist die Frau vom Chef!«

Er hätte Jeanne gern wiedergesehen, wußte aber eigentlich selber nicht, warum. Er fand es einfach verdrießlich, so von ihr getrennt zu sein, und dachte darüber nach, während er das Kaninchen verzehrte und Brotkrusten in die dicke Sauce tunkte.

»Kann ich spazierengehen?«

»Charles hat nichts darüber gesagt.«

»Wer ist Charles?«

»Mein Bruder! Goin, wenn Ihnen das lieber ist...«

Merkwürdige Frau, die er sich ohne weiteres als Dienstmädchen vorstellen konnte. Sie hatte einen blassen, fast mondbleichen Teint, schminkte sich die Lippen viel zu rot, trug ein orangefarbenes Seidenkleid, das ihr nicht stand, und zu hohe Absätze.

»Bleiben Sie den ganzen Nachmittag in der Werkstatt?«

»Einer muß ja hierbleiben. Heute abend gehe ich tanzen.«

Er wollte lieber ein bißchen weggehen und streifte bald durch die Straßen von Juvisy, wo er an jenem Tag nur auf sonntäglich gekleidete Leute traf. Er spazierte mit den Händen in den Taschen in Goins Pullover und Hose herum und beschloß, eine Pfeife zu kaufen.

Es gab nur ganz gewöhnliche, er nahm aber trotzdem eine, stopfte sie mit grauem Tabak und betrat kurz darauf ein Café, in dem einige Gäste russisches Billard spielten.

Dort entdeckte er einen komplizierten Spielautomaten, in den man einen Franc stecken mußte, dann begannen sich verschiedene Scheiben zu drehen, die bei verschiedenen Früchten stehenblieben und Kombinationen bildeten, bei denen man zwei, vier, acht oder sechzehn Franc, wenn nicht gar alles, was in dem Automaten war, gewinnen konnte.

»Geben Sie mir bitte fünfzig Ein-Franc-Münzen?« bat er.

Eine halbe Stunde später verlangte er noch einmal fünfzig, denn er hatte seine Leidenschaft für dieses Spiel entdeckt. Er wurde beobachtet. Einige sahen ihm beim Spiel zu. Er hatte sein rotes Notizbuch herausgezogen und notierte jedes Spiel.

Um fünf Uhr, als die Luft schon blau vom Rauch war, spielte er immer noch, ohne sich im geringsten um das zu kümmern, was um ihn herum vor sich ging, denn er kam langsam dahinter.

»Es ist so«, erklärte er dem Wirt, »daß jede zweite

Münze als Profit für den Eigentümer in ein besonderes Kästchen fällt.«

»Keine Ahnung. Das gehört nicht uns. Das wird von Leuten hier aufgestellt, die dann kommen und den Erlös herausholen.«

»Wie oft?«

»So ungefähr einmal in der Woche. Es ist unterschiedlich.«

»Und wieviel holen sie heraus?«

»Weiß ich nicht.«

Die Leute, die ihn bei seinen komplizierten Berechnungen und bei diesem Spiel beobachteten, dem er sich mit völlig unbewegter Miene hingab, zwinkerten einander schon zu. Wenn acht oder zwölf Franc herauskamen, nahm er sie, ohne mit der Wimper zu zucken, schrieb eine Zahl auf und spielte weiter.

Die Gäste waren überwiegend Eisenbahner, und Kees fragte einen von ihnen, ohne sein Spiel zu unterbrechen:

»Ist dies hier ein großer Bahnhof?«

»Dies ist der größte Güterbahnhof von Paris. Hier werden die Waren verladen... Wissen Sie, daß Sie alles verlieren, wenn Sie so weiterspielen...«

»Ja, ich weiß.«

»Und Sie spielen trotzdem weiter?«

Er hatte seine Pfeife abgelegt, die ihn störte, und Zigarren gekauft. Er trank einen Aperitif, der ihm unbekannt war, aber er hatte diesen bestellt, weil er sah, daß die meisten Gäste ihn tranken, und außerdem gefiel ihm die Farbe.

Wirklich ein sehr merkwürdiger Weihnachtstag! Keiner hier schien sich um kirchliche Zeremonien zu scheren, und man hörte auch keine einzige Glocke läuten. An einem Tisch spielten Leute Karten. Es gab auch eine ganze Familie, Vater, Mutter und zwei Kinder. Der Vater spielte mit seinen Freunden, und die drei anderen sahen zu, wobei die Kinder hin und wieder einen Schluck aus seinem Glas tranken.

Popinga hatte seine Berechnungen beendet.

Mit wichtiger Miene trat er an den Tresen und erklärte dem Wirt:

»Wissen Sie, wieviel so ein Automat einbringt? Mindestens hundert Franc täglich. Wenn man davon ausgeht, daß er fünftausend Franc kostet…«

»Und wenn man die ganze Kasse ausräumt?« warf jemand ein.

»Spielt keine Rolle! Ich werde es Ihnen erklären…«

Zwei Seiten in seinem Notizbuch waren mit Berechnungen vollgeschrieben. Die Leute hörten ihm zu, ohne ihn zu verstehen. Als er dann ging, fragte jemand:

»Wer ist denn das?«

»Weiß nicht. Wohl ein Ausländer…«

»Wo arbeitet der?«

»Weiß ich doch nicht! Zweihundert Franc hat er

in dem Automaten gelassen! Schon ein komischer Kerl...«

»Finden Sie nicht, daß der ein bißchen bekloppt aussieht?«

Und ein Eisenbahner schloß:

»Es ist doch immer das gleiche mit den Ausländern... Wir können sie eben nicht verstehen.«

Goin kam von seinem Fußballspiel zurück, und Rose ging tanzen. Die Werkstatt war jetzt geschlossen. Goin saß in Pantoffeln in der Küche, schlug eine Zeitung auf, rollte sich eine Zigarette und sah aus wie der ruhigste und glücklichste Mensch, während Kees ein paar Einträge in sein Notizbuch machte.

Gewinn bei drei Autos: mindestens dreißigtausend Franc. Macht bei wöchentlicher Aktion, die ganz einfach ist, im Jahr ...

Und darunter:

Möchte Jeanne Rozier wiedersehen und gern wissen, warum sie mich hierhergebracht hat.

Danach ging er schlafen. Allerdings betrachtete er noch eine ganze Weile die nächtlichen Gleise, die roten und grünen Signale und die vorüberfahrenden dunklen Züge; dabei waren seine Gedanken unablässig bei Jeanne Rozier, und seltsamerweise dachte er jetzt mit besonderer Lust an die verführerischen Anblicke, die sie ihm geboten hatte und die ihn damals kaltließen.

Als er am nächsten Morgen um zehn Uhr aufstand, lag draußen auf der Böschung und zwischen den Eisenbahnschienen noch eine dünne Schneeschicht, während sie auf der Straße schon weggetaut war. Er traf Rose im Morgenrock in der Küche und fragte sie nach ihrem Bruder.

»Er ist nach Paris.«

In der Werkstatt war nur Kiki, der mit heraushängender Zunge wie ein eifriger Schüler einen Magnetzünder reparierte.

»Ich möchte auch gern nach Paris«, sagte er zu Rose.

»Mein Bruder hat gesagt, ich soll Sie daran hindern. Und Sie würden schon verstehen, wenn Sie die Morgenzeitung lesen...«

»Wieso, was steht da?«

»Weiß nicht. Ich habe es nicht gelesen.«

Neugierig war sie jedenfalls nicht. Sie war gerade damit beschäftigt, in einem Topf Zwiebeln anzubraten, und drehte sich nicht einmal um, als er die Zeitung aufschlug.

Selbstverständlich ist in einer so heiklen Angelegenheit größte Diskretion geboten. Aber wir dürfen immerhin darauf hinweisen, daß das Weihnachtsfest nicht allen zur Erholung diente, und daß Kriminal-

kommissar Lucas gute Arbeit geleistet hat. Die Verhaftung des Lustmörders von Amsterdam steht unmittelbar bevor …

Wieder diese Manie von ihm! Er unterstrich ungehalten das Wort »Lustmörder« und betrachtete sinnend Roses Rücken, ihre breiten, vom Morgenrock noch betonten Hüften.

Aus Holland kommt andererseits die Nachricht, daß die Affäre unerwartete Ausmaße annehmen könnte, da die Firma Julius de Coster en Zoon zwangsliquidiert wird. Hat sich Kees Popinga an seinem Chef gerächt, als er entdeckte, daß alle Ersparnisse, die er in dessen Firma gesteckt hatte, verloren waren? Oder muß man nach einer anderen Erklärung suchen …?

Von all dem merkte er sich zwei Worte: Kriminalkommissar Lucas. Er hob den Deckel vom Kochtopf, dann ging er bis zum Mittagessen in die zu dieser Stunde leere Kneipe, um zu flippern und sich mit dem Wirt zu unterhalten. Als er in die Werkstatt zurückkam, war Goin schon beim Essen; er erkannte ihn in seinem eleganten Anzug kaum wieder.

»Da kommen Sie ja endlich!« schrie ihm Goin wütend entgegen. »Sind Sie verrückt geworden? Wo waren Sie?«

»In einem netten Café.«

»Wissen Sie denn nicht, was sich hier abspielt? Ich

habe heute morgen den Chef getroffen. Gestern früh hat ein Inspektor Jeanne Rozier aus den Federn geholt und zum Quai des Orfèvres mitgenommen. Wir kriegen noch die größten Scherereien Ihretwegen!«

»Was hat sie gesagt?«

»Wer?«

»Jeanne Rozier.«

»Keine Ahnung. Der Chef verbietet Ihnen jedenfalls strengstens, Ihr Zimmer zu verlassen. Rose wird Ihnen das Essen raufbringen. Sie dürfen sich ein paar Tage lang nicht blicken lassen, bis Louis sich meldet...«

»Essen Sie nicht?« fragte Rose gleichgültig.

»Ich warte, daß ich etwas bekomme.«

»Als er Sie hierhergebracht hat, wußte ich ja nicht, wie schlimm es steht. Sagen Sie mal, was ist Ihnen denn da eingefallen? Sind Sie plemplem?«

»Dieses Wort verstehe ich nicht.«

»Kommt das öfter vor, daß Sie die Frauen einfach abmurksen?«

»Das war das erste Mal. Wenn sie nicht gelacht hätte...«

Dann machte er sich über seinen Schmorbraten mit Bratkartoffeln her.

»Ich will Ihnen lieber gleich sagen, daß ich Sie kaltmache, wenn Sie es wagen, meine Schwester anzurühren! Wenn ich geahnt hätte, was für ein übler Kunde Sie sind...«

Kees fand, es habe keinen Sinn, darauf zu antworten. Der andere hätte ihn ja doch nicht verstanden, also aß er lieber stumm weiter.

»Lassen Sie sich bloß nicht einfallen, aus Ihrem Zimmer wieder herauszukommen, sobald Sie da oben sind. Schlimm genug, daß Sie sich in den Kneipen von Juvisy groß aufgespielt haben. Sie werden doch hoffentlich nicht auch noch mit den Leuten geredet haben?«

»Doch.«

Es war schon komisch, wie sich Goin aufregte, während Kees ganz ruhig blieb und mit Appetit aß.

»Es wird sich ja bald zeigen, was für einen Mist der Chef da gebaut hat. Und ich habe Sie auch noch für eine interessante Person gehalten!«

Ein richtiger Streit! Und Rose saß an einer Ecke des Tischs dabei, aß und überwachte den Herd wie eine gute Hausfrau, während Kiki auf der Türschwelle saß und seinen Teller auf den Knien hielt.

Popinga behielt seine Gedanken lieber für sich und erweckte so den Eindruck, alles schlucken zu wollen, weshalb Goin fortfuhr:

»Spätestens in drei Tagen kommt der Chef zurück. Heute abend muß er nach Marseille, aber sobald er wieder hier ist...«

Popingas Entschluß war gefaßt. Er beendete seine Mahlzeit, wischte sich den Mund mit seinem Taschentuch ab und erklärte:

»Ich gehe in mein Zimmer. Guten Abend!«

Man ließ ihn ohne Antwort die Treppe hinaufgehen, aber er war noch nicht ganz oben, als Goin ihm wider Willen nachrief:

»Wenn Sie was brauchen, können Sie dreimal mit dem Fuß auf den Boden stampfen. Die Küche ist genau darunter. Rose wird Sie hören...«

Kees hatte nicht die geringste Lust zu schlafen. Er stützte sich mit den Ellbogen auf das Fensterbrett (das Fenster glich allerdings eher einer Luke) und ließ seinen Blick über die merkwürdige Landschaft schweifen. Ganz im Hintergrund lagen schneebedeckte Wiesen, davor Schienen, Gebäude, Eisenträger, alle Anlagen eines großen Bahnhofs, Waggons, die ohne Lokomotive hin- und herglitten, hochrädrige Dampfloks, die wütend auf der Stelle schnaubten, dazwischen Pfeifen, Schreie. Ein paar Bäume, die dem Massaker entgangen waren, reckten den schwarzen Wirrwarr ihrer Äste traurig in den eisigen Himmel.

Von all dem, was er zu hören bekommen hatte, war Kees nur eines haftengeblieben: Louis war nach Marseille gefahren oder würde dorthin fahren.

Gegen vier Uhr las er, unter der nackten Glühbirne auf seinem Bett sitzend, folgende Sätze nach:

Der Kommissar hat eine gewisse Jeanne R...., wohnhaft Rue Fromentin 13, verhört, die ...

Es war kalt. Kees hatte die Baumwolldecke umgelegt. Er hatte sein Bett an das Ofenrohr geschoben, das von der Küche durch sein Zimmer zum Dach verlief. Die Züge pfiffen durchdringend. In die hohen und tiefen Töne mischten sich das Zischen der Dampfloks und hin und wieder das Brausen eines Autos in voller Fahrt auf der Landstraße.

Louis fuhr nach Marseille... Und die bleichgesichtige Rose las nicht einmal die Zeitung, um zu erfahren, wer er war... Und so blieb Louis mit seiner Wut auf Popinga allein... Es sei denn, er war schon dabei, ihn zu verpfeifen...

Aber was spielte das für eine Rolle? Er zuckte die Achseln und sah verächtlich auf den groben Pullover und den Overall herunter, die den wahren Popinga vorübergehend entstellten.

Er war stärker als sie alle, auch als Louis, auch als Jeanne Rozier... Die ganze Bande war so an die Werkstatt gebunden, wie Mutti an ihr Haus, wie Claes an seine Patienten und Eleonore und wie Copenghem an den Schachclub, dessen Vorsitz er anstrebte...

Aber er, Popinga, war an nichts und niemanden gebunden, an keine Idee und auch an sonst nichts, und der Beweis dafür war...

6

Das indiskrete Ofenrohr und der zweite Anschlag Kees Popingas

Bei der wohligen Wärme, die das Ofenrohr ausstrahlte, in dem er sozusagen die lodernden Flammen aufsteigen spürte, war er drauf und dran einzuschlafen, als er hörte, wie die Küchentür aufging und sich Schritte dem Herd näherten und wie dieser dann mit einem Lärm, der alle anderen Geräusche überdeckte, geschürt wurde.

Dieser Lärm hatte noch nicht aufgehört, als er Goins Stimme vernahm:

»Hast du an der Tür gehorcht? Was treibt er?«

Darauf Rose verdrossen:

»Keine Ahnung. Er muckst sich nicht.«

»Machst du mir eine Tasse Kaffee?«

»Ja! Was treibst du da?«

»Das siehst du doch! Ich versuche, den Wecker zu reparieren, der nicht mehr geht…«

Kees lächelte. Er konnte sich die beiden genau vorstellen: Goin, wie er in Pantoffeln, eine erloschene Zigarette zwischen den Lippen, mit gerunzelter Stirn auf dem Küchentisch den Wecker auseinandernahm oder zusammenbaute, und seine

Schwester, die sich, nach den Geräuschen zu schließen, jetzt ans Geschirrspülen machte.

»Was hältst du von dem Kerl da oben?«

Die Stimmen waren nur sehr gedämpft zu hören, denn die beiden redeten leidenschaftslos, nur um die Zeit totzuschlagen, und machten lange Pausen zwischen den Sätzen. Manchmal überdeckte das Rattern eines vorüberfahrenden Zuges das Gespräch, so daß Kees nur noch Bruchstücke hören konnte.

Er horchte mit geschlossenen Augen und genoß die Wärme aus dem Ofenrohr.

»Schon ein komischer Typ! Ich würde ihm nicht über den Weg trauen! Was hat er denn angestellt?«

»Ich habe es erst vorhin erfahren. Er hat in Amsterdam eine Tänzerin erwürgt und vielleicht vorher schon einen Alten umgelegt...«

Schlaftrunken wie er war, konnte Kees Popinga es sich doch nicht verkneifen, den Arm nach seinem roten Notizbuch auszustrecken und das Wort »umgelegt« hineinzuschreiben.

Unten kochte jetzt das Wasser, Rose mahlte schnell ein bißchen Kaffee und stellte eine Tasse und die Zuckerdose auf den Tisch.

»Wenn ich nur wüßte, wo dieses Rädchen...«

»Hast du Louis getroffen?«

»Ja. Ich wollte wissen, was er mit dem Kameraden da oben vorhat.«

»Und was hat er gesagt?«

»Du weißt doch, wie er ist. Er will einem immer

einreden, daß er sich alles genau überlegt hat und nichts ohne Grund macht... Dabei habe ich schon immer behauptet, daß er nur improvisiert. Er hat mir weiszumachen versucht, daß er den Kerl in der Hand hat und aus ihm soviel herausholen kann, wie er will. Aber erstens einmal, habe ich ihm gesagt, hat der Typ uns ja auch in der Hand...«

»Trink deinen Kaffee, bevor er kalt wird... Da liegt noch eine Schraube auf dem Boden...«

»Wenn man Louis so etwas sagt, wird er wütend und schreit herum, er sei schließlich für alles verantwortlich, und deshalb müsse er selber entscheiden. Schön und gut, habe ich gesagt, solange es um Autos geht, ist das in Ordnung! Aber ich lege keinen Wert darauf, einen Kunden wie diesen Holländer im Haus zu haben... Der hat doch vielleicht einen Stich und springt dir auch noch an die Gurgel...«

»Er macht mir keine Angst.«

»Abgesehen davon, daß wir dafür lässig fünf Jahre kriegen können... Meiner Meinung nach hat Jeanne Louis wegen des seltsamen Vogels belämmert... Und Louis hat sich nicht getraut, es ihr abzuschlagen, also hat er ja gesagt, ohne sich weiter Gedanken zu machen... So, das hätten wir! Wollen mal sehen, ob er jetzt geht...«

Die Geräusche waren so deutlich, daß Kees Goin buchstäblich vor sich sah, wie er seinen wieder zusammengebauten Wecker aufzog.

»Geht er?«

Als einzige Antwort war der Lärm zu hören, mit dem der Mechaniker seinen Wecker wütend durch die ganze Küche pfefferte.

»Kauf dir doch morgen früh einen neuen... Ist die Zeitung noch nicht gekommen?«

»Nein.«

»Ich habe dem Louis einen guten Rat gegeben. Wo wir schon mal die Gelegenheit haben, sollten wir bei der Polizei auch etwas für uns herausschlagen. Wenn wir ihr den Lustmörder auf dem Tablett servieren, drückt sie dafür ein andermal eher ein Auge zu...«

»Und was hat er gesagt?«

»Nichts. Daß das warten kann, bis er aus Marseille zurück ist.«

»Gibt es in Holland die Todesstrafe?«

»Weiß nicht. Warum fragst du?«

»Einfach so.«

Dann, nach einer Pause, sagte Goin betreten:

»Ich würde so etwas ja nie sagen, wenn das ein Mann wie wir wäre. Aber du verstehst schon. Du hast doch selber gesehen, wie er so ist. Ich hole jetzt meine Zeitung...«

Kees Popinga hatte sich nicht gerührt. Durch die Luke konnte er nur ein paar Lichter und dahinter den Himmel sehen. Rose schlurfte unten in ihren Filzpantoffeln herum, machte Wandschrank und Büfett auf, um Porzellan- oder Steingutgeschirr aufzuräumen und schürte dann unvermittelt den Herd nach.

Es verging ziemlich viel Zeit. Für Goin war die Zeitung nur ein Vorwand gewesen, in die Kneipe zu gehen und dort vielleicht eine Partie Belote zu spielen, denn er kam erst nach zwei Stunden zurück, als der Tisch schon fürs Abendessen gedeckt war.

»War niemand hier?«

»Nein.«

»Und oben?«

»Er schläft wahrscheinlich. Ich habe ihn nicht herumgehen hören.«

»Weißt du, was ich auf dem Heimweg überlegt habe? Daß solche Vögel nämlich viel gefährlicher für die Gesellschaft sind als wir. Louis mußte am Boulevard Rochechouart mal schießen, weil er sonst geschnappt worden wäre. Aber in so einem Fall weiß man wenigstens genau, woran man ist. Während bei dem da!... Was meinst du, was der so im Sinn hat?«

»Was Lustiges bestimmt nicht!« sagte Rose seufzend.

»Was soll ich sagen? So einen Kerl will ich jedenfalls nicht in meinem Haus!... Schon wieder Kaninchen! Sind wir jetzt darauf abonniert oder was?«

»Das ist noch von gestern übrig.«

»Wir müssen ihm das Essen bringen.«

»Ich gehe nachher.«

Und tatsächlich klopfte Rose etwas später an die Tür:

»Machen Sie auf!« sagte sie. »Ihr Abendessen.«

Popinga war aufgestanden. Als Rose mit dem sperrigen Tablett im Zimmer war, stellte er sich absichtlich zwischen sie und die Tür und sah Rose mit seinen lauernden kleinen Augen an.

»Sie sind wenigstens nett!« sagte er. Vielleicht wußte er selber noch nicht, ob er ihr nur angst machen wollte oder mehr.

»Sie bleiben doch einen Moment bei mir, nicht wahr?«

Ohne sich die geringste Regung anmerken zu lassen, drehte sie sich um, maß ihn von Kopf bis Fuß und platzte dann vulgär heraus:

»Also, hören Sie mal!«

Dabei blieb ihr Blick auf den Augen des Mannes, seinem verzerrten Lächeln und den zitternden Händen haften.

»Sie werden mich ja wohl nicht für eine Tänzerin halten? Essen Sie jetzt lieber, und schlafen Sie dann!«

Auf diese Weise zwang sie ihn allein durch ihre Haltung und ohne viel Geschrei, sie durchzulassen. An der Tür drehte sie sich noch einmal um:

»Wenn Sie mit dem Essen fertig sind, können Sie das Tablett einfach vor die Tür stellen.«

Kaum war sie draußen, klebte er schon mit der Wange am Ofenrohr und hörte auch gleich, wie die Glastür der Küche auf- und zuging. Dann war ein Stuhlrücken zu hören: Rose setzte sich... Stille... Das Klirren eines Glases, das gegen eine Flasche stieß...

»Hat er geschlafen?«

»Ich glaube schon.«

»Und hat er nichts gesagt?«

»Was hätte er denn sagen sollen?«

»Ich habe euch doch reden hören.«

»Ich habe ihm gesagt, er solle jetzt essen und das Tablett dann vor die Tür stellen.«

»Findest du nicht auch, daß Louis unvorsichtig ist? Wenn Lucas Jeanne an den Quai gerufen hat, wird er sich doch etwas dabei gedacht haben... Jeanne wird bestimmt überwacht, und Louis ebenfalls. Es würde mich auch nicht wundern, wenn die Polizei wüßte, daß ich mich heute mit ihm getroffen habe. Und wenn sie mir nach sind...«

»Willst du ihn verpfeifen?«

»Also wenn Louis nicht wäre...«

Dann schien er sich in seine Zeitungslektüre zu vertiefen, denn lange Zeit war nichts mehr zu hören. Schließlich meinte er seufzend:

»Sollen wir nicht schlafen gehen? Heute nacht kommt keiner mehr! Ich mache jetzt die Werkstatt zu.«

Popinga hatte, wie Rose es wünschte, das Tablett vor die Tür gestellt und diese sorgfältig wieder geschlossen. Dann hatte er die Kleider abgelegt, die Goin ihm geliehen hatte, seinen grauen Anzug wieder angezogen und das restliche Geld sowie sein rotes Notizbuch eingesteckt.

Er wurde nicht ungeduldig. Er lag auf dem Bett,

hatte die Decke über sich gezogen und wartete, während Bruder und Schwester sich im Nebenzimmer ruhig entkleideten, ein paar Worte wechselten, ein paar Gegenstände hin und her rückten, und sich, von Kind auf daran gewöhnt, zu fünft oder sechst in einem Zimmer zu schlafen, hinlegten.

»... nacht, Rose!«

»... nacht!«

»Ich will hier nicht den Propheten spielen. Du scheinst ja nicht meiner Meinung, aber du wirst schon sehen, daß ich recht habe!«

»Wir werden ja sehen...«, antwortete sie resigniert oder schon halb im Schlaf.

Popinga wartete eine Viertelstunde, eine halbe Stunde, erhob sich geräuschlos, trat an die Luke. Es schneite. Einen Augenblick lang hatte er Angst, es könnten, wenn er das Fenster öffnete, mit einem Schlag sämtliche Geräusche des Bahnhofs in das Haus hereinbrechen und Bruder und Schwester wecken.

Aber er wußte auch, daß alles sehr schnell gehen würde. Draußen stand genau unter der Luke ein alter Lieferwagen, dessen schlaffe Plane kaum zwei Meter von dem Fenster entfernt war. Popinga ließ sich ins Leere fallen und befand sich schon im nächsten Augenblick auf dem unbebauten Gelände hinter der Werkstatt, wo seine Schuhe in der dünnen Schneeschicht Spuren hinterließen.

Er wollte auf die Uhr sehen und bemerkte, daß

seine Armbanduhr weg war, die hatte ihm wohl Goin abgenommen. Nachdem er sich orientiert hatte, wandte er sich Richtung Juvisy und kam an dem Café vorbei, in dem er an dem Spielautomaten gespielt hatte und das er fast betreten hätte, um sich den Leuten zu zeigen, wie er normalerweise aussah, in grauem Anzug und Mantel, mit Kragen und Krawatte.

Wieviel Uhr es war, sah er dann am Bahnhof: zwanzig vor elf. Er ging hinein und fragte den Schalterbeamten höflich, wann der nächste Zug nach Paris fuhr.

»In zwölf Minuten!« war die Antwort.

Auf dem Bahnsteig fühlte er sich wahrhaft erleichtert. Nicht daß er in der Werkstatt auch nur einen Augenblick Angst gehabt hätte! Angst kannte er seit seiner Abreise aus Groningen nicht mehr. Aber er hatte das Gefühl gehabt, in Juvisy den Ausbruch aus seinem bisherigen Leben nicht mehr recht genießen zu können.

Als würde er wieder bevormundet: statt von seiner Frau und Julius de Coster nun eben von Louis, Goin und dessen Schwester Rose.

Und die verstanden ihn auch nicht besser als die Leute in Groningen. Wie hatte Goin gesagt? Er schlug sein Notizbuch auf: »Umgelegt!«

Eben: Ihrer Meinung nach hatte er Julius de Coster *umgelegt* und war *plemplem!*

Schlimmer noch: Während der paar Stunden, die

er auf seinem Feldbett lag und auf die Geräusche aus der Küche horchte, hatte Kees manchmal fast geglaubt, wieder zu Hause in Groningen zu sein, wenn er dort zum Beispiel aus seinem Zimmer hörte, wie seine Frau mit dem Dienstmädchen sprach. Die beiden hatten die gleiche Art, sich in aller Ruhe zu unterhalten und Leute und Dinge zu beurteilen, als könnten sie die ganze Welt verstehen...

Was Louis betraf, hatte Goin wahrscheinlich recht: Der Junge spielte den großen Herrn, wußte aber nicht genau, was er wollte...

Popinga hatte sich noch nie so stark gefühlt wie auf diesem Bahnsteig, wo er auf und ab ging, die Werbeplakate für Fernreisen betrachtete und dabei eine Zigarre rauchte. Er war jedem Louis und Goin, jedem Julius de Coster und all den anderen Angebern haushoch überlegen!

Er war überzeugt, in jeder Zeitung Nachrichten über sich zu finden. Vielleicht war auch wieder sein Foto abgedruckt! Er wurde von der Polizei gesucht! Die Leute zitterten bei dem Gedanken, der berühmte Lustmörder von Amsterdam könnte in ihrer Nähe sein!

Und er hatte seelenruhig seinen Unterschlupf verlassen, eine Fahrkarte zweiter Klasse gelöst und wartete jetzt auf den Zug, mit dem er nach Paris fahren würde, wo Kommissar Lucas die Fahndung leitete.

War dies nicht ein Beweis dafür, daß er stärker

und intelligenter war als sie alle miteinander? Und er würde sogar noch weiter gehen: Er würde Jeanne Rozier aufsuchen, und zwar gerade deshalb, weil es gefährlich war und weil er genau das nicht tun sollte!

Im übrigen mußte er sie einfach sehen. Es gab da ein paar Dinge zwischen ihnen, die noch nicht geklärt waren.

Der Zug fuhr ein. Der Zufall wollte, daß er sich in ein Abteil setzte, in dem zwei dunkel gekleidete Frauen vom Land über ihr Dorf, die Krankheiten ihrer Nachbarinnen und die jüngst Verstorbenen plauderten.

Er saß brav in seiner Ecke, beobachtete sie und wäre am liebsten herausgeplatzt:

»Gestatten Sie, daß ich mich vorstelle: Kees Popinga, der Lustmörder von Amsterdam!«

Er tat es nicht, nein! Aber er war mehrmals drauf und dran und malte sich mit boshaftem Vergnügen aus, wie sie reagieren würden. Trotz allem holte er den beiden Frauen dann in Paris die Koffer aus dem Gepäcknetz. Allerdings konnte er sich ein ironisches Lächeln nicht verkneifen, als er wohlerzogen murmelte:

»Bitte sehr, meine Damen!«

Im Grunde hatte er genau dies gewollt: der einzige zu sein, der wußte, was er wußte, der einzige, der Kees Popinga kannte, und sich inmitten all dieser Menschen zu bewegen, die ahnungslos ganz nahe an ihm vorübergingen und die abwegigsten Vorstellungen von ihm hatten.

Für die beiden Frauen zum Beispiel war er einfach ein höflicher Mann gewesen, wie man sie heute nicht mehr oft findet. Für Rose... Sie hatte zwar nicht genau gesagt, was sie über ihn dachte, aber er war überzeugt, daß sie ihn aus mangelnder Phantasie schlicht verachtete.

Er war froh, wieder in Paris zu sein, inmitten all der Busse, Taxis, Menschen, die auf der Suche nach wer weiß welchem gar nicht existierenden Ziel in alle Richtungen eilten. Er hingegen hatte Zeit. Das ›Picratt's‹ machte nie vor drei oder vier Uhr morgens zu, und wenn Jeanne Rozier überhaupt allein herauskam, war sie frühestens um Viertel nach drei zu Hause. Kaum zu fassen, daß Kees sich die Gelegenheit hatte entgehen lassen, als Jeanne zu allem bereit neben ihm im Bett lag! Und nun reichte der bloße Gedanke an sie... Aber es war anders! Jetzt, da sie alles wußte, mußte er sie einfach beherrschen und ihr Angst einjagen, denn sie war zu intelligent, um ihn einfach so dumm zurückzuweisen wie Rose.

Da er vorerst nichts Besseres zu tun hatte, fragte er einen Polizisten nach dem Weg zur Kriminalpolizei. Wer wollte ihm das verargen! In allen Zeitungsartikeln über ihn war auch von der Kriminalpolizei und Kommissar Lucas die Rede. Befriedigt erreichte er den Quai des Orfèvres und entzifferte über einer schwach beleuchteten Tür: »Kriminalpolizei«. Noch befriedigter wäre er gewesen, hätte er auch noch den Kommissar zu Gesicht bekommen, aber so leicht ging das nicht.

Vorerst setzte er sich auf die Brüstung an der Seine und beobachtete die drei noch erleuchteten Fenster im ersten Stock. Im Hof hinter dem gewaltigen Portal standen zwei Polizeibusse und ein Gefängniswagen.

Er entfernte sich nur ungern, denn er wäre am liebsten hineingegangen, um sich alles genauer anzusehen. Als er schon an der Place Saint-Michel war, drehte er sich noch einmal um und fragte einen Polizisten nach dem Weg zum Montmartre. Er hätte auch sonst nach dem Weg gefragt, einfach nur, um einen Schutzmann ansprechen und sich dann sagen zu können:

»Der hat ja keine Ahnung…«

Da er bis drei Uhr früh nicht immer nur herumlaufen konnte, machte er mehrere Verschnaufpausen in Cafés, wo er sich an die hufeisenförmige Theke stellte und die Leute beobachtete, für die die Zeit stillzustehen schien: Traumverloren tranken sie ihren Kaffee oder stierten, mit den Ellbogen auf die Theke gestützt, geistesabwesend vor sich hin, obschon sie längst ausgetrunken hatten, so daß man sich fragte, wann, wie durch ein Wunder, plötzlich wieder Leben in sie käme. Ein kleines Mädchen, das mit einem Korb Veilchen hereintrat, erinnerte ihn an den Heiligen Abend und die beiden Besuche Jeanne Roziers in dem Café an der Rue de Douai.

Goin hatte wahrscheinlich recht; bestimmt hatte Jeanne Louis überredet, sich seiner anzunehmen. Warum aber? Weil er ihr Angst eingejagt hatte? Weil er sich ihr gegenüber nicht wie alle anderen Freier verhalten hatte? Oder weil ihre Neugier geweckt war, seit sie wußte, was er getan hatte?

Mitleid schloß Popinga aus, und zwar nicht nur, weil er kein Mitleid wollte, sondern weil Jeanne Rozier auch nicht der Typ dafür war.

»Noch eine Stunde!« stellte er ungeduldig fest.

Je näher der Augenblick kam, desto mehr dachte er an sie und versuchte sich auszumalen, was geschehen würde. Nachdem er bis jetzt nur Mineralwasser getrunken hatte, bestellte er nun Cognac um Cognac, der ihm bald zu Kopfe stieg.

Um halb drei betrachtete er sich im Spiegel eines Cafés am Boulevard des Batignolles und dachte:

»Kein Mensch weiß, was geschehen wird!... Nicht einmal ich selber!... Nicht einmal Jeanne, die jetzt darauf wartet, daß sie nach Hause kann!... Louis ist in Marseille... Goin und seine Schwester schlafen in ihrem Zimmer und glauben, daß ich hinter der Tür bin... Niemand weiß es...«

Er ließ sich eine Zeitung bringen und fand erst auf Seite fünf ein paar Zeilen, die ihn betrafen. Das ärgerte ihn, vor allem, da es immer die gleiche Leier war:

Kommissar Lucas setzt die Untersuchung des Verbrechens von Amsterdam fort und rechnet mit der baldigen Verhaftung Popingas.

Auch so einer, der sich besonders schlau vorkam, dieser Kommissar Lucas, und der überhaupt nichts wußte! Allerdings ließ er das vielleicht auch nur in die Zeitungen setzen, um Kees Angst einzujagen!

Kees wollte sofort überprüfen, ob der Kommissar wirklich so schlau war, wie er vorgab. Er ließ sich, wiederum von einem Polizisten, den Weg zur Rue Fromentin beschreiben, die er dreimal hinauf- und hinunterlief und dabei in jeden Winkel spähte, bis er ganz sicher war, daß ihm in der Nähe des Hauses Nummer 13 kein Polizist auflauerte.

Also war niemand auf den Gedanken gekommen, daß er in dieser Nacht Jeanne Rozier besuchen könnte! Also hatte Lucas nichts begriffen! Also war Popinga immer noch der Stärkere!

Was würde der Kommissar für ein Gesicht machen, wenn heute nacht etwas passierte? Und was würden die Zeitungen schreiben, die so brav diese beruhigenden Zeilen druckten?

Letzten Endes lief alles darauf hinaus: Je mehr er unternahm, um so größer die Verwirrung und desto vielfältiger und zwangsläufig widersprüchlicher die Interpretationen.

Warum handelte er eigentlich nicht? Was hatte ihn vorhin gehindert, die zwei Frauen im Zug anzugreifen, dann die Notbremse zu ziehen und seelenruhig auszusteigen, während in den Gängen ein wildes Gerenne losging?

Er fand das ›Picratt's‹, wo er seine ersten Stunden in Paris verbracht hatte, ganz leicht wieder und ging, bis es zumachte, in der Gegend spazieren. Damals, bei seiner Ankunft, hatte er eigentlich noch nichts gewußt. Er hatte noch keine Zeit zum Nachdenken gehabt. Und jetzt empfand er schon fast Mitleid mit dem braven Mann, der an der Gare du Nord angekommen war und nichts Eiligeres zu tun gehabt hatte, als Champagner zu bestellen und vor einer Nutte groß anzugeben!

Zwei Frauen kamen aus dem Lokal, Animierdamen wie Jeanne, aber sie war nicht dabei.

Da mußte er daran denken, daß Jeanne ja auch mit einem Freier herauskommen könnte; das hätte er sehr ärgerlich gefunden, denn dann hätte er alles verschieben und vielleicht sogar bis morgen warten müssen.

Aber nein! Da kam sie! Sie trug ihren grauen Fehmantel mit einem Veilchensträußchen am Kragen und klapperte auf ihren Stöckeln über das Pflaster.

Sie fröstelte. Sie ging wie jemand, der jeden Tag zur gleichen Zeit den gleichen Weg geht, schnell an den Hauswänden entlang, ohne sich auch nur einmal umzusehen.

Kees folgte ihr auf dem anderen Gehsteig. Jetzt

war er sicher, daß sie ihm nicht mehr entwischen konnte.

Er erschrak, als sie plötzlich eine der wenigen noch offenen Bars betrat, aber dann beobachtete er erstaunt durchs Fenster, wie sie einen Milchkaffee bestellte und ein Hörnchen hineintunkte.

Also hatte sie wohl keiner zum Abendessen eingeladen! Sie aß mit dem gleichen verlorenen Blick, den er vorher bei den anderen Leuten in solchen Lokalen bemerkt hatte. Sie kramte in ihrer Handtasche, zahlte und machte sich sofort wieder auf den Weg.

Er wartete, bis sie an ihrer Haustür geläutet hatte, und als im Treppenhaus das Licht anging, trat er lautlos neben sie, so daß sie zusammenzuckte. Sie machte den Mund nicht auf, sagte keinen Ton, aber ihre grünen Augen flackerten angstvoll. Doch dann zuckte sie mit der Achsel und ließ ihn eintreten.

Der Aufzug war so winzig, daß sie sich berührten. Jeanne drückte auf den Knopf, beförderte den Aufzug wieder abwärts, kramte in ihrer Handtasche nach dem Schlüssel und stammelte dann:

»Was werden Sie Louis erzählen?«

Er sah sie nur grinsend an, und das verwirrte sie, denn sie verstand, daß er ihre List durchschaut hatte. Erst als er schon in der Wohnung war, murmelte Kees:

»Louis ist in Marseille!«

»Wer hat Ihnen das gesagt? Goin?«

»Nein!«

Sie hatte die Tür geschlossen und das Licht im Flur angemacht. Die Wohnung bestand aus drei Räumen plus Badezimmer, alles war altmodisch, mit Teppichen und Plunder vollgestopft, Schuhe lagen herum, auf dem Tisch im Wohnzimmer lag neben einer halbleeren Weinflasche ein Sandwich.

»Was wollen Sie hier?«

Er versicherte sich zunächst einmal, daß ihre Augen wirklich grün waren, wie er sie in Erinnerung hatte, und fand, daß sie durch die Angst noch grüner geworden waren.

»Ich hätte den Mann der Concierge rufen können...«

»Wozu denn?«

Er fühlte sich hier ganz zu Hause, legte seinen Mantel ab, trank einen Schluck Wein direkt aus der Flasche, machte eine Tür auf, die zum Schlafzimmer führte. Dabei entdeckte er das Telefon auf dem Nachttisch und nahm sich vor, es gut im Auge zu behalten, aber Jeanne Rozier verfolgte seinen Blick und verstand.

Es war ein Vergnügen, mit ihr zu spielen, denn sie begriff intuitiv, bewahrte aber Ruhe und ließ sich ihre Erregung kaum anmerken.

»Ziehen Sie sich nicht aus?« fragte er, während er Krawatte und Kragen abnahm.

Sie hatte noch immer ihren Mantel an, den sie jetzt schicksalsergeben von der Schulter gleiten ließ.

»Als ich erfuhr, daß Louis nach Marseille ist, dachte ich gleich, daß ich die Gelegenheit nutzen müßte... Wer ist das auf dem Bild über dem Bett?«

»Mein Vater.«

»Gutaussehender Mann! Was für ein prächtiger Schnurrbart!«

Er hatte sich auf einen kleinen Sessel im Louis-XVI-Stil gesetzt, um seine Schuhe auszuziehen. Jeanne Rozier hingegen machte keine Anstalten, sich auszuziehen. Sie ging im Zimmer auf und ab, pflanzte sich dann vor ihm auf und sagte:

»Sie wollen doch nicht im Ernst hierbleiben?«

»Mindestens bis morgen schon!«

»Tut mir leid, das geht nicht.«

Sie war ganz schön kaltblütig. Aber ihr Blick suchte unwillkürlich immer wieder das Telefon. Vor allem, nachdem er, statt ihr zu antworten, nur lachte und auch den zweiten Schuh auszog.

»Haben Sie nicht gehört?«

»Gehört schon, aber es ist mir schnuppe. Haben Sie vergessen, daß wir schon einmal im selben Bett geschlafen haben! Damals war ich sehr erschöpft. Außerdem kannte ich Sie noch nicht. Seither habe ich immer bereut...«

Ein leichtes Fieber überlief ihn, und seine Worte waren nur noch ein tonloses Flüstern. Er saß zufrieden mit sich und der Welt da.

»Hören Sie mal...«, sagte sie. »Ich wollte unten keinen Krach schlagen und die Concierge und die anderen Leute im Haus aus ihren Wohnungen locken... Ich weiß ja, was Sie riskieren. Aber Sie werden sich jetzt sofort anziehen und abhauen! Sie werden ja wohl nicht so verrückt sein und sich vorstellen, daß ich mich jetzt, da...«

»Jetzt, da was?«

»Nichts.«

»Jetzt, da Sie es wissen? Sagen Sie es doch! Jetzt, da Sie wissen, was mit Pamela passiert ist? Antworten Sie doch! Es macht mir nämlich einen Riesenspaß. Ich frage mich schon seit drei Tagen, was Sie denken...«

»Die Mühe können Sie sich sparen!«

»Seit drei Tagen sage ich mir: Die ist nicht so blöd wie die anderen...«

»Schon möglich, aber deshalb müssen Sie trotzdem gehen.«

»Und wenn ich nicht gehe?«

Er stand in Socken da. Der Kragenknopf drückte auf seinen Adamsapfel.

»Dann kann ich Ihnen auch nicht helfen.«

Sie hatte einen Revolver mit Perlmuttkolben aus einem Schränkchen geholt und hielt ihn jetzt, ohne zu zielen, in der Hand, was aber nicht weniger bedrohlich war.

»Würden Sie schießen?«

»Weiß nicht. Wahrscheinlich.«

»Warum? Warum wollen Sie jetzt nicht mehr? Beim erstenmal habe ich nicht gewollt.«

»Bitte, gehen Sie!«

Sie versuchte, unbemerkt zum Telefon zu gelangen. Dabei bewegte sie sich aber ungeschickt und verriet ihre Angst, die sie sich nicht anmerken lassen wollte. Vielleicht löste diese Angst dann alles aus und trieb Kees zum Äußersten. Trotzdem versuchte er noch ein wenig Theater zu spielen.

»Jeanne, hören Sie doch«, jammerte er mit gesenktem Kopf, »Sie sind gar nicht nett zu mir, dabei sind Sie doch die einzige, die mich versteht...«

»Bleiben Sie mir bloß vom Hals!«

»Ich lasse Sie ja in Ruhe, aber bitte, hören Sie mir zu und antworten Sie mir. Ich weiß, daß Goin und seine Schwester mich der Polizei ausliefern wollten.«

»Wer hat Ihnen das erzählt?« fragte sie heftig.

»Ich habe gehört, wie sie darüber gesprochen haben. Ich weiß auch, daß Louis hofft, mir viel Geld abzuknöpfen.«

»Das stimmt nicht!«

»Doch! Er hat es Ihnen vielleicht nicht gesagt, aber er hat es Goin gesagt, und der hat es seiner Schwester erzählt. Ich habe gehorcht, als die beiden sich unterhielten. Dann bin ich durch die Luke abgehauen und hierhergekommen...«

Sie war wohl etwas verunsichert, denn sie wirkte jetzt nicht mehr so abweisend, sondern starrte nachdenklich auf den Teppich. Er, dem keine Veränderung ihres Gesichtsausdrucks entging, fuhr fort:

»Sie haben doch auch etwas gewußt und wollten

mich auch verraten, sonst hätten Sie doch nicht zum Revolver gegriffen…«

»Doch nicht deshalb!«

Sie war hochgeschreckt und schien ehrlich entsetzt.

»Weshalb dann?«

»Verstehen Sie denn nicht?«

»Wollen Sie sagen, daß ich Ihnen Angst einjage?«

»Nein!«

»Was dann?«

»Nichts!«

Es war ihm gelungen, drei Schritte auf sie zu zu machen. Noch zwei Schritte, und er stand vor ihr. Damit waren die Würfel gefallen. Er hatte keinen Plan, aber er spürte, daß das Schicksal bereits seinen Lauf nahm.

»Ist es, weil Sie wissen, daß…«

»Halten Sie den Mund!«

»Wenn sie nicht so dumm gewesen wäre…«

»Halten Sie doch endlich den Mund!«

Sie machte eine fahrige Geste, so daß ihn der Revolver einen Augenblick nicht bedrohte. Kees nutzte seine Chance sofort. Er stürzte sich auf Jeanne, warf sie aufs Bett und entriß ihr die Waffe. Gleichzeitig drückte er ihr, damit sie nicht schrie, mit aller Kraft ihr Kopfkissen aufs Gesicht.

»Schwören Sie, daß Sie nicht um Hilfe rufen…«

Sie wehrte sich. Sie war stark. Das Kopfkissen rutschte weg, da schlug er ihr mit dem Revolverkolben auf den Kopf, einmal, zweimal, dreimal, damit sie endlich ruhig war.

Als er seine Schuhe wieder anzog, nachdem er sich die Hände gewaschen hatte, weil ein paar Blutflecken darauf waren, erfüllte ihn die gleiche Ruhe wie nach der Sache mit Pamela, aber es war eine bedrückendere, irgendwie traurige Ruhe. Als er fertig war, trat er nämlich noch einmal ans Bett, berührte Jeannes rotes Haar und murmelte:

»Verflixt!«

Erst auf der Treppe zuckte er mit den Achseln und tröstete sich mit dem Gedanken:

»Jetzt ist es wenigstens zu Ende!«

Er wußte, daß keiner ihn verstehen würde. Was genau zu Ende war, hätte er nicht sagen können. Eben alles, was ihn noch mit dem Leben der anderen verband. Künftig würde er allein sein, völlig allein, allein gegen die ganze Welt!

Panik überfiel ihn im Erdgeschoß, als er vergebens versuchte, die Tür aufzumachen. Er wußte nicht, wie das in Paris funktionierte, und rüttelte mit schweißnasser Stirn an der Haustür.

Er erwog, ganz hinaufzugehen und dort zu warten, bis am Morgen die Bewohner nach und nach das Haus verlassen würden. Aber dann wollte es der Zufall, daß jemand klingelte und die Tür aufging. Ein Paar trat herein und sah sich verwundert nach dem fliehenden Schatten um.

Noch so Leute, die am nächsten Morgen vor der Polizei über ihn aussagen würden!

Am Montmartre war alles ruhig. Die Leuchtschilder waren erloschen, und nur ein paar Taxis fuhren noch herum und boten ihm ihre Dienste an.

Doch wozu sollte er ein Taxi nehmen, wenn er nicht wußte, wohin?

Etwas ließ ihn nicht los, das Bild Jeanne Roziers, die vielleicht nicht so schnell wieder zu sich kommen würde und...

Und wenn schon! Er hielt das nächstbeste Taxi an und erklärte umständlich, was er wollte.

»Also, Sie fahren in die Rue Fromentin 13 und gehen in den dritten Stock zu Mademoiselle Rozier hinauf. Sie wartet auf ein Taxi, um gleich zum Bahnhof zu fahren. Hier haben Sie zwanzig Franc Anzahlung.«

Der Chauffeur musterte ihn argwöhnisch.

»Sind Sie sicher, daß diese Dame...?«

»Wenn ich Ihnen doch sage, daß sie auf ein Taxi wartet!«

Der Chauffeur zuckte mit den Achseln und fuhr los, während Popinga mit großen Schritten Richtung Stadtmitte hinunterging. Was konnte es ihm schon ausmachen, wenn die Fahndung etwas früher begann, da er doch genau wußte, daß er entkommen würde?

Außerdem wollte er auch gern sehen, ob Jeanne Rozier seine genaue Personenbeschreibung geben und der Polizei helfen würde! Wider alle Vernunft dachte er im Innersten, daß sie es doch nicht tun würde.

Er war erschöpft. Er wollte schlafen, zwölf Stunden, vierundzwanzig Stunden hintereinander, wie vor kurzem schon einmal.

Wenn er allein in ein Hotel ginge, würde man ihn einen Meldezettel ausfüllen lassen und vielleicht sogar seinen Ausweis verlangen. Aber hatte ihm Jeanne nicht gezeigt, wie man so etwas machte?

Er ging mit großen Schritten so lange weiter, bis er auf eine Dirne traf, die um diese Uhrzeit noch ausharrte. Er winkte und ging ihr nach. Sobald sie im Zimmer waren, steckte er aber sein Geld zur Sicherheit doch unters Kopfkissen.

»Bist du Ausländer?«

»Was weiß ich... Ich bin müde!... Hier hast du hundert Franc... Laß mich in Ruhe...«

Und gleich nach dem Einschlafen träumte er, daß er wieder Kees Popinga war, daß Mutti sich lautlos anzog, sich im Spiegel betrachtete, einen kleinen Pickel ausdrückte, während das Dienstmädchen unten in der Küche Lärm machte. Nur verwandelte sich das Dienstmädchen in Rose, die, als er dann später herunterkam und sich von hinten an sie heranschlich, sagte:

»Ich komme erst wieder in die Küche, wenn Sie weg sind!«

Und eine Stimme raunte ihm zu:

»Vorsicht! In der Dose, auf der Salz steht, ist Zucker… Der schmeckt sehr schlecht in der Ochsenschwanzsuppe…«

Er versuchte diese Stimme zu erkennen, und plötzlich war ihm klar: Das war Jeanne Roziers Stimme, und er stand in Socken und ohne Kragen mitten in der Küche, während sein Haus voller Gäste war. Sie lachte und warf ihm mit freundlichem Spott entgegen:

»Ziehen Sie sich schnell an! Verstehen Sie denn nicht, daß man Sie erkennen wird?…«

7

Kees Popinga gründet seinen fliegenden Haushalt und hält es für seine Pflicht, der französischen Polizei bei ihrer Untersuchung heimlich etwas nachzuhelfen

Wie oft leitet man aus irgendeiner winzigen Begebenheit große Gesetzmäßigkeiten ab.

Als Popinga an jenem Morgen in den Spiegel sah – das war etwas, was er schon immer voller Ernst getan hatte –, bemerkte er, daß er sich seit seiner Abreise aus Holland nicht mehr rasiert hatte, und obwohl sein Bart weder besonders lang noch besonders dicht war, verlieh ihm das nicht gerade ein gewinnendes Aussehen.

Er wandte sich zu dem Bett um, wo eine ihm unbekannte Frau auf der Kante saß und ihre Strümpfe anzog.

»Wenn du fertig bist, kauf mir doch bitte ein Rasiermesser, Rasierseife, einen Pinsel und eine Zahnbürste…«

Da er sie im voraus bezahlt hatte, hätte sie nicht zurückzukommen brauchen, aber sie war anständig und rechnete bei ihrer Rückkehr bis auf den Centime genau mit ihm ab. Da sie nicht wußte, ob sie nun gehen oder noch bleiben sollte, setzte sie sich wieder auf die Bettkante und sah Popinga beim Rasieren zu.

Sie befanden sich in einer Nebenstraße des Faubourg Montmartre, und das Hotel war um einiges heruntergekommener als jenes in der Rue Victor-Massé. Auch die Frau war drei oder vier Klassen billiger als Jeanne Rozier.

Zum Ausgleich versuchte diese Frau, deren Namen Kees nicht kannte, ihm wirklich gefällig zu sein und sich seiner Stimmung anzupassen, was sie schon dadurch bewies, daß sie aufseufzend sagte:

»Du bist bestimmt traurig, wie? Hast wohl Liebeskummer...«

Sie sagte dies überzeugt und doch zögernd wie eine Kartenlegerin.

»Wie kommst du darauf?« fragte er, während er eine Wange einseifte.

»Ich kenne mich langsam aus bei den Männern... Was glaubst du, wie alt ich bin?... Sage und schreibe achtunddreißig Jahre, mein Lieber! Ich weiß, daß man mir die nicht ansieht. Aber du darfst mir glauben, daß ich schon so manchen wie dich erlebt habe, Männer, die dich mitnehmen, dich dann aber nicht anrühren. Die meisten fangen irgendwann zu reden an, sie reden und reden und erzählen dir ihre ganzen Geschichten... Dafür sind wir sehr praktisch!... Wir hören uns alles an, und es bleibt ohne Folgen...«

Es war eine fast patriarchalische Situation: Kees mit nacktem, dicklichem Oberkörper und bis zu den Waden herunterbaumelnden Hosenträgern und die Frau, die freundlich ihre Dienste anbot und wartete, bis er fertig war! Merkwürdigerweise registrierte er zwar, daß sie ihn für einen traurigen Menschen hielt – wieder so ein Charakterzug, den jemand an ihm entdeckte und den er sich unbedingt notieren mußte! –, hörte ihr dann aber nicht mehr weiter zu.

Das Rasiermesser hatte ihn auf andere Gedanken gebracht. Er hatte auch kurz überlegt, ob er vielleicht ein Köfferchen kaufen und ein paar Sachen hineinpacken sollte.

Denn es fiel bestimmt auf, wenn er ohne Gepäck in einem besseren Hotel übernachten wollte. Mit einem Köfferchen dagegen würde man ihn für einen Geschäftsreisenden halten. Aber was sollte er dann tagsüber mit diesem Köfferchen machen? Es bei der Gepäckaufbewahrung an einem Bahnhof lassen? Oder in einem Café abstellen?

Jedenfalls war er entschlossen, nie mehrmals am gleichen Ort zu übernachten. Er hatte beobachtet, daß die Leute vor allem deshalb geschnappt wurden, weil irgend jemandem aus ihrer Umgebung plötzlich ein verdächtiges Detail aufgefallen war.

»Kein Köfferchen!« murmelte er dann vor sich hin, während er das Rasiermesser sorgfältig reinigte und in ein Stück Zeitungspapier wickelte.

Außerdem bestand die Gefahr, daß er dann als

»der Mann mit dem Köfferchen« gesucht würde und ihn dieser einfache Gegenstand verraten könnte.

Seine Überlegenheit gegenüber den Helden der Geschichten, die er in den Zeitungen gelesen hatte, den Dieben, Mördern, Schwindlern auf der Flucht, bestand darin, daß er alle diese Dinge bedachte wie früher die Geschäfte der Firma Julius de Coster en Zoon, nämlich kaltblütig und so unbeteiligt, als ginge es ihn gar nichts an.

Kurz, er suchte nach der Lösung schlechthin und fragte die Frau unvermittelt:

»Muß man in Hotels wie diesem seinen Ausweis zeigen?«

»Nie! Manchmal fragen sie nach dem Namen für den Meldezettel. Und einmal alle zwei oder drei Monate kommt auch die Polizei mitten in der Nacht und holt alle aus dem Bett. Meistens wenn irgendein bedeutender ausländischer Gast kommt, wegen der Attentate.«

Kees wickelte auch Rasierpinsel, Seife und Zahnbürste ein und verstaute alles in seinen Taschen, in denen sich bereits sein rotes Notizbuch und ein Bleistift befanden, dies waren alle seine Habseligkeiten.

Praktisch! Er konnte überall hingehen, jede Nacht in einem anderen Hotel, ja sogar in einer anderen Gegend von Paris schlafen. Gut, die Razzias, von denen die Dirne sprach, mußte er in Kauf nehmen, aber die Gefahr, dabei geschnappt zu werden, war gering.

»Frühstückst du mit mir?« fragte sie.

»Lieber nicht...«

»Macht nichts. Ich hab's auch nur gesagt, um dir eine Freude zu machen. Also, dann brauchst du mich nicht mehr?«

»Nein!«

Sie trennten sich in einer von Gemüsekarren verstopften Straße auf dem Trottoir.

Popinga hatte seine Armbanduhr nicht mehr, aber eine Uhr an der nächsten Kreuzung zeigte Viertel nach zwölf.

Die Stadtgegend gefiel ihm, es wimmelte von Leuten aller Art und überfüllten Kneipen.

»Mit den dreitausend Franc, die ich noch habe«, überlegte er, »kann ich fast einen Monat auskommen, und bis dahin habe ich dann auch einen Weg gefunden, zu Geld zu kommen...«

Er wurde jetzt plötzlich geizig, denn dieses Geld, dem er bisher keine Bedeutung beigemessen hatte, gewann nun ganz besonderen Wert für ihn, genau wie das Rasiermesser in seiner Tasche, und wie die Tatsache, daß er keinen Koffer hatte, wie überhaupt jede Einzelheit des Lebensplans, den er für sich entwarf.

So stand er fast eine Stunde lang am Eingang einer Metrostation und studierte den Stadtplan von Paris. Er hatte ein ausgezeichnetes topographisches Gedächtnis und prägte sich die verschiedenen Stadtteile, die Verkehrsadern, die Boulevards präzise wie auf der Karte ein. Als er sich dann wieder aufmachte, kannte er sich in Paris so gut aus, daß er niemanden nach dem Weg zu fragen brauchte.

Auf ein richtiges Mittagessen hatte er keine Lust und beschränkte sich auf zwei Glas Milch mit ein paar Hörnchen dazu in einem Café. So war er rechtzeitig wieder draußen auf den Großen Boulevards, um die Nachmittagszeitungen zu kaufen. Hatte er auch seit dem Morgen den Gedanken an Jeanne Rozier verdrängt, war er doch sehr besorgt um sie und blätterte jetzt neugierig in den Zeitungen, stellte aber erstaunt, ja empört fest, daß keine Zeile darüber drin stand, und auch über ihn selber nichts, als wäre die Geschichte mit Pamela aus und vergessen; dagegen wurde ausführlich von einem noch ungeklärten Verbrechen im Schnellzug Paris–Basel berichtet.

Selbstverständlich hätten die Zeitungen doch darüber geschrieben, wenn Jeanne Rozier tot aufgefunden worden wäre. Demnach...

Es sei denn... Wer weiß, ob dies nicht eine Falle war, ob die Polizei die Sache nicht absichtlich verschwieg, weil sie hoffte, daß er sich verraten würde? Wenn er doch diesen Kommissar Lucas wenigstens einmal zu Gesicht bekäme, und sei es auch nur durch eine Fensterscheibe! Dann könnte er sich eine genauere Vorstellung machen. Dann wüßte er wenigstens, was für ein Mann das war und mit welchen Tricks er rechnen mußte...

Na, dann eben nicht! Aber eines konnte er relativ gefahrlos tun: Jeannes Telefon stand auf ihrem Nachttisch...

Er betrat eine Kneipe, fand die Nummer unter »Rozier«, ließ sich verbinden und hörte dann eine ihm unbekannte Stimme, die Stimme einer offenbar schon etwas älteren Frau.

»Hallo! Kann ich bitte Mademoiselle Rozier sprechen?«

»Wer ist am Apparat?«

»Ein Freund...«

Nun wußte er wenigstens, daß sie nicht tot war! Nach einer Pause hörte er:

»Hallo! Kann ich etwas ausrichten? Mademoiselle Rozier fühlt sich nicht wohl und kann nicht ans Telefon kommen...«

»Ist es schlimm?«

»Nein, nicht sehr, aber...«

Genug! Er hängte ein und setzte sich wieder in das Lokal, wo er eine Viertelstunde später den Kellner um Schreibzeug bat.

Er war schlecht gelaunt und überlegte lange, was er schreiben sollte. Schließlich notierte er sorgfältig und mit sicherer Hand:

Sehr geehrter Herr Kommissar,

Ich möchte Sie darauf hinweisen, daß sich letzte Nacht ein neuer Zwischenfall ereignet hat, der mit dem Fall Popinga zu tun hat. Viel-

leicht lohnt sich ein Besuch bei Mademoiselle Rozier in ihrer Wohnung in der Rue Fromentin, und vielleicht fragen Sie dann, wer sie so zugerichtet hat ...

Er zögerte und überlegte, ob er noch mehr preisgeben sollte. Dann dachte er an Goin und vor allem an dessen Schwester und fuhr mit dumpfer Befriedigung fort:

Bei dieser Gelegenheit möchte ich mich bei der französischen Polizei dafür revanchieren, daß sie sich so eingehend mit mir beschäftigt, und ihr einen Hinweis geben.

Sie können eine ganze Bande von Autoknackern schnappen, die allein an Heiligabend drei Autos am Montmartre gestohlen hat.

Umstellen Sie nachts die Werkstatt Goin & Boret in Juvisy. Heute oder morgen nacht hat es noch keinen Zweck, weil der Bandenchef in Marseille ist. Wenn Sie danach mit der Beobachtung beginnen, sollte es mich nicht wundern, wenn Sie noch vor Neujahr Erfolg hätten.

Mit vorzüglicher Hochachtung,

Kees Popinga

Er las alles noch einmal befriedigt durch, klebte den Umschlag zu, schrieb die Adresse und rief den Kellner.

»Wann kommt dieser Brief an, wenn ich ihn jetzt aufgebe?«

»Innerhalb von Paris? Morgen früh... Aber Sie können ihn auch per Rohrpost schicken, dann ist er schon in knapp zwei Stunden da...«

Es verging keine Stunde, ohne daß er etwas Neues lernte. Er schickte seinen Brief also mit der Rohrpost ab und machte sich in eine andere Stadtgegend auf, denn er hatte absichtlich Papier mit dem Briefkopf des Lokals benutzt.

Es war jetzt vier Uhr und ziemlich kalt. Um die Gaslaternen hatte sich zarter Nebel gebildet. Nach einer Weile erreichte er die Seine genau an der Stelle, die er berechnet hatte, nämlich am Pont Neuf, den er nun überquerte.

Er ging nicht einfach so drauflos, sondern hatte ein genaues Ziel. Nun, da er sich genug um seine Angelegenheiten gekümmert hatte, wollte er sich auch ein wenig entspannen und eine Partie Schach spielen.

Und wo hatte ein Fremder, der nach Groningen kam und keinen Menschen kannte, die größten Chancen, einen Partner zu finden? An einem einzigen Ort, im großen Café bei der Universität, in dem die Studenten verkehrten!

Warum sollte dies in Paris nicht auch so sein? Also ging er nach dem Pont Neuf links Richtung Quartier Latin dem Boulevard Saint-Michel zu. Sicher, etwas verwirrend war es hier schon, kein

Vergleich mit der ruhigen Stadt Groningen, aber er ließ sich davon nicht abschrecken.

In keinem der zehn Cafés, bei denen er durch die Scheiben spähte, war ein Spiel im Gange, er sah nur Leute, die sich nicht lange aufhalten würden.

Aber als er dann zur anderen Seite des Boulevards hinüberblickte, entdeckte er hinter einem Vorhang im ersten Stock einer Gaststätte Gestalten mit Billardqueues in der Hand.

Er war so stolz wie nach einer gewonnenen Partie. Und noch stolzer war er, als er kurz darauf in jenem ersten Stockwerk in einem schmucklosen, verrauchten Raum stand, wo Lampen mit grünen Schirmen etwa zehn Billardtische beleuchteten und an allen Tischen Backgammon, Karten oder Schach gespielt wurde.

Feierlich, wie in seinem Schachclub zu Hause, legte er den dicken Mantel ab, hängte ihn an den Kleiderhaken, ging sich die Hände waschen, kämmte sich über, reinigte seine Fingernägel und setzte sich schließlich neben zwei junge Männer, die Schach spielten, bestellte ein kleines dunkles Bier und zündete eine Zigarre an.

Zu schade, daß er sich vorgenommen hatte, sich nie zweimal am gleichen Ort zu zeigen, sonst wäre dies das ideale Lokal für seine Nachmittage gewesen! Keine einzige Frau hier, hervorragend! Statt dessen fast nur junge Leute, Studenten, von denen viele ihr Jackett abgelegt hatten, um Billard zu spielen.

Einer der beiden Schachspieler war ein Japaner mit Schildpattbrille, der andere ein großer blonder Sanguiniker, dessen Gesichtszüge jede kleinste Gemütsbewegung verrieten.

Genau wie in Groningen zog Kees nun auch hier seine goldgeränderte Brille aus der Tasche und putzte sie, bevor er sie aufsetzte. Danach beobachtete er minutenlang das Schachbrett und prägte sich ebenso genau wie kurz zuvor den Stadtplan von Paris sämtliche Figuren ein.

Sogar der Geruch hier, ein Gemisch aus Bierdunst, Zigarrenrauch und dem Geruch von Sägemehl, war der gleiche wie in Groningen! Und auch die Angewohnheit des Kellners, nicht weiter zu bedienen, sondern hinter den Spielern stehenzubleiben und mißbilligend die Partie zu verfolgen!

Kees konnte stundenlang bewegungslos dasitzen und kein einziges Mal auch nur die Beinstellung wechseln, dabei ließ er die Asche an seiner Zigarre oft drei, vier Zentimeter lang werden!

Erst ganz am Schluß, als der Japaner volle zehn Minuten unglücklich auf das Schachbrett starrte, ohne sich für einen Zug entscheiden zu können, ließ er seine Asche herunterfallen und sagte leise:

»Sie gewinnen in drei Zügen, nicht?«

Der Asiate wandte ihm einen erstaunten Blick zu und litt nun erst recht, denn er glaubte sich wirklich verloren. Sein Partner war nicht weniger verblüfft, denn wie sollte er schachmatt gesetzt werden, da er doch sicher war zu gewinnen?

Es trat eine Pause ein. Der Japaner streckte die Hand nach seinem Turm aus, zog sie aber gleich zurück, als hätte er glühendes Eisen berührt, und blickte Popinga hilfesuchend an, während der Blonde sich das Spiel noch einmal ansah und dann aufseufzend meinte:

»Also, ich wüßte nicht, wie...«

»Gestatten Sie?«

Der Japaner nickte. Der andere wartete skeptisch.

»Wenn ich den Springer hier hinsetze... Was machen Sie dann?«

Ohne lange zu überlegen, erklärte der Blonde:

»Ich schnappe ihn mit meinem Turm.«

»Sehr gut! Ich rücke also mit meiner Dame um zwei Felder vor. Was machen Sie dann?«

Diesmal wußte der junge Mann keine Antwort. Er war einen Moment ratlos und setzte dann seinen König ein Feld zurück.

»Gut, also dann rücke ich mit meiner Dame noch ein Feld vor und sage schachmatt! Das war doch nicht schwierig, oder?«

In solchen Fällen gab er sich bescheiden, aber sein Gesicht leuchtete vor Zufriedenheit. Die beiden jungen Leute waren so beeindruckt, daß ihnen gar nicht in den Sinn kam, noch eine Partie zu spielen.

Aber dann murmelte der Japaner, der versucht hatte, den Zug zu verstehen, schließlich doch:

»Wollen Sie spielen?«

»Ich überlasse Ihnen meinen Platz…«, murmelte der andere.

»Aber nein! Wenn es Ihnen Spaß macht, spiele ich gegen Sie beide gleichzeitig… Jeder von Ihnen nimmt ein Schachbrett…«

Wenn er sich wie jetzt die Hände rieb, fiel auf, daß sie schön waren, ein wenig dicklich vielleicht, aber schön geformt, weiß und weich.

»Herr Ober, bringen Sie uns bitte noch ein Schachspiel…«

Kommissar Lucas konnte den Rohrpostbrief noch nicht haben, aber bis Kees mit den beiden Partien fertig war, hatte er ihn bestimmt und fuhr unverzüglich in die Rue Fromentin.

Die beiden jungen Leute saßen gebannt auf ihren Stühlen Popinga gegenüber, dem die zwei Schachbretter vor ihm offenbar nicht genügten, da er von seinem Platz auf der Bank aus auch noch eine Billardpartie mitverfolgte.

Er spielte zügig an beiden Brettern. Seine Gegner überlegten lange, vor allem der Japaner, der unbedingt gewinnen wollte.

»Wie komme ich zu einem Verzeichnis aller Lokale, in denen man Schach spielen kann?« fragte sich Popinga.

Er rechnete sich aus, daß es eine ganze Menge solcher Lokale geben mußte, denn als er vorhin den Stadtplan studierte, hatte er eine Entdeckung gemacht. Wie in den meisten Städten gab es in Groningen ein einziges Stadtzentrum, an das sich die Wohngebiete anschlossen wie Fruchtfleisch um einen Kern.

Nun hatte Kees aber festgestellt, daß es in Paris nicht nur zwei oder gar drei Hauptzentren gab, sondern daß jedes Stadtviertel seinen eigenen Kern mit Cafés, Kinos, Tanzlokalen und Einkaufsstraßen hatte.

Also kam jemand, der am Boulevard de Grenelle wohnte, zum Schachspielen nicht an den Boulevard Saint-Michel, und auch keiner, der am Parc-Montsouris wohnte! Daher brauchte er nur in jedem Viertel genau zu suchen...

»Entschuldigen Sie...«, sagte er mit gespielter Verwirrung. »Sie können Ihren Läufer zurücknehmen. Sonst ist Ihre Dame weg...«

Der blonde junge Mann wurde rot und stammelte:

»Gespielt ist gespielt...«

»Aber nein! Bitte, bitte...«

Der Japaner schielte auf das Spiel seines Gefährten, um nicht den gleichen Fehler zu machen.

»Was studieren Sie?«

»Medizin«, sagte der Japaner.

Und der Blonde wollte Zahnarzt werden, was ganz gut zu ihm paßte.

Trotz seiner nervösen Anspannung wurde der Japaner als erster geschlagen, was den anderen noch verbissener machte, aber er hielt auch nur noch wenige Minuten durch.

»Wozu darf ich Sie einladen?« meinte er dann sagen zu müssen.

»Zu gar nichts. Ich gebe eine Runde aus.«

»Aber wir haben doch verloren...«

Kees bestand trotzdem darauf, den beiden etwas zum Trinken zu bestellen, steckte sich eine neue Zigarre an und lehnte sich auf der Bank zurück.

»Worauf es nämlich ankommt, ist, daß man alle Figuren im Kopf hat und nie vergißt, daß der Läufer die Dame und die Dame den Springer bewacht, und daß...«

Fast hätte er noch hinzugefügt:

»...daß Louis, von Jeanne Rozier alarmiert, in Marseille den Zug genommen hat... Daß Kommissar Lucas um diese Uhrzeit in der Rue Fromentin eintrifft, und Jeanne nicht versteht, was los ist... Daß Goin in Juvisy aus Angst, sich selbst zu verraten, nicht zu telefonieren wagt, und Rose...«

Dann fuhr er fort:

»Und vor allem muß man das System des Gegners genau beobachten und selbst keines haben... Nehmen Sie einmal an, ich hätte ein System gehabt, dann hätte ich einen von Ihnen schlagen können, aber der andere hätte meine Taktik durchschaut und mich in die Enge getrieben...«

Er war zufrieden mit sich selbst. Deshalb blieb er, als die jungen Leute sich dankend verabschiedet hatten, auch noch da, um mit einer Zigarre zwischen den Lippen und den Fingern im Armausschnitt seiner Weste aus der Ferne eine Billardpartie zu verfolgen, wobei er sich kaum zurückhalten konnte, an den Spieltisch zu treten und selber mitzumachen.

Denn er wäre fähig gewesen, mit ebensoviel Erfolg wie soeben beim Schachspiel, einem der Spieler den Stock aus der Hand zu nehmen und hintereinander gut und gern fünfzig Punkte zu machen.

Was seine Partner während der ganzen Zeit nicht gesehen hatten, waren die Spiegel an der gegenüberliegenden Wand des Lokals. Da die Beleuchtung gedämpft war und außerdem Pfeifen- und Zigarettenqualm die Atmosphäre trübte, sah Popinga sich nur verschwommen, geradezu geheimnisvoll in diesem Spiegel und betrachtete das Bild selbstgefällig und mit um die Zigarre gespitzten Lippen.

Auf einer Uhr mit graugrünem Emailzifferblatt sah er, daß es sechs war. Er zog zum Zeitvertreib sein Notizbuch heraus und überlegte lange, was er hineinschreiben sollte.

Er hatte nämlich entdeckt, daß er jeden Tag viele Stunden herumbringen mußte, auch wenn er viel schlief. Er konnte nicht mehr als drei oder vier Stunden durch die Straßen irren, denn das war ermüdend und auf die Dauer auch entmutigend. Er mußte für regelmäßige Abwechslungen wie diese hier sorgen und dafür soviel Zeit wie möglich aufwenden, um in Form zu bleiben und einen klaren Kopf zu behalten. Schließlich notierte er:

Dienstag, 28. Dezember. – Juvisy durchs Fenster verlassen. Zwei Frauen im Zug. In der Rue Fromentin bei Jeanne, die nicht gelacht hat. Habe nur leicht zugedrückt. Bin sicher, sie wiederzusehen.

Mittwoch, 29. Dezember. – Dann am Faubourg Montmartre mit Frau geschlafen; habe vergessen, nach ihrem Namen zu fragen. Hat mich für »traurig« gehalten. Nötigste Toilettengegenstände gekauft. An Kommissar Lucas geschrieben und Schach gespielt. Perfekt in Form.

Dies genügte. Und in der Tat brachten ihm diese Stichworte die letzten Stunden so genau zurück, daß ihm noch ein zusätzliches Detail einfiel: die Sache mit dem Köfferchen. Er hatte kein Köfferchen gekauft, um nicht »der Mann mit dem Köfferchen« zu werden. Er durfte sich keine auffälligen Kennzeichen erlauben. Und als er sich nun so im Spiegel betrachtete, wurde ihm klar, daß auch die Zigarre zu seiner Personenbeschreibung gehörte. Die beiden jungen Männer würden zum Beispiel nicht vergessen, daß er Zigarre geraucht hatte! Der Kellner in dem Lokal, wo er seinen Rohrpostbrief geschrieben hatte, ebenfalls nicht! Er sah sich um und stellte fest, daß von den mindestens fünfzig Gästen hier nur zwei Zigarre rauchten!

Jeanne Rozier wußte es! Goin wußte es! Der Kellner aus dem ›Picratt's‹ wußte es! Und die Frau, mit der er bis zur Mittagszeit zusammen gewesen war, hatte es ebenfalls bemerkt.

Also mußte er, wenn er nicht »der Mann mit der Zigarre« werden wollte, etwas anderes rauchen, Pfeife oder Zigaretten, und dazu konnte er sich nur schwer entschließen, denn die Zigarre war fast ein Teil seiner selbst.

Kaum hatte er den Entschluß gefaßt, führte er ihn auch schon durch, drückte den Zigarrenstummel aus und stopfte die lächerliche Pfeife, die er in Juvisy gekauft hatte.

Inzwischen war Kommissar Lucas bestimmt in der Rue Fromentin angekommen und leitete die Untersuchung ein, befragte die Concierge und wahrscheinlich auch die beiden Mieter, denen er im Hauseingang begegnet war. Es wäre ja schon amüsant gewesen, ihn anzurufen und zu sagen:

»Kommissar Lucas? Hier Kees Popinga! Na, was sagen Sie zu dem Tip, den ich Ihnen gegeben habe? Sehen Sie, was für ein netter Kerl ich bin, ich spiele Ihnen sogar in die Hände…«

Aber das war zu gefährlich! Das Telefon wurde bestimmt abgehört. Trotzdem amüsierte er sich auf seine Art. In einer Ecke des Lokals befand sich eine Telefonkabine. Er nahm Jetons und rief bei den drei Zeitungen an, die die längsten Artikel über ihn gebracht hatten, bei der letzten ließ er sich sogar mit dem Redakteur verbinden, der den Artikel gezeichnet hatte.

»Hallo!... Kees Popinga hat sich heute nacht ein neues Vergehen zuschulden kommen lassen... Gehen Sie in die Rue Fromentin 13, dann werden Sie sehen... Jawohl... Bitte?«

Am anderen Ende der Leitung fragte eine Stimme:

»Wer ist am Apparat?... Sind Sie es, Marchandeau?...«

Man verwechselte ihn wohl mit einem regelmäßigen Informanten der Zeitung.

»Nein, nein, hier ist nicht Marchandeau. Hier spricht Popinga! Guten Abend, Monsieur Saladin. Versuchen Sie, nicht immer solchen Unsinn zu schreiben, vor allem nicht, daß ich verrückt sei...«

Er nahm Mantel und Hut, ging die Treppe hinunter und marschierte dem Viertel zu, das er sich für die Nacht ausgesucht hatte: die Bastille.

Dies war die einzige Möglichkeit: nicht nur das Restaurant und das Hotel ständig zu wechseln, sondern auch die Preisklasse. Denn er war sicher, daß man ihn immer in einer bestimmten Hotelkategorie suchen würde, nur weil er zweimal in solchen Hotels übernachtet hatte. Und sicher war auch, daß Kommissar Lucas in dieser Nacht die entsprechenden Absteigen am Montmartre durchkämmen würde.

Genau wie die beiden jungen Männer beim

Schach immer nur den Zug von ihm erwarteten, den er schon einmal gemacht hatte!

Aber nun hatte er beschlossen, an der Bastille in einem billigen Restaurant für vier bis fünf Franc zu essen und in einem Hotel für zehn Franc zu übernachten! Was er aber noch nicht entschieden hatte, war, ob er allein schlafen oder, wie schon die beiden letzten Male, eine Frau mitnehmen sollte.

Darüber dachte er nach, während er die Rue Saint-Antoine hinaufging. Er wurde sich bewußt, daß dies mindestens so gefährlich, wenn nicht noch gefährlicher war als die Sache mit dem Köfferchen oder der Zigarre. Er konnte sich die entsprechenden Polizeinotizen schon ausmalen:

Hat die Gewohnheit, mit Nutten in billigen Hotels zu schlafen ...

Und die Polizei würde überall Razzias machen, wo die Dirnen gewöhnlich auf Kundenfang gingen!

»Das wäre unvorsichtig!« beschloß er.

Ebenso wie es übrigens unvorsichtig wäre, jeden Tag an einem anderen Ort Schach zu spielen, denn dann würde es schließlich in seinem Steckbrief heißen:

Verbringt seine Nachmittage beim Schachspiel in verschiedenen Lokalen von Paris und in den Vororten ...

Wenigstens würde er, wenn er Kommissar Lucas wäre, dies so in seine Kartei aufnehmen und außerdem vermerken, daß er ein Rasiermesser, einen Rasierpinsel, Seife und eine Zahnbürste in der Tasche hatte.

Wenn eine solche Notiz in allen Pariser Zeitungen erschiene...

Er ging inmitten der Menschenmenge an den beleuchteten Schaufenstern entlang und mußte unwillkürlich lächeln, als er sich die Folgen einer solchen Notiz ausmalte.

Erstens einmal würden sich die Gäste in allen Lokalen, in denen Schach gespielt wurde, gegenseitig mißtrauisch mustern, und vielleicht würden die Kellner sogar während des Spiels in den Taschen der Mäntel, vor allem der grauen Mäntel kramen, um sich zu versichern, daß weder Rasiermesser noch Rasierpinsel darin steckten!

Und die Dirnen... Sie würden in jedem Freier Popinga vermuten, und Kees war überzeugt, daß es massenhaft Anzeigen geben würde...

»Das darf nicht passieren...«, sagte er sich immer wieder.

Dabei spürte er bereits eine starke Versuchung, gerade diese Person zu werden, die er sich da ausgemalt hatte. Er bekämpfte diese Versuchung und zwang sich, Ruhe zu bewahren. Um auf andere Gedanken zu kommen, beschloß er dann, nach dem Abendessen ins Kino zu gehen.

Er aß in einem Restaurant ein Menü zu fünf Franc, kam aber dann doch auf elf Franc, weil er nicht auf die Beilagen verzichten wollte. Man wurde dort von Frauen in weißer Schürze bedient, und er fragte sich, was die Kellnerin, die ihn bediente, wohl über ihn dachte. Aus reiner Neugier gab er ihr fünf Franc Trinkgeld.

Würde sie jetzt nicht erstaunt sein, ihn aufmerksam ansehen und einen Zusammenhang zwischen diesem graugekleideten Mann mit ausländischem Akzent und dem Lustmörder herstellen, von dem in den Zeitungen zu lesen war?

Keine Spur! Sie steckte das Geld in die Tasche und fuhr in ihrer Arbeit fort, als hätte er ihr nur fünfzig Centimes oder zwei Franc gegeben!

Das Kino lag gegenüber: das ›Saint-Paul‹. Er nahm eine Loge, denn es störte ihn nicht, gesehen zu werden. Die Platzanweiserin hier war rot gekleidet, fast so wie der Liftboy im Amsterdamer ›Carlton‹.

Jetzt versuchte er das Gegenteil. Er gab ihr überhaupt kein Trinkgeld, und sie ging nur brummelnd weg und kümmerte sich nicht mehr um ihn.

Dies war der richtige Tag! Als hätte man ihn aufgegeben! Als hätte man sich verschworen, ihn mit Schweigen zu übergehen!

Jeanne Rozier hatte nicht die Polizei alarmiert! In den Zeitungen stand nichts mehr über die Fahndung! Goin stellte sich tot! Louis war in Marseille, und die Frau heute früh hatte ihn einfach nur für einen traurigen Mann gehalten wie viele, die sie kannte!

In Groningen war er nie ins Kino gegangen, weil Mutti dies für eine primitive Art von Vergnügung hielt und man im Winter ja auch ein Abonnement für die Donnerstags-Konzerte nahm, die schon genügend Abwechslung boten.

Popinga genoß die flimmernde Atmosphäre im ›Saint-Paul‹. Volkstümliche Kinosäle, wo dichtgedrängt zweitausend Personen saßen und Orangen aßen oder saure Drops lutschten, hatte er bis jetzt nicht gekannt.

Hinter ihm erhoben sich stufenförmig die Ränge, und wenn er sich umdrehte, sah er Hunderte von Gesichtern im Widerschein der Leinwand, und das fand er beeindruckend.

Wenn jetzt einer von ihnen plötzlich gerufen hätte:

»Da ist er!... Das ist der Verrückte von Amsterdam!... Der Mann, der...«

In den Logen neben ihm hingegen saßen dicke Frauen im Pelzmantel, junge Frauen mit rosigen Wurstfingern, beleibte Herren: die begüterten Geschäftsleute aus dem Viertel.

In der Pause wurde ihm fast schwindlig, so daß er es nicht wagte, sich unter die Menge zu mischen, die an die Bar und zu den Toiletten strömte. Er sah sich die Werbung an, und beim Anblick einer Wohnungseinrichtung mußte er daran denken, wie er und Mutti sich aus den holländischen Katalogen ihr Mobiliar ausgesucht hatten.

Was Mutti jetzt wohl machte? Was dachte sie? Sie war die einzige, die von Gedächtnisverlust gesprochen hatte, vielleicht, weil sie im ›Telegraaf‹ einen Kriegsroman gelesen hatte, in dem ein deutscher Soldat im Schockzustand sogar seinen Namen vergessen hatte und erst nach zehn Jahren wieder nach Hause kam, wo seine Frau einen andern geheiratet hatte und seine Kinder ihn nicht wiedererkannten.

Und Julius de Coster? Er hatte ihm nach all dem, was er im ›Petit Saint Georges‹ getrunken hatte, ja eine Menge Dinge erzählt, war aber trotz seiner Betrunkenheit so schlau gewesen, ihm nicht zu sagen, wohin er ging. So, wie Popinga ihn kannte, hielt er sich wohl nicht in Paris, sondern eher in London auf, wo er sich mehr zu Hause fühlte. Ganz bestimmt hatte er dort noch Geld liegen, mit dem er unter irgendeinem anderen Namen neue Geschäfte machen und neues Geld verdienen würde!

Während die Leute sich wieder auf ihre Plätze begaben und es dunkel wurde, war die Leinwand in violettes Licht getaucht, und ein Orchester spielte ein sehr schmalziges Stück, das Popinga ergriff. Wie alle im Saal klatschte er begeistert, der eigentliche Film aber, eine Rechtsanwaltsgeschichte, in der es um das Berufsgeheimnis ging, gefiel ihm nicht.

Die am besten gekleidete dicke Dame in der Loge

neben ihm, die einen Nerzmantel trug, sagte immer wieder zu ihrem Mann:

»Warum sagt er denn nicht die Wahrheit?... So 'n Idiot!...«

Dann war die Vorstellung zu Ende, und die Menge schob sich langsam dem dunklen Loch zu, das auf die kalte Straße hinausführte, wo die Läden schon geschlossen waren und jetzt Autos anfuhren.

Popinga hatte an der Ecke der Rue de Birague ein Hotel entdeckt, das von außen sehr billig und unkomfortabel wirkte.

Daß es tatsächlich in die Kategorie gehörte, die er gesucht hatte, sah er schon daran, daß kaum fünfzig Meter entfernt eine weibliche Gestalt im Dunkeln stand.

Sollte er sie mitnehmen? Ja? Nein? Er hatte allerdings beschlossen, daß...

Aber vorerst kam es noch nicht so darauf an. Die Polizei konnte noch nicht wissen...

Es war einfach so, daß er nachts, aber vor allem morgens beim Aufwachen nicht gern allein war. Denn sonst mußte er sich im Spiegel betrachten, sein Gesicht in alle Richtungen verziehen und sich dabei die Frage stellen:

»Wenn ich so einen Mund gehabt hätte... oder so eine Nase...«

Also gut! Ein einziges Mal noch! Und sei es auch nur, um zu erfahren, was für einen Typ Frau man in dieser finsteren Rue de Birague antraf. Er ging mit gleichgültiger Miene und den Händen in den Taschen an ihr vorbei und hörte genau in dem Augenblick, in dem er es erwartet hatte, eine zaghafte Stimme:

»Kommst du mit?«

Er spielte den Zögernden, drehte sich um und sah im Schein der Gaslaterne ein junges und blasses, ganz langes Gesicht, einen Mantel, der nicht warm genug war und zerzauste Haare, die unter einer Mütze heraushingen.

»Also gut!« beschloß er.

Und er folgte ihr. Er wußte jetzt schon genau, wie das lief. Man ging an einem Büro vorbei, wo eine dicke, ruhige Frau eine Patience legte.

»Nummer sieben!« entschied sie.

Ach! Wieder Nummer sieben!

Es gab kein Badezimmer, sondern nur ein Porzellanbecken hinter einem Vorhang. Ohne einen Blick für seine Begleiterin, legte Popinga bereits sein Rasiermesser, Pinsel und Seife bereit.

»Bleibst du die ganze Nacht?«

»Na ja!«

»Ach!«

Besonders glücklich schien sie nicht, aber was machte das schon?

»Du bist aber nicht hier aus dem Viertel?«

»Nein, ganz sicher nicht.«

»Ausländer?«

»Und du?«

»Ich komme aus der Bretagne«, sagte sie und nahm die Mütze ab. »Hoffentlich bist du wenigstens nett! Du warst im Kino, ich habe dich herauskommen sehen...«

Sie redete einfach so daher, vielleicht, um es ihm angenehm zu machen, und tatsächlich füllte sie damit das Zimmer aus, während er pingelig Toilette machte, dann das Bett untersuchte, ob es einigermaßen sauber war, und sich schließlich mit einem Seufzer der Erleichterung ausstreckte.

Eine Person, die er auch einmal gern gesehen hätte, war die Frau von Kommissar Lucas. Ob dieser ihr vor dem Einschlafen etwas über ihn erzählte? Schließlich mußte er ja auch irgendwann einmal schlafen gehen!

»Soll ich das Licht anlassen?«

Sie war so mager, daß er lieber wegsah.

8

Von der Schwierigkeit, alte Zeitungen loszuwerden, und der Nützlichkeit eines Füllfederhalters und einer Armbanduhr

An jenem Morgen gab es kaum etwas in das rote Notizbuch einzutragen:

Heißt tatsächlich Zulma. Zwanzig Franc gegeben, sie hat nicht gewagt zu protestieren. Hat, als ich mich anzog, seufzend gesagt:

»Die Dicken sind dir bestimmt lieber. Wenn du es mir gesagt hättest, hätte ich dir meine Freundin geschickt.«

Schmutzige Füße.

Er notierte sich auch, daß er eine Armbanduhr kaufen mußte, denn auf der Straße und in den Cafés konnte er sich zwar mit Hilfe der öffentlichen Uhren orientieren, aber morgens wußte er nie, wie spät es war. So war es zu seiner Verwunderung erst acht Uhr gewesen, als er schon draußen war, weil er sich von den Geräuschen dieses früh geschäftigen Viertels hatte täuschen lassen.

Während Zulma in ihrem grünlichen, an den Schultern zu weiten Mantel ihrer Wege ging, näherte sich Popinga einem Zeitungskiosk, und da blieb sein Herz fast stehen.

Alle Blätter schrieben endlich über ihn und widmeten ihm zwei, sogar drei Spalten auf der Titelseite! Zwar gab es kein Foto von ihm, da ja außer dem schon erschienenen kein anderes zur Verfügung stand, dafür aber war Jeanne Rozier abgebildet und auch ihr Zimmer.

Er mußte sich beherrschen, um nicht alle Morgenzeitungen auf einmal zu kaufen und gleich in ein Café zu stürzen, um sie zu lesen.

Es war schwierig, ruhig Blut zu bewahren, da doch spaltenweise nur von ihm die Rede war und wahrscheinlich wieder die verschiedensten Meinungen über ihn geäußert wurden. Passanten kauften eine einzige Zeitung, bevor sie im Metro-Eingang verschwanden.

Er wählte zunächst drei Tageszeitungen, die drei wichtigsten, und setzte sich in ein Café an der Place de la Bastille. Niemand ahnte, welche inneren Stürme ihn erschütterten, während er einen Milchkaffee trank und fieberhaft teils begeistert und teils tief gekränkt las und las.

Wie sollte er nun praktisch vorgehen? Er war entschlossen, diese Artikel aufzubewahren, andererseits konnte er aber auch nicht mit Dutzenden von Zeitungen in den Taschen herumlaufen.

Er überlegte hin und her und ging schließlich zu den Toiletten hinunter, wo er mit seinem Taschenmesser alles ausschnitt, was ihn betraf. Nun mußte er sich nur noch von den auf diese Weise verstümmelten Blättern befreien und hielt es für die beste Lösung, sie ins Klo zu werfen, was ihn allerdings eine halbe Stunde Arbeit kostete, weil diese Masse Papier alles verstopfte. Er mußte zahlreiche Male die Spülung ziehen und jedesmal warten, bis der Wasserbehälter wieder voll war, so daß, als er dann wieder in das Café heraufkam, alle glaubten, es sei ihm schlecht gewesen.

Also mußte er sich eine andere Taktik ausdenken, und die wandte er dann auch bei den etwa zwanzig weiteren Zeitungen an, die er im Laufe des Tages, immer nur drei auf einmal, um keine Aufmerksamkeit zu erwecken, kaufte.

Die ersten drei las er in einem Lokal Ecke Boulevard Henri-IV an der Seine und warf die ausgeschnittenen Blätter dann in den Fluß.

Mit den folgenden Zeitungen setzte er sich in ein anderes Café am Quai d'Austerlitz und ging so, Etappe für Etappe, an der Seine entlang, bis er am Ende des Quai de Bercy angelangt war.

Da es in jener Gegend kein angenehmes Lokal gab, kehrte er für den Nachmittag lieber an die Gare de Lyon zurück, wo er dann auch eine Brasserie nach seinem Geschmack fand. Und so machte er sich um zwei Uhr in einer durch den Ofen geschützten Ecke mit dem neu gekauften Füllfederhalter (der seine war in Groningen geblieben) an die Arbeit.

Daß er sich eine Armbanduhr und einen Füllfederhalter geleistet hatte – achtzig Franc für die Uhr und zweiunddreißig Franc für den Füllfederhalter –, rechtfertigte er damit, daß er ernsthaft zu arbeiten hatte und aus Erfahrung wußte, daß die Federhalter, die einem in den Cafés zur Verfügung gestellt wurden, nichts taugten.

So begnügte er sich damit, um Papier zu bitten. Dann begann er mit kleiner, regelmäßiger Handschrift, denn er wußte, daß es ein langer Brief würde, und er wollte sein Handgelenk nicht überanstrengen:

Sehr geehrter Herr Chefredakteur,

Dieser Brief ging an die wichtigste Zeitung von Paris, die ihm fast drei Spalten gewidmet hatte und deren Sonderkorrespondent zwei Tage in Holland gewesen war. Kees wählte diese Zeitung nicht nur der größten Auflage wegen, sondern weil sie als einzige eine intelligente Schlagzeile gebracht hatte.

> *Der Mörder Pamelas treibt sein Spiel mit der Polizei, indem er sie von einer neuen Freveltat verständigt, von der sie nie etwas erfahren hätte.*

Er hatte genügend Zeit und konnte sich seine Sätze genau überlegen. Der Ofen bullerte wie jener in Groningen, und an den Tischen saßen friedliche Gäste, die auf die Abfahrt ihres Zuges warteten.

Sehr geehrter Herr Chefredakteur,

Zunächst bitte ich Sie, mein Französisch zu entschuldigen, ich bin in den letzten Jahren in Holland ein wenig aus der Übung gekommen.

Stellen Sie sich einmal vor, in allen Zeitungen schreiben wildfremde Leute, daß Sie so und so seien, obwohl dies gar nicht stimmt und Sie in Wirklichkeit ganz anders sind. Ich bin sicher, daß Ihnen dies nicht gefallen würde und Sie den Wunsch hätten, die Wahrheit zu sagen.

Ihr Redakteur ist nach Groningen gefahren und hat dort Leute ausgefragt, aber diese Leute konnten gar nichts wissen und haben absichtlich oder unabsichtlich gelogen.

Dies möchte ich berichtigen und fange deshalb ganz am Anfang an, denn ich hoffe, Sie werden diesen Brief veröffentlichen, der die Wahrheit enthält und Ihnen beweist, wie leicht man ein Opfer fremder Aussagen werden kann.

Erstens einmal ist in dem Artikel von meiner Familie die Rede, und zwar nach den Aussagen meiner Frau, die Ihrem Reporter erklärt hat:

»Ich kann mir nicht vorstellen, was geschehen ist, es hat bei ihm nie irgendwelche Anzei-

chen dafür gegeben. Kees stammt aus einer sehr guten Familie und hat eine ausgezeichnete höhere Bildung genossen. Als wir heirateten, war er ein ruhiger, besonnener junger Mann, dessen einziger Traum war, eine Familie zu gründen. In den ganzen sechzehn Jahren seither ist er ein guter Ehemann und ein guter Vater gewesen. Seine Gesundheit war hervorragend, allerdings muß ich sagen, daß er im letzten Monat eines Abends bei Glatteis auf den Hinterkopf gefallen ist. Ob dies der Grund für seine Verwirrung und die Amnesie gewesen sein kann? Mit Sicherheit hat er die Tat nicht bewußt begangen und ist unzurechnungsfähig…«

Kees bestellte noch einen Kaffee und hätte fast auch eine Zigarre verlangt, aber dann erinnerte er sich an seinen Vorsatz und stopfte seufzend seine Pfeife. Danach las er die paar Zeilen noch einmal durch und begann mit seiner Widerlegung.

Hier nun also, was ich dazu zu sagen habe:

1. Ich stamme nicht aus einer sehr guten Familie. Aber Sie werden verstehen, daß meine Frau, deren Vater Bürgermeister war, Wert darauf legt, den Journalisten solche Dinge zu erzählen. Meine Mutter war Hebamme und mein Vater Architekt. Allerdings hat meine

Mutter die Familie allein durchgebracht. Mein Vater war nämlich ein so fröhlicher und geselliger Mensch, daß er mit seinen Kunden immer nur schwatzte und trank. Danach vergaß er, seine Rechnung zu schicken, oder er vergaß ein Detail bei der Ausführung, so daß er immer nur Ärger bekam.

Aber davon ließ er sich nicht entmutigen, sondern sagte nur seufzend:

»Ich bin zu gutmütig.«

Doch meine Mutter war da anderer Meinung, und ich kann mich an keinen einzigen Tag erinnern, an dem es zu Hause nicht Ehekrach gegeben hätte; besonders schlimm war dies, wenn mein Vater mehr als sonst getrunken hatte und meine Mutter meiner Schwester und mir entgegenschrie:

»Seht euch diesen Mann an, werdet bloß nie so wie er! Er bringt mich noch ins Grab!«

2. Wie Sie sehen, hat meine Frau nicht die Wahrheit gesagt, auch nicht, was meine Ausbildung betrifft. Ich habe zwar die Seefahrtsschule besucht, hatte aber nie Taschengeld, um mich mit meinen Kameraden zu amüsieren, so daß ich verbittert und verdruckst geworden bin.

Am Ende herrschte zu Hause die reine Not, aber davon durfte keiner etwas erfahren. So hat meine Mutter zum Beispiel an Tagen, an denen es bei uns nur trocken Brot zum Abendessen gab, immer zwei oder drei Töpfe auf den Herd gestellt, um, falls jemand gekommen wäre, den Eindruck zu erwecken, daß sie eine köstliche Mahlzeit zubereitete!

Ich habe meine Frau gleich nach Beendigung meiner Ausbildung kennengelernt. Sie behauptet jetzt, weil es schicklicher klingt, es sei eine Liebesheirat gewesen.

Das stimmt nicht. Meine Frau lebte in einem kleinen Dorf, wo ihr Vater Bürgermeister war, und wollte in eine große Stadt wie Groningen.

Und ich fühlte mich geschmeichelt, die Tochter eines reichen und angesehenen Mannes zu heiraten, die außerdem bis zu ihrem achtzehnten Lebensjahr im Internat gewesen war.

Ich wollte zur See fahren. Aber sie erklärte:

»Ich heirate niemals einen Seemann, das sind Leute, die trinken und sich mit Frauen abgeben!«

Er zog den Artikel aus der Tasche, um ihn noch einmal durchzulesen, obwohl er ihn schon fast auswendig kannte.

3. Frau Popinga behauptet außerdem, daß ich in den sechzehn Jahren ein guter Ehemann und ein guter Vater gewesen sei. Dies stimmt genausowenig. Ich habe meine Frau nur deshalb nicht betrogen, weil man so etwas in Groningen nicht heimlich machen kann und Frau Popinga mir dann das Leben zur Hölle gemacht hätte.

Sie hätte nicht herumgeschrien wie meine Mutter. Aber sie hätte das getan, was sie gewöhnlich machte, wenn ich zufällig einmal etwas kaufte, das ihr nicht gefiel, oder wenn ich eine Zigarre mehr als gewöhnlich rauchte. Dann sagte sie:

»Sehr gut!«

Und redete dann zwei oder drei Tage kein Wort mit mir, sondern irrte nur mit Leichenbittermiene durchs Haus. Wenn die Kinder sich wunderten, sagte sie seufzend:

»Euer Vater quält mich... Er versteht mich nicht!«

Da ich ein eher friedfertiger Mensch bin, habe ich solche Szenen lieber vermieden, und dies ist mir auch um den Preis gelungen, daß ich mich sechzehn Jahre lang mit einem Schachabend wöchentlich und gelegentlich einer Billardpartie begnügt habe.

Solange ich bei meiner Mutter lebte, habe ich davon geträumt, Geld wie die anderen zu haben, um mich mit meinen Kameraden in der Stadt zu vergnügen; und ich habe auch davon geträumt, gut angezogen zu sein und nicht die umgeänderten alten Anzüge meines Vaters tragen zu müssen.

Bei mir oder vielmehr bei meiner Frau zu

Hause habe ich sechzehn Jahre lang die Leute beneidet, die abends einfach ausgehen, ohne zu sagen, wohin, die man am Arm einer hübschen Frau vorbeigehen sieht oder die einfach in einen Zug steigen und abfahren …

Und ein guter Vater bin ich wohl auch nicht gewesen. Gehaßt habe ich meine Kinder nie. Als sie geboren wurden, habe ich erklärt, daß sie schön seien, um Mutti Freude zu machen, aber ich fand sie scheußlich, und daran hat sich bis heute nicht viel geändert.

Die Leute behaupten, meine Tochter sei intelligent, weil sie nie etwas sagt, aber ich weiß, daß sie einfach nichts zu sagen hat. Außerdem ist sie eingebildet und sehr stolz darauf, ihren Freundinnen zeigen zu können, in was für einem schönen Haus sie wohnt. Einmal habe ich folgendes Gespräch gehört:

»Was ist dein Vater?«

»Er ist Direktor der Firma de Coster und Co. …«

Was nicht stimmte! Verstehen Sie? Und der Junge hat keine einzige Schwäche wie andere in seinem Alter, weshalb ich fast glaube, daß er es im Leben zu nichts bringen wird.

Wenn behauptet wird, ich sei ein guter Vater gewesen, weil ich Spiele für sie erfunden habe, dann ist dies ebenfalls ein Irrtum, denn ich habe sie abends, wenn ich mich langweilte, für mich selbst erfunden. Ich habe mich immer gelangweilt. Ich habe eine Villa bauen lassen, aber nicht, weil ich in einer Villa leben wollte, sondern weil ich in meiner Jugend alle meine Kameraden beneidet habe, die in einer Villa wohnten.

Ich habe den gleichen Ofen gekauft, den ich bei meinem reichsten Freund gesehen hatte. Dann den gleichen Schreibtisch wie …

Aber dies würde jetzt zu weit führen. Ich bin niemals ein Junge aus gutem Hause gewesen, niemals wohlerzogen, niemals ein guter Ehemann oder Vater, und meine Frau behauptet dies nur, um sich selber vorzumachen, daß sie eine gute Ehefrau gewesen ist, eine gute Mutter, und was sonst noch so dazu gehört.

Es war erst drei Uhr. Er hatte genügend Zeit zum Nachdenken und tat dies, während er träge die wohlige Atmosphäre des Cafés auf sich wirken ließ, die mit der langsam eintretenden Dämmerung immer dichter wurde.

Ich lese im Artikel Ihrer Zeitung weiter, daß Basinger, Buchhalter bei de Coster, erklärt hat:

»Herr Popinga fühlte sich so eng mit der Firma verbunden, die er fast als seine eigene betrachtete, daß die Nachricht von dem Kon-

kurs ihm bestimmt einen furchtbaren Schlag versetzt hat.«

Sie können mir wirklich glauben, daß es sehr schmerzlich ist, solche Dinge lesen zu müssen. Nehmen Sie doch einmal an, Sie werden dazu verurteilt, Ihr ganzes Leben lang nur noch Schwarzbrot und Wurst zu essen. Dann werden Sie sich doch mit allen Mitteln einzureden versuchen, daß Schwarzbrot und Wurst ganz ausgezeichnete Nahrungsmittel sind!

Ich habe mir sechzehn Jahre lang eingeredet, daß die Firma de Coster das seriöseste Unternehmen ganz Hollands war.

Und eines Abends habe ich dann im ›Petit Saint Georges‹ (Sie werden das nicht genau verstehen, macht aber nichts) erfahren, daß Julius de Coster ein Lump ist und noch andere Wahrheiten dieser Art.

Lump hätte ich nicht schreiben sollen. Denn in Wirklichkeit hat Julius de Coster, ohne es von den Dächern zu pfeifen, immer das gemacht, was ich gern gemacht hätte. Er hatte eine Geliebte, diese Pamela, die …

Ich komme noch darauf… Verstehen Sie zunächst nur, daß ich zum ersten Mal in meinem Leben vor dem Spiegel stand und mich fragte:

»Wozu soll ich so weiterleben?«

Ja, wozu? Und vielleicht fragen Sie und viele

Ihrer Leser sich dies jetzt auch. Wozu? Es gab keinen Grund! Und darauf bin ich gekommen, weil ich ganz einfach einmal kühl bestimmte Dinge überlegt habe, die man immer nur von der falschen Seite sieht.

Im Grunde war ich doch nur aus Gewohnheit Prokurist geblieben, nur aus Gewohnheit Ehemann und Vater geblieben, weil irgend jemand, den ich nicht kenne, bestimmte, daß es so zu sein hatte und nicht anders.

Und wenn ich es nun ändern wollte?

Sie können sich gar nicht vorstellen, wie einfach alles wird, wenn man einmal diese Entscheidung getroffen hat. Man braucht sich nicht mehr darum zu scheren, was dieser oder jener denkt, was erlaubt oder verboten, anständig oder unanständig, korrekt oder nicht korrekt ist.

Zum Beispiel mußte ich, wenn ich von zu Hause auch nur in die nächste Stadt fuhr, Koffer packen, telefonieren, um ein Hotel zu reservieren …

Während ich nun einfach ganz ruhig zum Bahnhof gegangen bin und eine Fahrkarte nach Amsterdam gelöst habe, eine Fahrkarte für immer!

Und dann habe ich Pamela besucht, weil Julius de Coster mir von ihr erzählt hatte und sie für mich zwei Jahre lang die begehrenswerteste Frau auf der Welt gewesen war.

Ist das nicht ganz einfach? Sie hat mich gefragt, was ich von ihr wollte. Ich habe es ihr gesagt, so wie ich Ihnen jetzt schreibe, ohne Umschweife, und sie hat das nicht etwa natürlich gefunden, sondern ist in ein idiotisches, beleidigendes Gelächter ausgebrochen.

Also, ich bitte Sie, was hätte ihr das denn ausmachen sollen, da es doch ihr Gewerbe war? Und nachdem ich nun einmal beschlossen hatte, Pamela zu bekommen, wollte ich sie auch bekommen. Am nächsten Tag habe ich dann erfahren, daß ich das Handtuch ein bißchen zu fest zusammengeschnürt hatte. Im übrigen müßte man auch einmal klären, ob Pamela nicht irgendwie herzkrank war, denn sie hat wirklich erstaunlich leicht den Geist aufgegeben.

Ihr Redakteur hat sich also auch in diesem Punkt auf der ganzen Linie geirrt. Was erzählt er denn da? Daß ich wie ein Wahnsinniger aus Groningen geflohen sei! Daß die Mitreisenden meine Erregung bemerkt hätten! Daß der Schiffssteward genau gesehen habe, wie merkwürdig ich mich verhielt!...

Ja, will denn keiner verstehen, daß ich »vorher« nicht normal gewesen bin? »Vorher« habe ich, wenn ich Durst hatte, nicht gewagt, es zu sagen oder ein Café zu betreten. Wenn ich eingeladen war und man mir Essen anbot, habe ich, obwohl ich noch Hunger hatte, höflich abgelehnt:

»Nein danke!«

Wenn ich im Zug saß, fühlte ich mich verpflichtet, so zu tun, als ob ich lese oder die Landschaft betrachte, und ich ließ immer meine Handschuhe an, auch wenn sie mich drückten, weil dies als vornehmer gilt.

Dann schreibt Ihr Redakteur weiter:

»Hier hat der Verbrecher einen Fehler begangen, der alle weiteren nach sich zog: Er hat in seiner Kopflosigkeit seine Aktentasche im Zimmer des Opfers vergessen.«

Ich habe keinen Fehler begangen! Ich war nicht kopflos! Diese Aktentasche hatte ich aus Gewohnheit bei mir und brauchte sie nicht mehr. Es war doch besser, ich ließ sie da als anderswo! Als ich erfuhr, daß Pamela tot war, wollte ich mich ohnehin der Polizei stellen.

Der Beweis ist doch, daß ich erst gestern einen Rohrpostbrief an Kommissar Lucas geschrieben und ihm erklärt habe, daß ich nun auch Jeanne Rozier überfallen habe.

Ihr Titel ist natürlich schmeichelhaft. Er behauptet, ich hätte die französische Polizei verhöhnen wollen. Aber auch dies stimmt nicht. Ich will niemanden verhöhnen. Genausowenig wie ich ein Lüstling bin und Jeanne Rozier nicht aus Lasterhaftigkeit angegriffen habe.

Sie werden nur schwer verstehen, was sich da abgespielt hat, auch wenn die Geschichte Ähnlichkeit mit jener Pamelas hat. Ich habe Jeanne Rozier zwei Tage lang zur Verfügung gehabt und keinerlei Versuchung verspürt.

Erst als ich dann allein war, habe ich an sie gedacht und erkannt, daß sie mich interessierte. Ich bin zu ihr, um ihr dies zu sagen. Und dann hat sie sich mir ohne jeden Grund verweigert.

Warum? Und warum hätte ich da nicht meine Kraft gebrauchen sollen? Ich habe es vorsichtig getan, denn sie ist ein netter Mensch, und ich wollte ihr nichts Böses antun. Auch Pamela nicht! Das mit Pamela war ein Unglücksfall. Ich war noch ein Neuling!

Verstehen Sie jetzt langsam, warum ich über die Artikel heute so empört bin? Ich werde nicht an all diese Zeitungen schreiben, das wäre zuviel Arbeit, aber ich wollte einmal alles klarstellen.

Ich bin also weder verrückt noch ein Lüstling! Sondern ich habe mit meinen vierzig Jahren einfach beschlossen, so zu leben, wie es mir gefällt, ohne mich um Sitte und Gesetz zu kümmern, denn ich habe etwas spät entdeckt, daß niemand sie beachtet und ich mich bis jetzt habe an der Nase herumführen lassen.

Ich weiß noch nicht, was ich tun werde und

ob es weitere Geschehnisse geben wird, die die Polizei beschäftigen werden. Ich lasse mich von meiner Lust leiten.

Anders als man vielleicht glaubt, bin ich ein friedlicher Mensch. Könnte sein, daß ich morgen einer Frau begegne, für die es sich lohnt, dann wäre ich fähig, sie zu heiraten, und man würde nichts mehr von mir hören.

Wenn man mich dagegen zum Äußersten treibt und ich Lust habe, auf Leben und Tod zu kämpfen, dann kann mich wohl nichts mehr aufhalten.

Vierzig Jahre lang habe ich mich gelangweilt. Vierzig Jahre lang habe ich das Leben betrachtet wie ein armer kleiner Junge, der mit der Nase am Schaufenster einer Konditorei klebt und den andern zusieht, wie sie Kuchen essen.

Jetzt weiß ich, daß diejenigen die Kuchen bekommen, die sie sich einfach nehmen.

Verbreiten Sie ruhig weiter, daß ich verrückt bin, wenn Ihnen das Spaß macht. Damit beweisen Sie dann nur, verehrter Herr Chefredakteur, daß Sie es selber sind, so wie ich es vor dem ›Petit Saint Georges‹ gewesen bin:

Ich berufe mich nicht auf den Anspruch auf Gegendarstellung, damit Sie diesen Brief abdrucken, denn man würde mich nur auslachen. Was allerdings ein Zeichen von Dummheit wäre. Denn wer, wenn nicht einer, der seine Haut zu Markte trägt, könnte mit triftigem Grund verlangen, daß die falschen Behauptungen über ihn richtiggestellt werden?

In der Hoffnung, daß Sie meine Zeilen abdrucken, verbleibe ich

Ihr sehr ergebener (was nicht stimmt, aber so lautet die Floskel)

Kees Popinga

Sein Handgelenk schmerzte, aber er hatte schon lange keine so angenehmen Minuten mehr erlebt. Daher wollte er auch mit dem Briefeschreiben noch nicht aufhören. Die Lampen waren angegangen. Die Bahnhofsuhr gegenüber zeigte halb fünf. Und der Kellner fand es ganz natürlich, daß ein Gast sich die Zeit damit vertrieb, seine Post zu erledigen.

Sehr geehrter Herr Chefredakteur,

Diesmal schrieb er an eine Zeitung, die in fetten Lettern gedruckt hatte: *Der Verrückte aus Holland.* Darauf antwortete er nun:

Ihr Redakteur kommt sich gewiß sehr geistreich vor und ist wohl eher daran gewöhnt, Werbeslogans zu schreiben als ernsthafte Reportagen.

Zunächst einmal verstehe ich gar nicht, was

Holland mit dieser Geschichte zu tun hat, nachdem ich oft viel schrecklichere Geschichten in den Zeitungen gelesen habe, deren Helden hervorragende Franzosen waren.

Im übrigen ist es einfach, Leute, nur weil man sie nicht versteht, als verrückt zu bezeichnen.

Wenn dies Ihre Art ist, die Leser zu informieren, kann ich Sie nicht gerade beglückwünschen.

Kees Popinga

Damit hatte er auch Nummer zwei erledigt!

Einen Augenblick spielte er mit dem Gedanken, zum Boulevard Saint-Michel zurückzugehen, wo er sicher einen Partner für eine Partie Schach gefunden hätte. Aber er hatte nun einmal am Vortag beschlossen, sich nie zweimal am gleichen Ort blicken zu lassen, und daran wollte er sich halten. Ein Zeitungsverkäufer ging mit den Abendausgaben von Tisch zu Tisch. Kees kaufte sie und begann zu lesen.

Die Verhaftung von Kees Popinga, dem Lustmörder von Amsterdam, ist nach einhelliger Meinung nur noch eine Frage von Stunden. Unmöglich, daß er durch die engen Maschen des Netzes schlüpft, das der rührige Kriminalkommissar Lucas um ihn gesponnen hat.

Wir bitten unsere Leser um Verständnis, daß wir

keine genaueren Angaben machen, aber es wäre unverantwortlich, dem Verbrecher durch Aufdeckung der eingeleiteten Maßnahmen in die Hände zu arbeiten.

Wir geben lediglich bekannt, daß der Holländer nach Aussage Jeanne Roziers, der es den Umständen entsprechend gutgeht, nicht über so viel Geld verfügt, um noch lange durchhalten zu können.

Wir geben außerdem bekannt, daß er an gewissen Manien, die er nicht abzulegen imstande ist, leicht identifiziert werden kann – und damit haben wir auch schon alles gesagt, was uns erlaubt ist.

Es wird vor allem eines befürchtet: daß Popinga sich in die Enge getrieben fühlt und ein neues Verbrechen begeht. Es wurden entsprechende Vorsichtsmaßnahmen getroffen.

Wie uns Kommissar Lucas soeben ungerührt erklärt hat, handelt es sich hier um einen glücklicherweise seltenen Fall der Kriminalgeschichte, für den es aber dennoch, vor allem in England und Deutschland, einige Präzedenzfälle gibt.

Sexualtäter dieser Spezies, die gemeinhin erblich belastet, bei ihrer Bewußtseinstrübung aber durchaus denkfähig sind, verfügen über eine oft verblüffende Selbstbeherrschung, die sie aber gerade in verhängnisvolle Unbesonnenheiten treibt.

Gehen wir davon aus, daß es sich, wenn nicht um Stunden, dann nur noch um Tage handelt. Bereits jetzt werden mehrere Fährten verfolgt. Heute früh wurde auf Hinweis einer achtbaren Reisenden an der Gare de l'Est eine Person festgenommen, die dem Steckbrief Popingas entsprach, sich dann aber bei der Überprüfung auf dem Sonderkommissariat als ein ehrenhafter Handelsvertreter aus der Straßburger Gegend erwies.

Es gibt übrigens ein Detail, das die Aufgabe der Fahnder etwas erschwert: Kees Popinga spricht fließend vier Sprachen, so daß er sich ebensogut als Engländer oder Deutscher wie als Holländer ausgeben kann.

Dagegen hat sich nach den Aussagen Jeanne Roziers, die von Anfang an auf eine Anzeige verzichtet hatte, eine der Polizei sehr dienliche genaue Personenbeschreibung ergeben.

Zur Beruhigung unserer Leser: Kees Popinga kommt nicht mehr weit.

Seltsamerweise stimmte dieser Artikel ihn eher optimistisch, und er ging einzig in der Absicht zu den Toiletten hinunter, sich im Spiegel zu betrachten.

Er war nicht abgemagert. Er war in Form. Einen Augenblick lang überlegte er, ob er sich die Haare färben oder einen Bart wachsen lassen sollte, aber dann sagte er sich, daß man ihn eher in irgendeiner Verkleidung als mit seinem normalen Aussehen suchen würde.

Das gleiche galt für seinen grauen Anzug, der nun wirklich ganz alltäglich war.

Nur wäre ein blauer Mantel vielleicht besser! beschloß er.

Also bezahlte er, gab am Bahnhof seine Briefe auf und ging dann in ein Kleidergeschäft an der Bastille, das er am Morgen gesehen hatte.

»Ich möchte einen blauen… einen marineblauen Mantel…«

Während er dies im ersten Stockwerk eines Kaufhauses zu einem Verkäufer sagte, wurde ihm eine neue Gefahr, ein neuer Tick bewußt: Er hatte jetzt nämlich die Angewohnheit, die Leute irgendwie ironisch anzusehen, so als wollte er sie fragen:

»Was meinst du dazu? Hast du die Zeitungen nicht gelesen? Ahnst wohl nicht, daß du gerade den berühmten Popinga, den Verrückten aus Holland bedienst?«

Er probierte Mäntel an, die fast alle zu klein oder zu eng waren. Schließlich fand er einen, der irgendwie paßte, aber von mieser Qualität war.

»Den nehme ich«, entschied er.

»Wohin sollen wir den andern schicken?«

»Wenn Sie ihn mir einpacken, nehme ich ihn gleich mit.«

Solche Details waren nämlich gefährlich. Selbst mit einem neuen Mantel am Leib und einem Paket in den Straßen herumzulaufen! Zum Glück war es dunkel und die Seine nicht weit, so daß er sein lästiges Paket schnell los wurde.

Bei all dem Blödsinn, den die Journalisten über

ihn verbreiteten, war der Vorteil wenigstens der, daß sie ihm Hinweise auf die Gedankengänge Kommissar Lucas' gaben.

Es sei denn... Es sei denn natürlich, Lucas ließ absichtlich bestimmte Dinge verbreiten, um ihn zu täuschen!

Es war schon lustig! Sie kannten sich ja gar nicht, der Kommissar und er! Sie hatten sich noch nie gesehen! Sie waren wie zwei Schachspieler, die ihre Partie spielten, ohne das Spiel ihres Gegners zu sehen.

Von welchen Maßnahmen sprach die Zeitung? Warum schien man zu glauben, daß er ein neues Verbrechen begehen würde?

»Provokation!« schloß er.

Allerhand! Die glaubten tatsächlich, daß er auf alle Anregungen eingehen würde! Sie hielten ihn, wenn nicht für verrückt, zumindest für krank! Sie manövrierten ihn in neue Straftaten hinein, nur damit er sich verriet.

Welche Personenbeschreibung hatte Jeanne Rozier schon liefern können? Daß er grau gekleidet war, wußten sowieso schon alle! Daß er Zigarre rauchte? Daß er nicht mehr als dreitausend Franc in der Tasche hatte? Daß er unrasiert war?

Beunruhigt war er davon nicht, nein! Aber ein wenig enervierend war es schon, nicht zu wissen, was Kommissar Lucas dachte! Welche Instruktionen hatte er seinen Leuten gegeben? Wo suchte man? Wie?

Vielleicht sagte sich Lucas, daß Popinga bei der Verhaftung der Bande von Autodieben dabeisein wollte und sich in der Umgebung der Werkstatt in Juvisy herumtrieb?

Nie im Leben!

Oder daß er sich noch am Montmartre aufhielt?

Auch das nicht!

Also wann und wie glaubte er ihn zu schnappen?

Hoffte er, daß er auf die Idee käme zu fliehen, und wurden die Bahnhöfe überwacht?

Unwillkürlich drehte sich Popinga hin und wieder um, oder er blieb vor einem Schaufenster stehen, um sich zu versichern, daß er nicht verfolgt wurde. Vor einem Stadtplan in einer Metrostation fragte er sich schließlich, in welcher Gegend er die Nacht verbringen sollte. Ja, in welcher?

Mindestens in einem, vielleicht aber auch in zwei oder drei Stadtvierteln würde die Polizei die einfachen Hotels durchsuchen und sich die Ausweise der Gäste zeigen lassen. Aber welche Gegend würde sich Lucas aussuchen? Warum sollte Popinga überhaupt schlafen, da er doch gar nicht müde war? Hatte er nicht am Vortag auf den Großen Boulevards ein Kino bemerkt, das durchgehend bis früh um sechs offen war? Würde Lucas vielleicht auf die Idee kommen, ihn in einem Kino zu suchen?

Jedenfalls mußte er ganz unbedingt auf eines achten: daß er die Leute, vor allem die Frauen, nicht mehr so ironisch ansah, als wollte er sagen:

»Erkennen Sie mich nicht?... Mache ich Ihnen keine Angst?«

Denn er legte es manchmal geradezu darauf an. Zum Beispiel hatte er unwillkürlich erneut ein Restaurant gewählt, in dem man von Frauen bedient wurde.

Meine Blicke unter Kontrolle bringen, notierte er an einer Gaslaterne in sein Notizbuch.

Ein Satz in dem letzten Artikel, den er gelesen hatte, beunruhigte ihn. Dort war von der Möglichkeit die Rede, daß er sich selber verraten würde.

Wie hatten sie das herausbekommen, daß es für ihn geradezu wie ein Rausch war und er sich nur schwer damit abfinden konnte, als Unbekannter in der Menge zu verschwinden, daß er manchmal, vor allem, wenn er in einer dunklen und menschenleeren Straße jemandem begegnete, diesem am liebsten ins Gesicht gesagt hätte:

»Wissen Sie überhaupt, wer ich bin?«

Jetzt, da er gewarnt war, gab es diese Gefahr nicht mehr. Er würde sich daran gewöhnen, die Leute ganz normal anzusehen, als wäre er ein Unbekannter und nicht der Mann, über den alle Zeitungen schrieben.

Übrigens, was für ein Gesicht wohl Julius de Coster junior gemacht hatte, als er alles erfuhr? Denn er hatte es erfahren! In den englischen Zeitungen hatte es ebenso gestanden wie in den deutschen.

Der wenigstens mußte doch einsehen, daß er sich

in seinem Angestellten ganz schön getäuscht hatte! Er mußte den Ton jetzt selber demütigend empfinden, mit dem er ihm im ›Petit Saint Georges‹ wie einem Vollidioten seine Geständnisse gemacht hatte!

Dabei war der Angestellte jetzt sogar noch weiter gegangen als der Chef. Popinga hatte Julius übertroffen, kein Zweifel! Diesen Julius, der irgendwo in London oder in Hamburg oder in Berlin damit beschäftigt war, scheinbar korrekte und ehrliche Geschäfte abzuwickeln! Während Popinga der ganzen Welt klar und deutlich seine Meinung sagte...

Schon in den nächsten Tagen würde er, nur aus Neugier auf de Costers Reaktion, wie abgesprochen eine Anzeige in die ›Morning Post‹ setzen. Aber wohin sollte er sich die Antwort schicken lassen?

Popinga war wieder unterwegs. Das war jetzt sein halbes Leben, so im Licht der Schaufenster inmitten der ahnungslosen Menge durch die Straßen zu irren. Dabei spielten seine Hände, die in den Manteltaschen steckten, mechanisch mit der Zahnbürste, dem Rasierpinsel und dem Rasiermesser.

Dann fand er die Lösung. Er fand immer eine Lösung, genau wie beim Schach! Er brauchte nur zweimal im gleichen Hotel zu übernachten und sich selber zwei Briefe unter irgendeinem Namen zu schreiben. Damit hatte er dann zwei Umschläge mit seiner Adresse und konnte sich seine Briefe postlagernd schicken lassen.

Warum fing er nicht gleich heute abend damit an?

Er betrat erneut eine Brasserie. Die echten Pariser Bistrots gefielen ihm weniger, dort saßen die Leute zu eng und an zu kleinen Tischen. Er war an die holländischen Lokale gewohnt, wo man nicht gleich mit dem Ellbogen an den Tischnachbarn stieß.

»Geben Sie mir bitte das Telefonbuch.«

Er schlug es auf gut Glück auf, las »Rue Brey«, eine Straße, die er nicht kannte, und wählte das Hotel ›Beauséjour‹ aus.

Dann schrieb er sich selber einen Brief, oder vielmehr, er steckte ein leeres Blatt in einen Umschlag mit der Aufschrift:

M. Smitson, Hotel Beauséjour, 14 bis, Rue Brey.

Warum nicht Zeit gewinnen und gleich noch den zweiten Umschlag beschriften? Er verstellte seine Handschrift. Und damit hatte er den zweiten Brief.

Und warum nicht beide mit der Rohrpost schikken?

Ja, und warum nicht noch weiter gehen und von de Coster Geld verlangen? Der hatte doch gewiß eine Heidenangst, daß Popinga seine Geschichte erzählen würde.

Er setzte die Anzeige auf:

Kees an Julius. Schicken Sie fünftausend Smitson, postlagernd, Postamt 42, Paris.

Mit diesen kleinen Aufgaben war er bis elf Uhr abends beschäftigt, denn er ließ sich Zeit, und es bereitete ihm Vergnügen, mit feiner und lesbarer Handschrift zu schreiben.

»Herr Ober, bringen Sie mir bitte Briefmarken!«

Dann ging er zur Telefonkabine hinunter, ließ sich mit dem Hotel ›Beauséjour‹ verbinden, sprach zuerst englisch, dann mit starkem angelsächsischem Akzent französisch:

»Hallo!... Hier Mr. Smitson... Ich komme morgen früh bei Ihnen an... Würden Sie bitte die Post aufbewahren, die ich erwarte?«

»Gern, Monsieur!«

Hatte er Kommissar Lucas jetzt ausgestochen? Hätte dieser ihm so viel Kaltblütigkeit zugetraut?

»Wünschen Sie ein Zimmer mit Bad?«

»Selbstverständlich.«

Dennoch war er dann auf sich selber böse, weil er sich von der Frauenstimme am anderen Ende der Leitung hatte beeindrucken lassen. So etwas durfte keinesfalls passieren! In der Abendzeitung stand klar und deutlich: Man war darauf gefaßt, daß er ein neues Verbrechen begehen und der Polizei damit neue Hinweise liefern würde!

»Aber ich werde kein neues Verbrechen begehen!« beschloß er. »Und zum Beweis gehe ich jetzt seelenruhig ins Kino. Morgen früh um sechs betrete ich das Hotel, als sei ich gerade mit dem Zug angekommen.«

Noch so eine Bestätigung, daß er an alles dachte, war, daß er in einem anderen Café den Fahrplan verlangte und feststellte, daß um 5 Uhr 32 ein Zug aus Straßburg ankam.

»Dann werde ich eben aus Straßburg kommen!«

Gut, damit war die Arbeit getan, und er konnte ins Kino gehen. Dort sah er gleich beruhigt, daß es keine Platzanweiserinnen gab, sondern daß großgewachsene Jungen die Leute an ihre Plätze begleiteten.

Was konnte Kommissar Lucas tun? Und Louis, der gewiß aus Marseille zurück war? Und Goin? Und Rose, die er aus unerfindlichen Gründen verabscheute?

9

Das Mädchen im blauen Satinkleid und der junge Mann mit der schiefen Nase

Was hätte es die Zeitungen gekostet, ein paar Worte mehr zu drucken? Gewöhnlich ließen sie sich ausführlich aus, berichteten, daß die Polizei dies und das meinte, daß sie diese und jene Falle gestellt hatte, und veröffentlichten ein gestochen scharfes Foto derjenigen, die den Verbrecher verfolgten.

Aber Popinga war aufgefallen, daß keine einzige Zeitung ein Bild von Kommissar Lucas veröffentlicht hatte. Das war natürlich nicht wirklich von Bedeutung. Der Kommissar lief ja nicht selber wie ein Spürhund durch die Straßen, um Kees zu stellen, aber dieser hätte doch ganz gern gewußt, wie sein Gegner aussah, einfach so, um sich eine Vorstellung zu machen.

Er ließ sich auch weniger vom Stillhalten der Presse beeindrucken als von dem Gedanken an die Anweisungen, die dahinterstehen mochten. So hatte zum Beispiel jene Zeitung, die Popingas langen Brief abdruckte, noch folgende Sätze hinzugefügt:

Kommissar Lucas gab uns dieses Beweisstück, nachdem er es lächelnd gelesen hatte, mit einem Achselzucken zurück.

»Was halten Sie davon?« fragten wir ihn.

Der Kommissar erwiderte nur trocken:

»Das kann gar nicht schiefgehen!«

Was für Popinga keine Aussage war und ihn nicht weiterbrachte. Ihn interessierte zum Beispiel, ob die Dirne, deren Namen er nicht wußte, jene, mit der er am Faubourg Montmartre geschlafen und die ihm dann das Rasiermesser besorgt hatte, ihn nachträglich erkannt und bei der Polizei verpfiffen hatte.

Das war wichtig, denn wenn sie wußten, daß er ein Rasiermesser und einen Rasierpinsel in der Tasche hatte und andererseits seine Nächte nicht allein verbringen wollte, würden sie ihn bald schnappen.

Aber allein zu schlafen war ihm sehr unangenehm. Er hatte es im Hotel ›Beauséjour‹ in der Rue Brey getan, wo er seine beiden Briefe empfing, was ihm ermöglichte, beim Postamt unter dem Namen Smitson nach seiner Post zu fragen. Auch in der folgenden Nacht hatte er allein geschlafen, in einem Hotel in der Vaugirard-Gegend, aber da wäre er fast mitten in der Nacht aufgestanden, um Gesellschaft zu suchen. Es war nämlich ganz merkwürdig. Wenn er eine Frau neben sich hatte, schlief er sofort ein und wachte meist erst am Morgen auf. War er hingegen allein, fing er an nachzudenken, zuerst ganz ruhig, aber dann überstürzten sich seine Gedanken etwa so wie ein Auto, das einen Abhang hinunterfährt und anfangs langsam rollt, dann aber immer mehr in Fahrt kommt – es waren unangenehme Gedanken, so daß er schließlich lieber Licht anmachte und sich im Bett aufsetzte.

Hätte er dies jemandem erzählt, hätte der natürlich behauptet, er habe Gewissensbisse, aber das stimmte überhaupt nicht. Beweis genug dafür war ja schon, daß er nie an Pamela dachte, die tot war, während er Jeanne Rozier sehr oft vor sich sah, die ja kaum verletzt war und ihn von sich aus auch nicht angezeigt hätte. Auch Rose sah er vor sich, in ihrer ganzen Gehässigkeit, obwohl er ihr doch gar nichts angetan hatte. Warum sie wohl in all seinen Phantasien die Rolle der bösen Fee spielte? Und warum träumte er immer, daß Jeanne Rozier ihm nach einem langen Blick aus ihren grünen Augen mit zärtlicher Ironie die Lippen auf die Augen drückte und ihre kühle Hand auf die seine legte?

War es nun besser, solche unruhigen Nächte zu verbringen oder sich der Gefahr auszusetzen, von einer Zufallsbekannten erkannt zu werden? Und sollte es nicht wenigstens einen Journalisten geben, der so mitleidig oder so dumm wäre zu schreiben:

»Die Polizei weiß dies und das... Sie überwacht dieses und jenes Milieu...«

Und würde man, nachdem er alle seine Briefe, einschließlich des Rohrpostbriefes an Kommissar

Lucas, aus verschiedenen Gaststätten geschrieben hatte, nun alle Gaststätten dieser Kategorie überwachen? Aber auch ohne besondere Überwachung waren diese gefährlich, denn Kellner haben von Berufs wegen einen geschulten Blick; außerdem lesen auch sie die Zeitung und haben, während sie herumgehen, um ihre Gäste zu bedienen, genug Zeit, Einzelheiten zu beobachten.

Warum schrieben die Zeitungen nicht ganz offen:

»Allein gestern wurden fünf Ausländer angezeigt, die in einem Café der Innenstadt Schreibzeug verlangt hatten, und zur Feststellung ihrer Personalien auf die zuständigen Polizeidienststellen geführt...«

Da er all dies nicht wußte, war Popinga gezwungen, zehnmal mehr Vorsichtsmaßnahmen zu ergreifen, besonders an diesem Abend, da er sich ein wenig heimatlos fühlte.

Das lag allerdings daran, daß Silvester war. In den meisten Cafés konnte man sich nicht hinsetzen, weil die Lokale für das große Bankett vorbereitet wurden und die Kellner auf den Tischen standen, um Mistelbüschel und Papierschlangen an die Decke zu hängen.

Das erinnerte Popinga an Heiligabend vor einer Woche, den er in jenem Café in der Rue de Douai verbracht hatte, wo Jeanne Rozier zweimal aufgekreuzt war. Denn sie war tatsächlich zweimal zu ihm gekommen, obwohl sie doch in Gesellschaft von Louis und seinen Freunden gewesen war! Anschließend dann diese merkwürdige Rennfahrt in dem gestohlenen Auto, die Ankunft in Juvisy, der Schnee am Rangierbahnhof und all diese Züge, die fauchenden Lokomotiven, die dumpfen Aufprallgeräusche…

Er ging wieder zu Fuß… Er war in diesen letzten beiden Tagen sehr viel zu Fuß gegangen, weil er den Kellnern nicht mehr traute, und wenn er überhaupt einmal irgendwo hineinging, dann nur in eines jener kleinen Bistros, die man in allen Stadtvierteln findet und bei denen man sich fragt, wie sie überleben, weil sie immer leer sind.

Er hatte keine Lust, schlafen zu gehen, und fragte sich, ob Kommissar Lucas wohl Silvester feiern würde. Und wenn ja, wo feierte ein Kriminalkommissar Silvester?

Irgendwie fühlte er sich müde. Doch das ging vorüber, wenn nur endlich diese hektischen Feiertage vorbei wären, in denen sich ganz Paris um jeden Preis amüsieren wollte.

Aus Angst, der Versuchung zu erliegen und nachzusehen, ob die Blumenfrau wieder in der Rue de Douai war, hatte er für diese Nacht ein Viertel am andern Ende der Stadt gewählt, Gobelins, eines der tristesten von ganz Paris, mit weder alten noch modernen Avenuen, eintönigen Mietskasernen und Cafés mit Leuten, die weder reich noch arm waren.

In einem dieser Lokale landete er schließlich, einer Eckkneipe, vor der ein Schild das Silvesterfestessen einschließlich Champagner für vierzig Franc anpries.

»Sind Sie allein?« fragte der Kellner verwundert.

Er war nicht nur allein, sondern auch einer der ersten und konnte sich in Ruhe alles ganz genau ansehen. So sah er der Reihe nach die fünf Musiker ankommen, ihre Instrumente stimmen und sich dabei allerhand Geschichten erzählen, während die Kellner kleine Mistelzweige vor die Gedecke legten und die Servietten wie für eine Kleinstadthochzeit fächerförmig falteten.

Dann trafen nach und nach weitere Gäste ein, und jetzt wirkte vollends alles wie auf einer Hochzeit, so daß Popinga schon überlegte, ob er sich diskret zurückziehen sollte.

Denn die Leute kannten sich alle untereinander und fingen nun an, die Tische zusammenzuschieben, was erst recht nach Bankett aussah. Es waren alles Familien, wie sie auch in den Logen des Saint-Paul-Kinos gesessen hatten, gewiß Geschäftsleute aus dem Viertel, alle frisch gewaschen, parfümiert, in ihren besten Kleidern, wobei fast alle Frauen neue Kleider trugen.

Es dauerte keine Viertelstunde, und das Lokal, in dem eben noch eine eisige Atmosphäre geherrscht hatte, dröhnte nur so von Gesprächen, Gelächter, Musik, klappernden Bestecken und klirrenden Gläsern.

Die Leute waren natürlich auch leicht in Stimmung zu versetzen, denn sie waren ja eigens dafür hergekommen und stellten sich schon von vornherein darauf ein, vor allem die reiferen und insbesondere die dickeren Frauen.

Kees aß wie die anderen, ohne sich besonders viele Gedanken zu machen. Wer weiß, warum ihn diese Atmosphäre hier an die Geschichte mit dem Zucker in der Ochsenschwanzsuppe erinnerte, damals, als sein Freund Professor wurde? Warum schienen die Zeitungen damit zu rechnen, daß er wieder so etwas Ähnliches wie mit Pamela machen würde?

Er saß in einer Ecke. Ganz in seiner Nähe thronte an einem langen Tisch mit mehreren Familien, die sich untereinander kannten, ein stattlicher Herr in einem etwas zu engen Smoking mit goldener Uhrkette und einem Schnurrbart, der wie lackiert wirkte, nach den Gesprächen zu urteilen ein Stadtrat.

Seine Frau war nicht weniger stattlich. Sie steckte in einem schwarzen Seidenkleid, über dem sie wie in einer Vitrine eine Menge Diamanten, echte oder imitierte, zur Schau stellte.

Links vom Vater saß die Tochter, die ihren beiden Eltern ähnelte, dabei aber gar nicht häßlich war. Wahrscheinlich würde sie eines Tages mehr der Mutter ähneln, vorerst aber war sie frisch und unwahrscheinlich rosig in ihrem blauen Satinkleid. Sie war noch nicht eigentlich dick, eher mollig, und das

Oberteil ihres Kleides saß so eng, daß sie kaum atmen konnte.

Was ging das Popinga an? Er aß, lauschte mit einem Ohr der Musik, und als die Paare zwischen den einzelnen Gängen zu tanzen anfingen, kam er keinen Augenblick auf den Gedanken, selber auch zwischen den Tischen herumzuwirbeln.

Aber dummerweise geschah dann genau dies. An etwas völlig anderes denkend, blickte er nämlich gerade in dem Augenblick, als ein neuer Walzer anfing, das Mädchen im blauen Satinkleid an, das seinen Blick offenbar als Aufforderung verstand, denn sie lächelte und deutete eine Geste an, die wohl bedeutete:

»Wollen Sie?«

Dann stand sie auf, strich ihr Kleid glatt und kam auf Popinga zu, der sich mit ihr nun unter die Paare mischte. Seine Partnerin hatte feuchte Hände und strömte einen etwas faden, aber eigentlich nicht unangenehmen Geruch aus. Sie stützte sich beim Tanzen mit ihrem ganzen Körpergewicht auf ihn und preßte ihre Brust an die seine, was ihre Eltern wohlwollend beobachteten.

Popinga konnte es noch gar nicht fassen. Als er sich in dieser Haltung im Spiegel sah, kamen ihm doch Zweifel, ob dies wirklich er war, und er konnte ein Hohnlächeln nicht unterdrücken... Was würde dieses Pummelchen wohl sagen, wenn sie wüßte...

Abrupt hörte die Musik auf, das Schlagzeug veranstaltete einen Höllenlärm, alle schrien, lachten, küßten sich, und Kees sah, wie sich das weiche Gesicht dem seinen näherte und er zwei Küßchen auf die Wangen bekam.

Neujahr! Die Leute gingen lachend, manche auch mit Drohgebärde aufeinander zu, umarmten sich, und da Popinga ein wenig hilflos dastand, bekam er nach den beiden Küßchen der Tochter auch noch zwei vom Vater sowie von einer anderen Frau am Tisch, die wahrscheinlich Gemüsehändlerin war.

Aus allen Ecken wurden Papierschlangen und bunte Wattekügelchen geworfen, die die Kellner hastig ausgeteilt hatten. Die Kapelle spielte weiter, und Popinga hatte plötzlich wieder das blaugekleidete Mädchen im Arm.

»Schauen Sie nicht nach links«, raunte sie ihm zu.

Und während der Tanz jetzt noch wilder weiterging, gestand sie ihm:

»Ich weiß nicht, was er machen wird. Nein! Führen Sie mich auf die rechte Seite des Saals. Ich habe solche Angst, daß er einen Skandal verursacht!...«

»Wer denn?«

»Schauen Sie nicht hin, sonst merkt er, daß wir über ihn reden!... Sie werden ihn gleich sehen. Ein junger Mann im Smoking, der ganz allein ist... Sehr dunkel mit Seitenscheitel... Wir waren fast verlobt, aber dann wollte ich nicht mehr, weil ich einiges über ihn erfahren habe...«

Wahrscheinlich hatten sie die paar Gläser Champagner so vertrauensselig gemacht. Allerdings waren hier alle auf gegenseitiges Vertrauen, Hingabe und Zusammengehörigkeitsgefühl eingestimmt. Hatten sich nicht alle gegenseitig umarmt? Und das ging noch weiter so, man holte diejenigen aus den Ecken, die man vergessen hatte, führte Frauen unter die Mistelzweige, um sie mit fröhlichem Geschrei auf die Wangen zu küssen.

»Ich erzähle Ihnen das, damit Sie gewarnt sind.«

»Ja...«, meinte er nicht sehr überzeugt.

»Vielleicht fordern Sie mich besser nicht mehr zum Tanzen auf. Er ist zu allem fähig! Er hat mir ja auch gesagt, daß ich mich mit keinem andern verloben darf...«

Zum Glück war der Tanz aus, und das Mädchen kehrte an ihren Platz zurück, während ihre Mutter Popinga diskret dankbar zulächelte, als hätte er etwas für die ganze Familie getan.

Aus seiner Ecke suchte Kees dann mit den Blikken nach dem jungen Mann, von dem sie erzählt hatte, und erkannte ihn auch sofort, denn er war der einzige mit Seitenscheitel, was die Asymmetrie seines Gesichtes, die durch eine vollkommen schiefe Nase verstärkt wurde, noch unterstrich.

Er war wütend, das sah man auf den ersten Blick, und leichenblaß! Mit furchterregenden Augen starrte er auf das Mädchen im blauen Satinkleid, und seine Lippen zitterten.

Popinga erschien plötzlich alles wie auf einer

Sonntagsmalerei mit allzu grellen Farben und überzeichneten Figuren. Alle Dinge traten scharf hervor, und die fünf Musiker vollführten einen Höllenlärm. Alle Leute lachten wie hysterisch, wegen nichts, wegen einer Papierschlange oder einer bunten Wattekugel, die am Hals oder auf der Nase eines Herrn landete, alle waren fröhlich, geradezu unmenschlich fröhlich, nur der junge Mann mit der schiefen Nase nicht, der in diesem Schwank den Schurken zu spielen schien.

Popinga hätte doch auch Champagner trinken sollen wie alle anderen, dann wäre er jetzt vielleicht in der gleichen Stimmung und es wäre ganz lustig gewesen, Silvester in dieser brutal familiären Atmosphäre zu feiern.

Das Mädchen warf ihm von Zeit zu Zeit einen komplizenhaften Blick zu, wie um zu sagen:

»Schon besser, daß Sie mich nicht mehr auffordern! Sie sehen ja selbst, wie drohend er blickt!«

Was der junge Mann wohl von Beruf war? Bankangestellter? Nach seiner ausgesuchten Eleganz zu schließen vielleicht eher Verkäufer in einem Kaufhaus. Ein leidenschaftlicher junger Mann jedenfalls, der für sich allein einen ganzen Roman, eine ganze Tragödie durchspielte und sich dabei die blonde Tochter des Stadtrats zur Partnerin gewählt hatte.

Der Stadtrat tanzte mit seiner Frau, dann mit seiner Tochter und danach mit allen Damen an seinem Tisch, dabei hüpfte er herum und trieb, mit einem Feuerwehrhelm aus Pappe auf dem Kopf, zum Amüsement der Zuschauer allerhand Späßchen.

Man hatte an alle Papphütchen verteilt, und Popinga hatte eine Schiffsoffiziersmütze mit weißem Deckel erhalten, die aufzusetzen er sich aber hütete.

Zweimal drehte sich die Mutter des Mädchens mit einem aufmunternden Lächeln nach ihm um, das wohl besagen sollte:

»Tanzen Sie denn nicht mehr?«

Und sicher hatte sie zu ihrem Mann gesagt:

»Der Herr macht einen soliden Eindruck!«

Inzwischen tanzte ein junger Mann, den Popinga bis jetzt noch nicht bemerkt hatte, mit dem Mädchen im blauen Satinkleid, und Kees erkannte schlagartig, daß die Gefahr nicht eingebildet war und der Verliebte mit der schiefen Nase eine mehr als tragische Miene aufsetzte.

Mindestens zehnmal war er während dieses Tanzes drauf und dran, aufzuspringen. Auch gefiel es Popinga ganz und gar nicht, daß er die rechte Hand immer in der Tasche behielt.

»Herr Ober!« rief Kees.

»Bitte sehr, mein Herr!«

Er hatte so eine Intuition. Er spürte, daß gleich etwas passieren würde, und wollte so schnell wie möglich weg. Die anderen amüsierten sich ahnungslos, aber für ihn war es so, als hätte der junge Mann mit der schiefen Nase den Skandal bereits ausgelöst.

»Herr Ober, bitte!«

»Hier bin ich! Sie werden doch nicht schon gehen? Es ist noch nicht einmal eins!«

»Wieviel?«

»Wie Sie wünschen!... Ich habe ja nur gemeint... Achtundvierzig plus sieben... Fünfundfünfzig Franc!«

Popinga geriet in Panik. Seine Intuition war so stark, daß jede weitere Sekunde hier für ihn gefährlich werden konnte, und während er ungeduldig auf seinen Mantel wartete, verlor er den »Schurken« keinen Moment aus den Augen, den es schon nicht mehr auf seinem Platz hielt, während das Mädchen in Blau weiter tanzte und Kees dabei immer wieder kurz zulächelte.

»Danke.«

Er stand so überstürzt auf, daß er fast den Tisch umgestoßen hätte.

Die Frau des Stadtrats warf ihm einen vorwurfsvollen Blick zu.

»Schon!« wollte sie damit sagen. »Und Sie haben mich nicht einmal zum Tanzen aufgefordert!«

Er erreichte die Drehtür. Er hatte den Hut noch in der Hand. Er hatte die erste Tür hinter sich...

Der Knall war sehr deutlich, trotz der Tanzkapelle, dann folgte lähmende Stille. Kees hätte sich fast umgedreht, aber er wußte, daß er dieser Versuchung um jeden Preis widerstehen mußte. Er wußte, daß er in Gefahr war und ihm nur so viel

Zeit blieb, aus diesem bürgerlich-familiären Lokal wegzulaufen, wo sich soeben ein Liebesdrama abgespielt hatte.

Er bog nach links, dann nach rechts, lief durch Straßen, die er nicht kannte, fragte sich, ob das Mädchen im blauen Satinkleid tot sei und wie das wohl wirkte, sie wie eine große Puppe zwischen all den Papierschlangen und Wattekugeln auf dem Boden liegen zu sehen.

Er war schon sehr weit, als er einen Mannschaftswagen voller Polizisten Richtung Gobelins rasen sah, und blieb erst eine Viertelstunde später stehen, nachdem er plötzlich den Boulevard Saint-Michel und links das Café erkannte, in dem er gegen den Japaner Schach gespielt hatte.

Erst jetzt fuhr ihm der Schrecken in die Glieder. Er wurde sich der Gefahr, in der er gesteckt hatte, voll bewußt. Er wischte sich den Schweiß von der Stirn und fühlte, wie seine Knie zitterten.

Es wäre doch, nachdem er geradezu wissenschaftlich gegen Kommissar Lucas und all die anderen, die Journalisten vor allem, kämpfte, allzu idiotisch gewesen, sich schnappen zu lassen, nur weil ein eifersüchtiger junger Mann einen Revolverschuß abgegeben hatte!

Er mußte sich künftig vor der Menschenmenge hüten, denn wo viele Leute sind, passiert immer irgend etwas, ein Drama, ein Unfall, und gleich muß man seinen Ausweis zeigen...

Er durfte aber auch nicht am Boulevard Saint-Michel bleiben, denn er hatte irgendwie das Gefühl, daß man ihn gerade hier suchen könnte. Genau wie am Montmartre! Und am Montparnasse! Besser, er suchte sich wieder eine Gegend wie Gobelins, nahm ein ruhiges Hotel und ging schlafen...

Und hatte er übrigens nicht auch zu arbeiten? Schon seit dem Vortag hatte er sein Notizbuch nicht weitergeführt. Allerdings gab es außer dem Schuß auch nicht viel zu notieren.

Aber er hatte einen anderen Entschluß gefaßt. Da ihm etwas passieren konnte und dieses Notizbuch nicht ausreichte, denn keiner würde es verstehen, hatte er sich vorgenommen, da er ja genug Zeit hatte, regelrechte Abhandlungen zu verfassen.

Die Idee dazu war ihm gekommen, als eine Zeitung seinen Brief unter diesem Titel abdruckte:

Seltsame Geständnisse eines Mörders.

Und unter dem Artikel folgende Notiz:

Wir haben unseren Lesern ein ganz außergewöhnliches menschliches Zeugnis vorgestellt, das in der Kriminalgeschichte seinesgleichen sucht.

Ist Kees Popinga aufrichtig? Spielt er Komödie? Macht er sich selber etwas vor? Kurz, ist er geisteskrank oder gesund? Dies sind Fragen, die wir selber nicht beurteilen können.

Daher haben wir diesen Brief zwei unserer berühmtesten Psychiater vorgelegt und hoffen, in der Überzeugung, der Polizei einen bedeutenden Dienst zu erweisen, ihre Meinung schon morgen hier abdrucken zu können.

Diesen Brief hatte er noch einmal gelesen, war aber nicht zufrieden damit. In der Zeitung hatten seine Worte und Sätze eine andere Wirkung als auf dem Briefpapier der Gaststätte. Vieles war unzureichend erklärt, manches überhaupt nicht. Daher hätte er den beiden Psychiatern am liebsten geschrieben, mit ihrem Urteil noch ein wenig abzuwarten!

So konnte, was er über seinen Vater geschrieben hatte, die Leute vielleicht dazu verleiten, bei ihm eine Erbanlage zum Alkoholiker zu vermuten, obwohl sein Vater doch in Wirklichkeit erst mehrere Jahre nach seiner Geburt übermäßig zu trinken angefangen hatte.

Außerdem hatte er auch nicht genau erklärt, daß er ja nur deshalb schon in der Schulzeit ein Einzelgänger gewesen war, weil er immer das Gefühl hatte, nicht den Rang einzunehmen, der ihm gebührte!

Er mußte alles noch einmal von vorne anfangen, das heißt mit seiner Geburt beginnen. Unter anderem mußte er zum Ausdruck bringen, daß er auf allen Gebieten der Beste hätte sein können, denn dies war die reine Wahrheit. Schon als Junge war er den andern in allen Spielen überlegen gewesen. Wenn er jemanden bei einer Übung sah, sagte er:

»Das ist doch ganz einfach, nicht?«

Und dann schaffte er es aus dem Stegreif und ohne jede Vorbereitung auf Anhieb.

Und was sein Familienleben betraf, würden bei den Leuten vielleicht die größten Mißverständnisse entstehen. Er hatte nicht richtig erklärt, wie es in Wirklichkeit gewesen war.

So würde man ihn zum Beispiel beschuldigen, seine Frau und seine Kinder nie geliebt zu haben, was aber keinesfalls stimmte.

Er mochte sie gern, das war der richtige Ausdruck dafür. Das heißt, er tat, was er tun mußte, und war tatsächlich das, was man einen guten Vater nennt, niemand konnte ihm da etwas vorwerfen.

Im Grunde hatte er immer alles getan, was in seiner Macht stand. Er hatte alles daran gesetzt, ein Mann wie die andern zu sein, anständig, korrekt, ehrbar, und hatte dafür weder Zeit noch Mühe gescheut.

Seine Kinder waren wohlgenährt, gut gekleidet und wohnten standesgemäß.

Sie hatten jeder ein eigenes Zimmer in der Villa und ein Badezimmer nur für sie beide, was es nicht in allen Familien gab. Er knauserte nicht mit dem Haushaltsgeld. Also...

Nur kann man dies alles machen und trotzdem allein in seiner Ecke sitzen und das unbestimmte

Gefühl haben, daß es doch nicht der einzige Lebensinhalt sein kann und man vielleicht noch etwas anderes verwirklichen möchte!

Das war es, was er den andern verständlich machen mußte. Wenn sie abends zusammensaßen und Frida – wie merkwürdig, jetzt ihren Namen auszusprechen! –, Frida also ihre Schulaufgaben machte, Mutti ihre Sammelbildchen ins Album klebte und er, eine Zigarre rauchend, am Radio drehte, da fühlte er sich einfach allein.

Und wenn dann kaum dreihundert Meter vom Haus entfernt ein Zug pfiff…

Fürs erste ging er wieder durch die Straßen, manchmal durch dunkle und dann wieder durch allzu helle. Hin und wieder begegnete er einem ganzen Schwarm von Leuten, die sich gegenseitig unterhakten und herumhüpften und Papierhütchen trugen wie der Stadtrat.

Er begegnete auch Männern, die ganz langsam gingen und Zigarettenkippen vom Gehsteig aufhoben und vor Cafés stehenblieben, weil sie sich irgend etwas erhofften. Er kam an Polizisten vorüber, die ihre Silvesternacht an einer Straßenecke verbrachten und nicht gerade übereifrig über die Stadt wachten.

Denn warum hatte keiner von ihnen ihm mal genauer ins Gesicht gesehen?

Er würde seine Memoiren schreiben, ja, eigentlich hatte er es sogar schon am Morgen versucht, aber es ging nicht, weil er dazu allein in seinem Hotelzimmer sein mußte.

Aber sobald er dann allein war, kamen ihm die Ideen nicht mehr oder vielmehr, seine Gedanken gingen in eine andere Richtung, und dann drängte es ihn, sich im Spiegel zu betrachten, um zu sehen, ob sich sein Gesicht verändert hatte.

Er schrieb lieber in einer Brasserie, wo man außer der Wärme des Ofens auch die Wärme der anderen Menschen spürte. Aber er durfte sich nicht mehr erlauben, vom Kellner Schreibzeug zu verlangen, wenn er nicht wollte, daß der gleich die Stirn krauste und zum Telefon lief, um die Polizei zu rufen.

Was durfte er denn überhaupt noch? Er wußte es ja eben nicht genau, da dieser Kommissar Lucas keine Presseerklärung abgab oder Stillschweigen verlangte!

Einen Zug nehmen durfte er jedenfalls nicht. Das war sonnenklar! Wie sollte nicht in jedem Bahnhof ein Polizist stehen und mit dem genauen Steckbrief von Kees Popinga im Kopf sämtliche Fahrgäste mustern!

Die Nutten? Da war er sich nicht so sicher. Er mußte es auf einen Versuch ankommen lassen, aber die Gefahr war groß. Andererseits wußte er, wenn er wieder allein schlafen würde, stände ihm eine scheußliche Nacht bevor, und das wäre schlecht für den folgenden Tag, denn er würde lustlos und ohne seinen gewohnten klaren Kopf erwachen.

Er hätte eben einfach eine Frau wie Jeanne Rozier gebraucht, die ihn verstanden und ihm geholfen hätte, denn so intelligent war sie. Im übrigen war er überzeugt, daß sie das auch gespürt hatte und schon wußte, daß er von anderem Kaliber war als ihr Gigolo Louis, der nur dazu zu gebrauchen war, Autos zu stehlen und sie in der Provinz zu verkaufen, was ja nun wirklich ein Kinderspiel war. Popinga hatte es schließlich bewiesen, indem er es, ohne mit der Wimper zu zucken, gleich auf Anhieb geschafft hatte!

Ob die Polizei die Werkstatt in Juvisy überwachte, wie er es ihr empfohlen hatte? Wer weiß? Schließlich hatte er das ja nicht zufällig getan. Wenn Louis samt Goin und den anderen hinter Schloß und Riegel saß, und die bekamen bestimmt ein paar Jahre, dann war Jeanne Rozier allein und…

Fürs erste mußte er aber eine Unterkunft für die Nacht finden, und das wurde langsam zu einem quälenden Problem, das sich mit allen entsprechenden Gefahren jeden Abend neu stellte. Kees wußte nicht genau, wo er sich befand. Erst als er sich zwei Straßennamen merkte und eine Metrostation fand, entdeckte er, daß er sich am Boulevard Pasteur in einem ihm bisher unbekannten Viertel aufhielt, das ihm auch nicht viel freundlicher vorkam als Gobelins.

Einige Wohnungen waren noch erleuchtet. Man sah Leute aus den Häusern herauskommen, die bei

Freunden Silvester gefeiert hatten und jetzt nach einem Taxi suchten. Ein Mann und eine Frau stritten sich im Gehen, und er hörte die Frau sagen:

»Du hättest sie wenigstens an Silvester nicht so oft zum Tanzen aufzufordern brauchen!...«

Komisches Leben! Komische Nacht! Ein alter Mann lag auf einer Bank und schlief, und zwei Polizisten spazierten im Gleichschritt auf und ab und unterhielten sich über ihre alltäglichen Probleme, wahrscheinlich über Gehaltsfragen.

Schon hart, daß er jetzt alleine schlafen sollte, ganz zu schweigen davon, daß... Merkwürdig, zuerst hatte er es sich gar nicht klargemacht... Aber dieses pummelige Mädchen im blauen Satinkleid, das er in den Armen gehalten hatte, machte ihn jetzt nachträglich ganz schön nervös... Und außerdem hatte er sich ja auch an diese allnächtliche, etwas zweifelhafte Intimität mit einer Unbekannten gewöhnt...

Warum sollte er es nicht doch noch einmal versuchen? Allerdings gab es in dieser Nacht fast keine Frauen auf der Straße. Nicht einmal vor den Hotels, wo sie sich gewöhnlich aufhielten, fand er welche. Feierten sie etwa auch Silvester?

Er ging immer weiter, bis er in der Ferne den Montparnasse-Bahnhof sah, dem er sich aber nicht weiter näherte, weil er überzeugt war, daß es dort für ihn brenzlig werden könnte.

Eine halbe Stunde später hatte er immer noch

keine Frau gefunden. So betrat er schließlich schlechtgelaunt und mit müden Füßen ein Hotel und hoffte, dort wenigstens von einer Zimmerfrau empfangen zu werden. Aber es war nur ein alter Nachtportier da, der ebenso schlechtgelaunt war wie er und ihn, bevor er ihm den Schlüssel aushändigte, im voraus bezahlen ließ, weil er kein Gepäck hatte.

Um das Maß vollzumachen, war auch noch seine Uhr stehengeblieben, so daß Popinga nicht wußte, um wieviel Uhr er endlich einschlief und um wieviel Uhr er aufwachte, denn er hatte ein Zimmer zum Hof, wo er keine Straßengeräusche hören konnte.

Als er dann wieder auf der Straße stand, merkte er, daß es noch sehr früh und die Stadt menschenleer und unheimlich war wie immer nach einer durchfeierten Nacht. Nur sonntäglich gekleidete Leute aus den Vororten kamen an den Bahnhöfen an, um ihre Neujahrswünsche zu überbringen… Da es außerdem ein grauer Tag war und ein eisiger Nordost durch die Straßen fegte, hätte es ebensogut Allerheiligen wie Neujahr sein können!

Wenigstens würde er nun die Meinung der beiden Psychiater in der Zeitung finden. Er schlug das Blatt mitten auf einer Straße auf, die zur Ecole militaire führte.

Professor Abram, der so freundlich war, uns auch am Feiertag zu empfangen, konnte den Brief Kees Popingas bis jetzt nur überfliegen und hat seinen ersten

Eindruck wie folgt zusammengefaßt: Der Holländer ist seiner Meinung nach ein Paranoiker, der, wenn er in seinem Stolz zum Äußersten getrieben wird, hochgefährlich werden kann, vor allem auch deshalb, weil Menschen dieser Art in allen Situationen bemerkenswerte Kaltblütigkeit an den Tag legen.

Professor Linze, der erst in zwei Tagen wieder in Paris ist, wird uns seine Meinung gleich nach seiner Rückkehr mitteilen.

Von seiten der Kriminalpolizei gibt es nichts Neues zu vermelden. Kommissar Lucas mußte sich gestern um eine Drogenaffäre kümmern, die ihm wenig Zeit für anderes ließ, aber seine Mitarbeiter verlieren den Fall Popinga nicht aus den Augen.

Gewisse Hinweise lassen darauf schließen, daß bei der Untersuchung neue Elemente aufgetaucht sind, aber der Quai des Orfèvres wahrt vorerst strenges Stillschweigen.

Mit Bestimmtheit läßt sich nur eines sagen: Popingas Tage in Freiheit sind gezählt.

»Warum eigentlich?«

Er führte Selbstgespräche. Ja, warum sollten seine Tage in Freiheit gezählt sein? Warum gab man nichts Näheres bekannt? Und warum bezeichnete man ihn als einen Paranoiker?

Sicher, er hatte das Wort schon gehört. Er hatte eine ungefähre Vorstellung, was es bedeutete. Aber hätte man nicht etwas genauere Hinweise geben können? Wenn er wenigstens in einem Lexikon hätte nachschlagen können! Aber wo? In Groningen mußte man in den öffentlichen Bibliotheken seinen Namen in ein Register eintragen. Das war in Paris gewiß nicht anders. Und in den Cafés konnte man zwar im Telefonbuch und im Fahrplan nachschlagen, aber Lexika standen den Gästen dann doch nicht zur Verfügung.

Wirklich niederträchtig! Als hätten sich alle gegen ihn verschworen, wie auch jetzt wieder mit dieser Anspielung auf ein neues Element, über das man eifrig Stillschweigen wahrte!

Hatte Jeanne Rozier, die sich schließlich auskannte, nicht auch schon gesagt, daß dieser Kommissar Lucas ein Schuft war? Popinga glaubte jetzt eher, daß der Polizist gar nichts unternahm, sondern einfach wartete, bis sein Opfer sich selber verriet.

Dies war doch der Eindruck, der durch sein Verhalten, wie es die Presse beschrieb, und die wenigen zweideutigen Sätze, die zu äußern er sich herabgelassen hatte, entstand.

Aber da täuschte er sich, denn Popinga war nun wirklich nicht bereit, blöd in eine Falle zu laufen! Er war mindestens so intelligent wie dieser Herr und der andere, dieser Irrenarzt, der in seiner Arroganz nur ein einziges Wort verlauten ließ:

»Paranoiker!«

So wie andere ihn einen Verrückten genannt hatten! Und wieder andere Lustmörder! Und die Dirne am Faubourg Montmartre Trauerkloß! Während das magere Ding aus der Rue de Birague gemeint hatte, er möge nur dicke Frauen! War er ihnen allen nicht gerade dadurch überlegen, daß er wenigstens wußte, wer er war?

Er las den – viel zu kurzen – Artikel noch einmal bei Milchkaffee und Hörnchen in einem kleinen Café mit gekachelten Wänden im Stil der Jahrhundertwende. Dann erinnerte er sich wieder an sein Mädchen im blauen Satinkleid, suchte überall und fand schließlich ein paar Zeilen unter den Vermischten Nachrichten:

Bei der Silvesterfeier in einem Lokal von Gobelins hat ein gewisser Jean R... heute nacht aus enttäuschter Liebe einen Schuß auf Germaine H... abgegeben, die Tochter eines Weinhändlers und sympathischen Stadtrats. Glücklicherweise verletzte die Kugel nur einen Tänzer, Germain V..., der nach ärztlicher Versorgung nach Hause entlassen werden konnte. Jean R... wurde in Polizeigewahrsam genommen.

Er lachte vor sich hin, ohne selber zu wissen, warum. Schon zum Totlachen, dieses Drama, das so endete oder das vielleicht sogar mit einer Hochzeit enden würde. Denn Popinga überlegte schon, ob diese Germaine H... es nicht absichtlich gemacht hatte!

Jetzt brauchte er nur noch herauszubekommen, was Julius de Coster auf seine Anzeige geantwortet hatte, sofern er tatsächlich jeden Tag die ›Morning Post‹ las. Popinga nahm einen Bus, denn zum Postamt 42 in der Rue de Berry mußte er durch halb Paris. Er betrat das Amt für postlagernde Sendungen ohne Zögern und zeigte seine beiden Briefumschläge mit der Anschrift Smitson vor.

Ohne weiteres suchte man in dem Briefberg mit dem Buchstaben »S« und streckte ihm dann einen Umschlag mit maschinengeschriebener Anschrift entgegen.

Er verzog sich in eine Ecke und öffnete ihn. Der Umschlag fühlte sich dick an. Als erstes zog er vier Pfundnoten heraus, dann ein Blatt Papier, auf dem ein paar ebenfalls maschinengeschriebene Zeilen standen:

Bedaure, nicht mehr schicken zu können, aber aller Anfang ist schwer und dies ist alles, was ich in der Tasche habe. Bitte wenn nötig um Information, werde mein möglichstes versuchen. J.

Das war alles. Als ob Julius de Coster sich gar nicht wunderte über das, was Popinga getan hatte! Als ob kein Mensch sich wunderte und man seinen Fall mit einem einzigen bedeutungslosen Wort abtun wollte:

»Paranoiker!«

Allerdings hatte auch Mutti ein Wort gefunden: »Amnesie!«

10

Kees Popinga wechselt das Hemd, während Polizei und Zufall sich wider alle Spielregeln gegen ihn verschwören

Nein, entmutigt war er nicht. Den Gefallen tat er diesen Herren nicht. Aber ein bitteres Lächeln konnte er doch nicht unterdrücken, wenn er eine Zeitung aufschlug oder eine am Kiosk aushängen sah.

Man rechnete ihm nichts zu seinen Gunsten an, weder, daß er allein gegen alle kämpfte und sich mutig schlug, noch, daß bestimmte Dinge des Alltags in einem Fall wie dem seinen äußerst kompliziert werden.

Als er zum Beispiel das erste Mal im Waschraum eines Cafés – einem sehr wichtigen Ort in seinem Nomadenleben – das Hemd wechselte, war er mit dem schmutzigen Hemd in der Hand herausgekommen und hatte es in einem Pissoir einfach fallen lassen.

Ja, und dabei wäre er fast geschnappt worden! Ein Polizist hatte das Ding nämlich zu Boden fallen sehen und, während Kees sich schon entfernte, nun seinerseits das Pissoir betreten, so daß Popinga davonlaufen mußte!

Jetzt, da er zum zweitenmal ein neues Hemd angezogen hatte, wollte er das alte lieber in die Seine werfen, aber es ist schwieriger, als man denkt, eine Stelle zu finden, an der man so etwas ungesehen machen kann. Immer entdeckt man im letzten Augenblick einen Angler, einen Gammler, ein Liebespaar oder eine Dame, die ihren Hund spazierenführt…

Wer machte sich schon Gedanken über diese Begleiterscheinungen seines Lebens? Die Zeitungen sicher nicht! Denen hatte er nicht nur Stoff, sondern auch noch gratis Beiträge geliefert. Und trotzdem hatte keine einzige auch nur ein bißchen Sympathie für ihn geäußert.

Er verlangte ja nicht, daß man öffentlich Partei für ihn ergriff. Und er verlangte auch nicht täglich zwei Spalten auf der Titelseite. Aber eines war doch klar: Man konnte Helden solcher Geschichten sympathisch oder unsympathisch darstellen; und die französischen Helden der Sensationsmeldungen waren fast immer sympathisch.

Warum machten sie bei ihm eine Ausnahme? Hatte da vielleicht Kommissar Lucas seine Hand im Spiel?

Er hatte niemanden bestohlen, was doch die Bürger beruhigen mußte. Er hatte Pamela nicht absichtlich getötet. Und beide Male hatte er sich nur an Mädchen aus einem gewissen Milieu herangemacht, weshalb doch die anständigen Frauen nichts befürchten mußten.

Bei all den vielen Verbrechen, die ein anderer wie Landru auf dem Gewissen hatte und obwohl er außerdem noch häßlich war, hatte er trotzdem noch die Hälfte der Bevölkerung hinter sich!

Warum? Und warum waren die Zeitungen Popinga gegenüber so feindlich eingestellt und schwiegen entweder ganz oder brachten nur uninteressante Nachrichten?

Dr. Linze, dessen Meinung über den Fall des Holländers wir unseren Lesern nicht vorenthalten wollten, teilt uns mit, daß er unserem Wunsch gerne stattgegeben hätte, sich aber außerstande sehe, in einem so schweren Fall nur anhand eines einfachen Briefes eine Diagnose zu stellen.

So weit war es nun schon gekommen! Daß man auf Kosten seiner Person, seines Lebens, seiner Freiheit einen kleinlichen Streit ausfocht! Am darauffolgenden Tag antwortete Professor Abram, der sich durch seinen Kollegen angegriffen fühlte:

Man hat mir Dinge in den Mund gelegt, die ich aus Anlaß einer im übrigen bedeutungslosen Geschichte so nicht geäußert habe. Es mag wohl zutreffen, daß ich gesprächsweise angedeutet habe, Kees Popinga für einen gewöhnlichen Paranoiker zu halten. Aber ich habe dieses vorläufige Urteil doch niemals als wirkliche Diagnose ausgegeben.

Selbst die Psychiater schienen ihn fallenzulassen! Selbst Saladin, jener Journalist, der anfangs die besten Artikel über ihn geschrieben hatte, veröffentlichte nur noch Mitteilungen, unter die er nicht einmal mehr seinen Namen setzte! Popinga kannte ihn nicht. Er wußte nicht, ob es sich um einen jungen oder alten, um einen fröhlichen oder traurigen Mann handelte, aber daß er ihn auch hatte fallenlassen, verletzte ihn tief.

Wozu veröffentlichte er völlig ungerührt Nachrichten wie diese:

Die Experten, die trotz der Feiertage die Buchführung der Firma Julius de Coster en Zoon überprüft haben, legten einen ersten Bericht vor und erklärten, für ihre Arbeit noch mehrere Wochen zu benötigen. Tatsächlich scheint die Affäre weit größere Ausmaße zu haben, als anfangs gedacht, und außer dem aufsehenerregenden Konkurs eine ganze Reihe von Betrügereien unter dem Deckmantel der Wohlanständigkeit zu umfassen.

Andererseits ist der Wilhelminenkanal tagelang vergeblich abgesucht worden. Die Leiche Julius de Costers wurde nicht gefunden, und es ist ziemlich ausgeschlossen, daß sie von einem Schiff mitgeschleppt worden ist.

Allmählich dringt die Meinung durch, daß es sich um einen vorgetäuschten Selbstmord handelt und sich der Reeder über die Grenze abgesetzt hat.

War Popinga damit vielleicht gedient? Andererseits wurden mit boshaftem Vergnügen Notizen wie diese abgedruckt:

Kommissar Lucas fuhr gestern nach Lyon und machte kein Geheimnis daraus, daß seine Reise in Zusammenhang mit einer Untersuchung stand. Allerdings hat er nicht erklärt, ob es dabei um den Fall Popinga oder vielmehr um Drogenhändler ging, von denen einige schon hinter Gittern sitzen.

Warum Lyon? Und warum wurde immer wieder über diese Drogengeschichte berichtet, die keinen interessierte? Wirkte nicht alles so, als wollte ein unsichtbarer Kopf alle irreleiten?

Dieser Kopf konnte kein anderer sein als Kommissar Lucas! Nur er hinderte die Reporter mit allen Mitteln daran, wie gewohnt ihre eigenen Recherchen zu machen. Denn normalerweise macht jede Zeitung ihre eigenen Recherchen, jede hat ihre eigene Theorie, verfolgt ihre eigenen Spuren, fragt Leute aus und veröffentlicht, was sie herausbekommen hat.

Aber kein Mensch war auf die Idee gekommen, Jeanne Rozier auszufragen! Kein Wort über ihren Gesundheitszustand! Nichts darüber, ob sie sich erholt hatte und wieder ihrer Arbeit im ›Picratt's‹ nachging. Kein Wort auch über Louis und ob er aus Marseille zurückgekehrt war.

Wenn das nicht schäbige Verfolgungsmethoden

waren! Und sollte sich wirklich niemand bei der Polizei gemeldet und erklärt haben, daß er Popinga gesehen hatte? Und warum wurde das dann verschwiegen?

Natürlich, um ihn zum Äußersten zu treiben! Das hatte er sehr wohl verstanden! Er zuckte mit den Achseln und seufzte verachtungsvoll auf, denn er spürte genau, daß man ihn vollkommen isolieren wollte.

Trotzdem hatte er sich voll unter Kontrolle. Auf der Straße vermied er es, die Passanten fragend oder ironisch anzublicken. Er ging auch den Dirnen aus dem Weg, lieber schlief er schlecht, lag oft die halbe Nacht wach und bekam Herzklopfen.

Er hatte auch eine neue Erfahrung gemacht. Der Zufall hatte ihn ins Javel-Viertel in ein sehr primitives Hotel geführt. Er hatte es für einen klugen Schachzug gehalten, einmal eine ganz andere Kategorie aufzusuchen. Aber das war ein Fehler gewesen! Er war nicht danach gekleidet, in einer so miesen Absteige zu übernachten, und hatte bemerkt, daß man ihn erstaunt ansah.

Also durfte er weder zu tief noch zu hoch greifen! Andererseits besaß er nur noch zwölfhundert Franc und mußte sich in den nächsten Tagen irgendwie Geld beschaffen. Schon jetzt dachte er darüber nach. Er hatte noch Zeit, fing aber an, sich Sorgen zu machen.

Die Nacht in Javel war die Nacht vom 7. auf den

8. Januar, und Popinga wollte, nachdem er sein schmutziges Hemd in die Seine geworfen hatte, zunächst in ein anderes Stadtviertel gehen, bevor er sich irgendwo niederließ, um die Zeitungen zu lesen. Es regnete. Für die andern war dies einfach nur eine leichte Unannehmlichkeit. Für ihn aber, der den größten Teil des Tages auf der Straße verbringen mußte und der keine Kleider zum Wechseln besaß, war es sehr einschneidend, ja eine Gemeinheit der Natur.

Und dann kam gleich noch eine Gemeinheit!

Er saß in einer Brasserie an der Madeleine und hätte am liebsten wütend aufgeheult, als er ausgerechnet in jener Zeitung, bei der Saladin arbeitete, las:

Polizei läßt Autodieb frei.

Dabei hatte er es seit Tagen kommen sehen. Er hatte sich nicht getäuscht, daß irgend etwas im Busche war. Aber doch nicht...

Gestern nachmittag gegen fünf Uhr erlebten wir bei der Kriminalpolizei zufällig die Freilassung eines der in der letzten Woche verhafteten Autodiebe mit.

Als der besagte Louis das Amtszimmer Kommissar Lucas' verließ, versuchten wir, von offizieller Seite genauere Auskünfte zu erhalten, stießen aber auf beharrliches Schweigen.

Wir können also hier nur die Ergebnisse unserer eigenen Nachforschungen mitteilen und Vermutungen anstellen.

Erinnern wir zunächst daran, daß in der Nacht vom 1. auf den 2. Januar, als Kommissar Lucas, der sich gewöhnlich nicht um solche Fälle kümmert, die Festnahme einer Bande von Autodieben persönlich leitete, keinerlei Pressemitteilung gemacht worden ist.

Warum dieses Stillschweigen? Und warum ist seither nichts von dieser Affäre bekanntgeworden, die doch immerhin ein gewisses Ausmaß hat, da bereits vier Männer und eine Frau hinter Gittern sitzen?

Wir glauben, diese Frage beantworten zu können, da wir wissen, wer der Chef dieser Bande ist, die unter dem Namen »Bande von Juvisy« bekannt wurde, weil sie die gestohlenen Autos noch in derselben Nacht in Juvisy umlackierte, bevor sie sie dann in der Provinz verschob.

Der Bandenchef ist nämlich kein anderer als ein gewisser Louis, ehemaliger Kokainhändler und Geliebter von Jeanne Rozier.

Diese wurde, wie unsere Leser sich erinnern ...

Popinga hätte den Artikel weit besser als sein Freund Saladin zu Ende schreiben können! Nie war sein Lächeln so voller Verachtung für die Zeitungen, für Lucas, für die gesamte Menschheit gewesen!

Damit erklärt sich auch das persönliche Eingreifen Kommissar Lucas' in der Affäre von Juvisy. Nachdem die Bande samt einer gewissen Rose, Schwester des Goin, die früher als Zimmerfrau in einem Freudenhaus arbeitete, verhaftet worden war, ging die Untersuchung zügig voran, ohne daß die Presse informiert wurde.

Soll man jetzt, da Louis freigelassen wurde, glauben, daß dessen Unschuld erwiesen ist? Doch wohl kaum. Nachdem wir am Quai des Orfèvres nichts erfahren konnten, haben wir unsere eigenen Erkundigungen in gewissen Kreisen eingeholt, bei denen Louis und diese Art von Geschäften hinlänglich bekannt sind.

»Wenn Louis freigelassen worden ist, bedeutet dies, daß er eine Aufgabe zu erledigen hat. Verstehen Sie?« lautete eine Aussage.

Wie um diese Aussage zu bestätigen, hat der fragliche Louis schon gestern abend die Runde durch eine gewisse Anzahl von Kneipen gemacht und seinen Freunden geheimnisvolle Anweisungen gegeben.

Ohne uns allzuweit vorzuwagen, meinen wir doch sagen zu können, daß Kees Popinga, der Jeanne Rozier überfallen hatte, nicht mehr nur von der Polizei gesucht wird, sondern daß das gesamte »Milieu« hinter ihm her ist.

Was nur bedeuten kann, daß er schon sehr bald verhaftet wird! Es sei denn, ein Zwischenfall …

Als er sich diesmal im Spiegel an der Wand gegenüber ansah, bemerkte Popinga, daß er blaß war und daß ihm kein auch noch so sarkastisches Lächeln mehr über die Lippen kam.

Diese Ereignisse bestätigten seine Befürchtungen, und ohne Saladin, auf den er jetzt bei weitem nicht mehr so böse war, hätte er nichts davon erfahren und würde immer noch weiter im dunkeln tappen, ohne zu ahnen, was sich gegen ihn zusammenbraute.

Dabei war die Sache verdammt einfach! Der Schlag in Juvisy war gelungen, die Bande wurde verhaftet, aber Lucas hatte es nicht von allen Dächern gepfiffen, sondern die Journalisten mit Morphium- und Heroingeschichten abgespeist.

Bestimmt hatte er Louis Popingas Anzeige zum Lesen gegeben und sich nicht geniert, ihm ein mieses Geschäft vorzuschlagen.

So war das gelaufen! Die Polizei ließ sich auf einen Handel mit Louis ein! Die Polizei setzte ihn auf freien Fuß, damit er Popinga erledigte! Das hieß mit anderen Worten, daß sie allein nicht fähig war, ihn zu schnappen!

Kees empfand nicht mehr nur Verachtung und Groll, sondern er war auch völlig niedergeschlagen. Er verlangte Briefpapier, holte seinen Füllfederhalter heraus, zuckte aber dann nur müde mit den Schultern. An wen sollte er denn schreiben? An Saladin? Um ihm den Wortlaut seines Artikels zu bestätigen? An Kommissar Lucas, um ihn ironisch zu beglückwünschen? An wen also und wozu?

Nur weil Louis sich auf die Suche nach ihm gemacht hatte, hielt man die Sache schon für gewonnen und erklärte sich zum Sieger. Natürlich! Künftig würden sämtliche Nutten von Paris, alle Stadtstreicher, Kneipenwirte und Inhaber billiger Absteigen nach ihm Ausschau halten und gleich das Überfallkommando rufen.

Die Polizei hatte ihn ja nie gesehen, aber Louis schon, der kannte ihn.

»Herr Ober, zahlen!«

Er zahlte, ging aber nicht. Warum, wußte er selber nicht. Er spürte plötzlich die ganze Müdigkeit von all dem vielen Herumlaufen in Paris. Er blieb auf der mit Englischleder bezogenen Bank sitzen und sah zerstreut auf die Straße hinaus, wo viele Leute mit Schirmen vorbeidefilierten.

Tatsache war doch, daß man ihm offiziell einen Autodieb vorzog, einen Vorbestraften und Zuhälter obendrein. Denn so war es doch! Sollte ihm mal einer das Gegenteil beweisen. Und wenn Louis Erfolg hatte, würde die Bande von Juvisy doch davonkommen!

»Herr Ober!«

Er hatte Durst. Na und! Er mußte nachdenken, und ein Schnäpschen würde ihm dabei helfen.

Im Grunde war es ein Fehler gewesen, daß er nach der Sache mit Jeanne Rozier aufgehört hatte.

Oh, er war völlig klar im Kopf! Er durchschaute jetzt den Mechanismus der öffentlichen Meinungsbildung. Schon am nächsten Tag hätte in der Zeitung stehen müssen:

Kees Popinga überfällt junge Frau in der Eisenbahn …

Und immer so weiter, um das Publikum in Atem zu halten und ihn schließlich zur Legende zu stilisieren.

Hätte man sich vielleicht für Landrus Schicksal so leidenschaftlich interessiert, wenn er nur eine oder zwei Frauen umgebracht hätte?

Außerdem hatte Popinga vielleicht auch den Fehler gemacht, alles zu schreiben, was er dachte, anstatt zu lügen. Wenn er sie zum Beispiel überzeugt hätte, daß er bereits in Groningen, wo er ja als vorbildlicher Bürger galt, mysteriöse Überfälle begangen hatte?

Er las Saladins Artikel noch einmal und wurde in seiner Meinung bestärkt: Nicht er, Popinga, war jetzt mehr der Held des Geschehens, sondern Louis war zur Hauptperson geworden.

Morgen würde Jeannes Geliebter bereits alle Sympathien haben! Die Leute würden sich für diese Hetzjagd in der Unterwelt von Paris begeistern, die ein Vorbestrafter mit schweigendem Einverständnis der Polizei leitete!

Nein, entmutigen lassen wollte er sich auf keinen Fall. Schließlich war es sein gutes Recht, auch einmal müde zu sein und das ganze Ausmaß der Ungerechtigkeit zu bedenken, deren Opfer er geworden war. Wie viele waren jetzt hinter ihm her? Hunderte? Tausende!

Was ihn aber nicht daran hinderte, sein Glas erstklassigen Weinbrand zu leeren und ungerührt in den strömenden Regen zu starren.

Sollten sie ihn nur suchen! Sollten sie nur allen Passanten ins Gesicht sehen! Ein einzelner Mensch ist immer stärker als die Masse, solange er Ruhe bewahrt. Und Popinga würde Ruhe bewahren.

Er hatte nur einen Fehler gemacht: nicht von Anfang an alle als seine Feinde zu betrachten. Deshalb nahm man ihn jetzt nicht ernst. Man hatte keine Angst vor ihm, sah ihn in erster Linie als einen Sonderling! Einen Paranoiker!

Na und? Was war damit schon bewiesen? Hinderte es ihn vielleicht daran, hier in einer gutgeheizten Brasserie vor einem zweiten Glas Weinbrand zu sitzen und ganz Paris die Stirn zu bieten? Und würde es ihn daran hindern zu tun, was er wollte, was er beschloß, was er noch an diesem Tag beschließen würde, irgend etwas Ungeheuerliches, etwas, was diesen Louis samt all seinen Autodieben, Nutten und Loddeln erzittern lassen würde?

Was er genau tun würde, wußte er noch nicht. Er hatte auch noch Zeit. Lieber nichts überstürzen, auf einen Einfall warten und die Passanten beobachten, wie sie stumpfsinnig wie eine Viehherde einer hinter dem anderen hertrotteten. Einige rannten sogar, als brächte sie das weiter! Und ein Verkehrspolizist in Pelerine, der sich wohl besonders wichtig vorkam, spielte mit seiner Trillerpfeife und seinem weißen Stab herum! Wäre es nicht intelligenter von ihm gewesen, Popingas Ausweis zu verlangen, statt hier so eine Schau abzuziehen?

Mit einem Schlag würde alles zu Ende sein. Es würde keinen Fall Popinga mehr geben, und weder Louis noch die andern, noch dieser neunmalkluge Kommissar Lucas würden weiter gebraucht!

So klug konnte er gar nicht sein, wenn Kees ohne jede Information schon seit Tagen gespürt hatte, daß ein Schlag gegen ihn geplant wurde und trotzdem tapfer allein geschlafen hatte!

Wer weiß? Jetzt würde er vielleicht nicht mehr allein schlafen. Aber seine Begleiterinnen würden dann jedenfalls nichts mehr erzählen können...

Das Blut stieg ihm in den Kopf. Er sah erneut in den Spiegel und fragte sich, ob ihn seine Überlegungen tatsächlich so weit geführt hatten. Warum auch nicht? Wer sollte ihn daran hindern?

Er wandte sich um, denn jemand sprach ihn auf englisch an, ein Mann, der seit ein paar Minuten am Nebentisch schrieb.

»Entschuldigen Sie«, sagte er lächelnd. »Sprechen Sie zufällig Englisch?«

»Ja.«

»Sind Sie Engländer?«

»Ja.«

»Darf ich Sie dann vielleicht um einen Gefallen bitten? Ich bin gerade erst in Paris gelandet. Ich komme aus Amerika. Ich möchte den Kellner fragen, wie viele Briefmarken ich auf diesen Brief kleben muß, aber er kann mich nicht verstehen.«

Popinga rief den Kellner, übersetzte und sah seinen Tischnachbarn an, der ihm überschwenglich dankte und einen nach New Orleans adressierten Brief mit Briefmarken beklebte.

»Sie haben Glück, daß Sie Französisch sprechen!« sagte der Unbekannte seufzend und klappte die Schreibunterlage zu. »Ich bin seit meiner Ankunft hier ganz unglücklich. Die Leute verstehen mich nicht einmal, wenn ich nach dem Weg frage. Kennen Sie sich in Paris aus?«

»Ja, ein wenig.«

Dabei dachte er amüsiert daran, daß er in den acht Tagen Zeit gehabt hatte, sämtliche Stadtteile der Hauptstadt zu durchstreifen.

»Freunde haben mir eine gute Adresse gegeben, die Adresse eines amerikanischen Cafés, wo sich alle Amerikaner von Paris treffen... Kennen Sie das?«

Der Mann war nicht mehr ganz jung. Er hatte graues Haar, geplatzte Äderchen auf den Wangen und eine rote Nase, was auf eine Neigung zu starken alkoholischen Getränken schließen ließ.

»Es scheint ganz in der Nähe der Opéra zu sein, aber ich habe es eine halbe Stunde lang erfolglos gesucht.«

Er zog einen Zettel aus der Tasche seines weiten Mantels.

»Rue... warten Sie... Rue de la Michodière...«

»Ja, die kenne ich!«

»Ist das weit?«

»Fünf Minuten zu Fuß.«

Der andere schien zu zögern und murmelte dann:

»Darf ich Sie vielleicht zu einem Aperitif dort einladen? Seit zwei Tagen habe ich mit keinem mehr gesprochen.«

Und Popinga? Acht Tage hatte er schon mit niemandem mehr gesprochen.

Fünf Minuten später befanden sich die beiden Männer auf den Großen Boulevards, und ein Straßenhändler, der sie sprechen hörte, bot ihnen obszöne Postkarten an.

»Was ist das?« fragte der Amerikaner.

Darauf Kees errötend:

»Ach nichts! Sachen für die Touristen...«

»Leben Sie schon lange in Paris?«

»Ja, ziemlich lange!«

»Ich bleibe nur acht Tage, dann fahre ich nach Italien, bevor ich nach New Orleans zurückkehre. Kennen Sie New Orleans?«

»Nein.«

Passanten drehten sich nach ihnen um. Sie waren

zwei typische Ausländer, die selbstsicher über die Boulevards gingen und laut redeten, als könnte niemand sie verstehen.

»Es ist in dieser Straße…«, erklärte Popinga.

Er war vorsichtig genug, diesem Mann nichts Kompromittierendes zu erzählen. Selbst wenn er von der Polizei wäre oder zu Louis' Bande gehörte, würde er nichts erreichen.

Er stieß die Tür zu der ihm unbekannten Bar auf und staunte über die Ausstattung und die Atmosphäre.

Dies war neu für ihn. Sie befanden sich hier nicht mehr in Frankreich, sondern in den Vereinigten Staaten. An einer hohen Mahagonitheke unterhielten sich große und starke Männer laut, rauchten und tranken, während zwei Barkeeper, einer von ihnen Chinese, pausenlos damit beschäftigt waren, Whiskey und große Biere zu servieren. Die Spiegel waren mit Kreidenotizen übersät.

»Einen Whiskey, oder?«

»Ja, bitte.«

Das war einmal etwas anderes für Popinga, der in all den vergangenen Tagen immer nur Brasserien besucht hatte, deren Dekor er nun schon allzugut kannte, die vernickelte Kugel auf gußeisernem Fuß für die Geschirrtücher, das Regal mit den Telefonbüchern, die Kassiererin auf ihrem hohen Stuhl, die Kellner mit weißer Schürze…

Hier fühlte man sich an anderes erinnert, an eine

große Schiffsreise mit Zwischenstation in einem fernen Land etwa. Kees spitzte die Ohren und verstand, daß die meisten Gäste über die nachmittäglichen Pferderennen redeten, wobei der Dickste unter ihnen, einer mit Doppelkinn und einem braunkarierten Mantel wie auf einer Karikatur, die Wetten entgegennahm.

»Sind Sie auch Kaufmann?« wurde Popinga von seinem neuen Freund gefragt.

»Ja... Getreide...«

Er sagte das, weil er sich mit Getreide auskannte, das ein Handelszweig der Firma de Coster gewesen war.

»Ich bin in der Lederbranche. Ein Würstchen? Doch! Sie müssen ein Würstchen essen! Ich bin sicher, daß die hier ausgezeichnet sind. Wir sind hier quasi in Amerika, und Amerika stellt ausgezeichnete Würstchen her...«

Leute kamen und gingen. Dicker Rauch umgab den Tresen, und die Wände waren mit Fotos amerikanischer Spitzensportler geschmückt, die fast alle dem Kneipenwirt gewidmet waren.

»Ist doch angenehm hier, oder? Der Freund, von dem ich die Adresse habe, hat mir gesagt, daß dies das angenehmste Fleckchen von ganz Paris ist. Barkeeper, zwei Whiskeys!«

Dann fuhr er ganz unvermittelt mit einem feuchten Lächeln fort:

»Stimmt das, daß die Französinnen so besonders

entgegenkommend bei den Ausländern sind? Ich habe bis jetzt noch keine Zeit gehabt, den fröhlichen Montmartre aufzusuchen. Ich muß auch gestehen, daß ich ein wenig Angst habe...«

»Angst wovor?«

»Bei uns heißt es, daß es hier viele Ganoven gibt, die noch geschickter sind als unsere Gangster und vor allem Ausländer ausrauben. Sind Sie schon einmal ausgeraubt worden?«

»Noch nie. Dabei bin ich oft am Montmartre gewesen.«

»Sind Sie auch mit Nutten gegangen?«

»Ja.«

»Und die hatten nicht ihren Beschützer im Zimmer versteckt?«

Popinga hatte die Gemeinheiten des Kommissars Lucas fast vergessen. Hier war er der Erfahrenere, der sich auskannte und einem Anfänger Ratschläge erteilen konnte. Je genauer er sich seinen Begleiter ansah, desto naiver kam ihm dieser vor, naiver noch als ein Holländer.

»Ihre Beschützer sind nicht im Zimmer, sondern warten draußen.«

»Wozu?«

»Einfach so. Sie brauchen keine Angst zu haben.«

»Haben Sie einen Revolver?«

»Nie!«

»Als ich in New York geschäftlich unterwegs war, hatte ich immer einen Revolver dabei...«

»Hier sind wir in Paris!«

Die Würstchen waren gut. Popinga leerte sein Glas, das sogleich wieder gefüllt wurde.

»Haben Sie ein gutes Hotel?«

»Ein sehr gutes.«

»Ich wohne im ›Grand Hôtel‹«, sagte der Amerikaner. »Sehr anständig.«

Und streckte ihm sein Zigarrenetui entgegen, in das Kees ungeniert griff, denn nach so vielen Tagen und vor allem in diesem Milieu hier durfte er sich schon einmal den Luxus erlauben, eine Zigarre zu rauchen.

»Wissen Sie vielleicht, wo man amerikanische Zeitungen bekommt? Ich will wissen, wie die Börsenkurse stehen...«

»An allen Kiosken. Es gibt einen fünfzig Meter von hier an der Straßenecke.«

»Entschuldigen Sie mich einen Moment? Ich bin gleich zurück. Bestellen Sie mir doch bitte noch zwei Würstchen!«

Es gab nicht mehr viele Gäste, denn jetzt um ein Uhr waren die meisten zum Mittagessen gegangen. Popinga wartete fünf Minuten, wunderte sich, daß der Amerikaner noch nicht zurückkam, dachte dann an etwas anderes, und als er wieder auf die Wanduhr sah, war es Viertel nach eins.

Er hatte nicht bemerkt, daß der Barkeeper ihn aufmerksam beobachtete, sich dann umdrehte und leise ein paar Worte zu dem Chinesen sagte.

Der Whiskey hatte ihm gutgetan. Er hatte ihm wieder mehr Schwung gegeben, und Popinga fühlte sich jedem Lucas und jedem Louis gewachsen. Noch heute nachmittag, so nahm er sich vor, würde er einen Plan aushecken, daß ihnen Hören und Sehen vergehen würde, und die Zeitungen müßten dann auch in einem anderen Ton über ihn schreiben.

Warum kam dieser Amerikaner nicht zurück? Er konnte sich doch nicht verirrt haben? Popinga machte die Tür auf und warf einen Blick hinaus; den Zeitungskiosk an der Straßenecke sah er wohl, den Amerikaner nicht.

Er lachte höhnisch auf, weil er begriff, daß der andere ihn hereingelegt hatte und er jetzt die ganze Zeche zahlen mußte!

Noch so ein widerwärtiges Erlebnis! Er war ja langsam daran gewöhnt.

»Geben Sie mir noch einen Whiskey!«

Er konnte sich auch betrinken, denn er war sicher, in jeder Lage seinen kühlen Kopf zu behalten, sich nicht zu verraten und...

Einfach so zum Zeitvertreib setzte er einen dieser Automaten in Gang, aus denen Kaugummikugeln kamen, verlangte dann noch eine Zigarre, denn die seine hatte er auf den Boden fallen lassen, dann sah er sich um und bemerkte, daß die Bar ganz leer war und der Chinese im Hintergrund allein zu Mittag aß, während der andere Barkeeper die Theke aufräumte.

Ganz schön schlau, ihm diese Geschichte aufzubinden, nur damit er vier Würstchen und ein paar Whiskeys bezahlte. Reich war er schließlich nicht. Für ihn war Geld wichtiger als für andere, ja, es war sozusagen eine Überlebensfrage, welches zu besitzen! Das sah man doch schon an einer winzigen Kleinigkeit: Wenn sein Hemd schmutzig war, konnte er es nicht einfach waschen lassen, sondern er mußte ein neues kaufen und das andere, fast neu und nur wenige Tage getragen, in die Seine werfen.

Warum sollte er nicht noch ein Würstchen bestellen und das Mittagessen später überspringen? Er erwog sogar, am Nachmittag nach Longchamps zum Pferderennen zu gehen, das würde ihm guttun, denn es war wirklich aufreibend, sich immer nur in der gleichen Szenerie zu bewegen.

Er machte den Mund auf. Wie zufällig machte der Barkeeper im gleichen Augenblick auch den Mund auf, und Popinga ließ ihn zuerst reden:

»Entschuldigen Sie die Frage. Kennen Sie den Herrn, mit dem Sie zusammen waren?«

Was sollte er jetzt antworten? Ja oder nein?

»Ich kenne ihn ein wenig... Ja, ein wenig...«

Betreten fuhr der Barkeeper fort:

»Wissen Sie, was der macht?«

»Er ist in der Lederbranche...«

Der Chinese spitzte an seinem Platz im Hintergrund des Lokals die Ohren, und Popinga begriff, daß irgend etwas nicht stimmte, und überlegte, ob er schnellstens das Weite suchen sollte.

»Also, dann hat er Sie drangekriegt!«

»Was meinen Sie damit?«

»Ich habe nicht gewagt, Sie zu warnen, weil viele Leute da waren und ich auch nicht wußte, ob Sie ein Freund von ihm waren...«

Der Barkeeper stellte eine Ginflasche zurecht und meinte dann seufzend:

»Wer bei dieser Geschichte wieder einmal draufzahlt, bin ich!«

»Das verstehe ich nicht!«

»Ich weiß... Sie werden bald genug verstehen... hatten Sie viel Geld dabei?«

»Ziemlich viel!«

»Suchen Sie Ihre Brieftasche. Ich weiß nicht, in welche Tasche Sie sie gewöhnlich stecken, aber ich wette, da ist sie nicht mehr.«

Popinga tastete seine Taschen ab. Seine Kehle schnürte sich zusammen. Wie der Barkeeper vermutet hatte, war seine Brieftasche weg!

»Ist Ihnen nicht aufgefallen, daß er Ihnen so aus Spaß kleine Püffe versetzt hat? Ein Profi. Den kenne ich schon seit zehn Jahren. Die Polizei ebenfalls. Einer der geschicktesten Taschendiebe Europas...«

Eine Sekunde lang hatte Kees die Augen geschlossen. Während dieser Sekunde suchte seine Hand etwas in seiner Manteltasche...

Als wäre der Diebstahl seines gesamten Geldes, des einzigen Mittels, das er in seinem Kampf besaß, nicht schon schlimm genug, hatte der Amerikaner ihm auch noch, wahrscheinlich, weil sich das Kästchen wie ein Etui anfühlte, sein Rasiermesser gestohlen!

Abertausende hätten an diesem Tag in Paris Opfer eines Taschendiebstahls werden können. Für die meisten, wenn nicht für alle, hätte dies nur den Verlust eines mehr oder weniger großen Geldbetrags bedeutet. Nur einer, Kees Popinga, war mit den zwölfhundert Franc und dem Rasiermesser seiner einzigen Überlebenschance beraubt worden! Dabei hatte man ihn bereits in die Enge getrieben. Schon am frühen Morgen hatte ihm das Schicksal in Form eines Zeitungsartikels seine Fratze gezeigt.

Dann war ihm eine Erholungspause vergönnt gewesen. Er hatte die Whiskeys und die Würstchen angenommen, sich unterhalten und seine ewigen Selbstgespräche ein wenig vergessen.

»Ich wollte Sie schon warnen. Aber erstens haben Sie nie zu mir rübergesehen. Und zweitens hätte es wie gesagt sein können, daß sie mit ihm befreundet sind oder vielleicht sogar unter einer Decke mit ihm stecken…«

Popinga lächelte kläglich, und der Barkeeper fragte bedauernd:

»Haben Sie viel verloren?«

»Nein… Nicht viel«, sagte Kees mit dem gleichen, fast engelhaften Lächeln.

Denn er hatte weder viel noch wenig verloren! Er hatte schlicht alles verloren! Alles, was ein Mensch durch einen dummen Zufall verlieren konnte, diesen Zufall, der ihm ebenso übel mitspielte wie die Polizei und wie Louis!

Er konnte sich nicht zum Gehen entschließen. Er senkte den Kopf, weil er eine merkwürdige Hitze unter den Augenlidern spürte und befürchtete, gleich ein paar Tränen zu vergießen.

Es war zuviel! Und zu dumm! Zu unverdient!

»Wohnen Sie weit von hier?«

Er lächelte. Er lächelte tatsächlich. Er brachte die Kraft dazu auf.

»Ja, ziemlich weit...«

»Hören Sie zu, ich vertraue Ihnen. Ich leihe Ihnen zwanzig Franc für das Taxi. Ich weiß nicht, ob Sie Anzeige erstatten wollen. Jedenfalls wäre es eine Erleichterung für alle, wenn er endlich geschnappt würde...«

Er nickte. Er hätte sich gern hingesetzt, nachgedacht, die Stirn in die Hände gelegt, um vielleicht in Lachen oder in Weinen auszubrechen. Es war nicht nur zu dumm: Es war widerwärtig, und er wußte, daß er das nicht verdient hatte.

Was hatte er schon getan? Ja, was hatte er getan, außer...

Außer dieser Kleinigkeit natürlich, die er aber als gerechtfertigt betrachtete. Er hatte sie nicht lange bedacht, sondern einfach aus Haß auf diese Rose gehandelt... Aus einem instinktiven Haß, denn etwas Genaues konnte er ihr gar nicht vorwerfen... Er hatte an Kommissar Lucas geschrieben, um die Bande zu verraten...

Hatte er dafür nun dies verdient?

Er nahm die zwanzig Franc, die der Barkeeper ihm entgegenstreckte. Dann hob er den Blick und sah zwischen den Kreideaufschriften sein Gesicht im Spiegel, ein Gesicht, das nichts ausdrückte, weder Qualen noch Verzweiflung, überhaupt nichts, und das ihn an ein anderes Gesicht erinnerte, das er vor zehn Jahren einmal in Groningen gesehen hatte, das Gesicht eines Mannes, der unter die Straßenbahn gekommen war und dem beide Beine abgefahren worden waren... Der Verletzte wußte es noch nicht. Der Schmerz war ihm noch nicht bewußt geworden. Und während die Umstehenden ohnmächtig wurden, sah er sie maßlos erstaunt an, ohne zu begreifen, was mit ihnen und mit ihm selber geschehen war, warum er da inmitten einer schreienden Menschenmenge auf dem Boden lag.

»Entschuldigen Sie bitte«, stammelte er. »Danke...«

Er machte die Tür auf... Und ging dann wohl los, ohne auf die Richtung und auf die Vorübergehenden zu achten und ohne zu merken, daß er Selbstgespräche führte...

Sie spielten falsch! So war es doch in Wirklichkeit! Sie spielten falsch, weil er zu stark war und sie ihn mit ehrlichen Mitteln niemals fassen könnten.

Kommissar Lucas, von dem nicht einmal ein Foto

veröffentlicht werden durfte, war der schlimmste Falschspieler von allen, er genierte sich nicht, wie beim Poker die übelsten Finten anzuwenden: Angeblich war er in Lyon beschäftigt und wußte nichts von den Autodieben.

Louis spielte falsch und arbeitete mit der Polizei zusammen … Auch Jeanne Rozier …

Von ihr hätte Popinga etwas anderes erwartet. Die andern widerten ihn einfach an und empörten ihn, aber sie enttäuschte ihn, weil er geglaubt hatte, zwischen ihnen beiden sei etwas.

Beweis genug dafür war ja, daß er sie nicht getötet hatte!

Und jetzt spielte auch der Zufall falsch und schickte ihm diesen gemeinen Amerikaner, der nichts anderes im Sinn hatte, als andern Leuten die Taschen auszurauben …

Und der mit einem Rasiermesser zu sechzehn Franc nichts würde anfangen können!

Es war einfach zu idiotisch!

Zu schändlich …

11

Kees Popinga erfährt, daß der Anzug eines Stadtstreichers etwa siebzig Franc kostet, und zieht sich lieber nackt aus

Das viele Nachdenken war vielleicht noch zermürbender als das Gehen. Vor allem, da Popinga entschlossen war, den Dingen ernsthaft auf den Grund zu gehen, alles von A bis Z zu durchdenken, was irgendwie mit ihm zu tun hatte.

War es nicht so, daß ein verachtenswerter Kommissar Lucas und irgendein Louis beschlossen hatten, daß er nicht mehr ruhig nachdenken durfte und ein fröhlicher Taschendieb ihn sogar der Möglichkeit beraubt hatte, sich irgendwo hinzusetzen?

Denn wer sich in Paris irgendwo hinsetzen will, braucht Geld! Gegen fünf Uhr blieb Kees nichts anderes übrig, als sich zum Nachdenken in eine Kirche zurückzuziehen, wo vor einer ihm unbekannten Heiligenfigur eine Menge Kerzen brannten. An das, was er danach tat, konnte er sich später nicht mehr erinnern. Es spielte auch keine Rolle. Entscheidend war nur, daß er nachdachte, aber dann wurde er plötzlich aus seinen Gedanken gerissen, als ihn ein Passant anstarrte. Kees schreckte auf und wäre am liebsten davongelaufen. Aber er beherrschte sich, auch wenn es ihm danach sehr schwerfiel, wieder einen klaren Gedanken zu fassen.

Manchmal kam ihm auch eine ganz nichtige Idee dazwischen und quälte ihn so, daß er in seinen Überlegungen nicht weiterkam.

Wie viele Stunden er herumgelaufen war, ging niemanden etwas an, und er verlangte auch kein Mitleid, er beklagte sich ja nicht. Er mußte nur einfach immer weitergehen! Mit seinen zwanzig Franc konnte er sich kein Hotel leisten. Und in Kneipen, die bis spätnachts aufhatten, wurde man mit Sicherheit am leichtesten geschnappt.

Wenn er wenigstens Lumpen am Leib gehabt hätte! Dann hätte er sich unter eine Brücke verkriechen können; aber ein Gammler in so guten Kleidern mußte ja Verdacht erregen.

Er ging und ging! Einer, der geht und ein Ziel zu verfolgen scheint, ist unverdächtig. Nur, daß er kein Ziel hatte und hin und wieder, wenn er sah, daß außer ihm keiner auf der Straße war, an einem Hauseingang stehenblieb.

Wie weit war er mit seinen Überlegungen gekommen? Da war schon wieder so ein Gedanke oder vielmehr ein Gefühl, das ihn ablenkte.

»Wie bei Fridas Geburt!«

Warum ihm dies einfiel, wußte er selber nicht. Er ging an der Seine entlang und war schon weit, gar schon außerhalb von Paris. Am Flußufer standen riesige Fabriken, deren Fenster alle beleuchtet waren, während feurige Lichtkreise über den Schloten den Himmel erhellten. Es regnete in schrägen Schlieren vom Himmel herunter. Vielleicht war ihm deshalb die Geburt seiner Tochter eingefallen, denn auch damals hatte es geregnet. Es war Sommer gewesen, doch der Regen fiel genauso schräg wie jetzt. Und die Uhrzeit war auch die gleiche gewesen. Das heißt nein, im Sommer ging die Sonne früher auf. Unwichtig! Jedenfalls war es noch dunkel gewesen, und Popinga ging ohne Kopfbedeckung und mit den Händen in den Taschen im Regen vor seinem Haus auf und ab und sah zu den Fenstern im ersten Stock hinauf. Jetzt gingen in dem Arbeiterviertel jenseits der Brücke hinter anderen Fenstern Lichter an, und Popinga konnte sich die unausgeschlafenen Menschen genau vorstellen, die jetzt aufstehen und sich waschen mußten...

Was ging ihn das an? Da mußte er eine wichtige Entscheidung treffen und ließ sich gleichzeitig von solchen Dingen ablenken, blieb sogar stehen, um den Fluß zu betrachten, der sich hier zu teilen und mit einem Arm in einen Kanal zu münden schien.

Danach wurde das Ufer wieder öde, bis er schließlich zu einer Gruppe trister hoher Häuser mit erleuchteten Fenstern neben einer Kneipe gelangte, in der der fröstelnde Wirt gerade die Kaffeemaschine in Betrieb nahm.

Popinga zuckte nur mit den Achseln. Es war immer das gleiche! Er hätte natürlich hineingehen können, um mit harmloser Miene an die Theke zu treten, den Mann, sobald er sich umdrehte, niederzuschlagen und mit der Kasse zu fliehen.

Aber war ein Kees Popinga dafür der Richtige?

Nein! Auf solche Dinge brauchte er keine Gedanken mehr zu verschwenden. Er hatte den ganzen Nachmittag der Reihe nach alles durchdacht, alles genau überlegt, was er noch tun konnte, und jetzt war es wie weggewischt.

Zu spät. Im Grunde war immer alles zu spät gewesen, weil er eben zu spät angefangen hatte!

Er war intelligenter als Landru und als alle andern, deren Heldentaten die Gemüter erregt hatten, aber die anderen hatten sich darauf vorbereitet und entsprechende Vorkehrungen getroffen, wozu er natürlich auch fähig gewesen wäre, wenn er nur gewollt hätte.

Dabei war es noch nicht einmal seine Schuld gewesen... Wenn Pamela nicht so hysterisch gelacht hätte... Einen anderen Fehler hatte er nicht begangen, da war er sicher, und das würde man eines Tages auch anerkennen müssen.

Männer auf dem Weg zu der großen Fabrik gingen in Grüppchen an ihm vorüber, und Popinga mußte sich zusammennehmen, um nicht aufzufallen, denn jetzt durfte er sich auf keinen Fall schnappen lassen.

Er hatte noch eine Aufgabe zu bewältigen... Danach würde alles sehr schnell gehen... Vorerst aber mußte er durchhalten und durfte sich nicht verraten...

Aber wie soll ein Mann, der zehn Stunden im Regen herumgelaufen ist, nicht auffallen?

Besser, er setzte seinen Gang fort, durchquerte Ivry, danach Alfortville. Es war noch dunkel und dämmerte erst, als er in einer ländlichen Gegend am Seine-Ufer landete, wo es Poller für die Schiffe gab.

Die gelbe Strömung riß Äste und andere Dinge mit. Hundert Meter weiter stand ein niederes Haus mit beleuchtetem Erdgeschoß. Popinga entzifferte auf einem Schild: ›Zum fröhlichen Karpfen‹. Er verstand zuerst nicht und mußte nachdenken. Als er dann verstanden hatte, zuckte er mit den Schultern. Wie albern, einen Karpfen fröhlich zu nennen, wo er doch ein Fisch mit ganz winzigem Maul war!

Das Haus war von einer Laube umgeben, oder vielmehr von Eisenpfosten, um die sich im Sommer wohl eine Laube rankte, und etwa zehn Boote lagen an der Böschung.

Popinga schlenderte vorbei und spickte in das ziemlich große Café, wo eine biedere Frau den Ofen schürte und ein Mann, wahrscheinlich der Wirt, an einem Tisch mit braunem Wachstuch beim Frühstück saß.

Er beschloß hineinzugehen, setzte eine fröhliche Miene auf und rief gleich an der Tür:

»Scheußliches Wetter, wie?«

Die Frau zuckte zusammen. Sicher hatte sie sich erschreckt und vielleicht an einen Überfall gedacht. Sie beäugte ihn mißtrauisch, als er sich an den Ofen setzte und fragte:

»Kann ich hier eine Tasse Kaffee bekommen?«

»Ja, natürlich.«

Eine Katze lag eingerollt auf einem Stuhl.

»Und auch ein wenig Brot und Butter dazu?«

Diese Leute wußten nicht, wen sie vor sich hatten, sie ahnten nicht, daß schon am nächsten Tag...

Er aß, obwohl er nicht hungrig war. Als es so hell war, daß man kein Licht mehr brauchte, bat er um Briefpapier.

Dann saß er vor billigem kariertem Papier, wie es in Dorfläden verkauft wird, blickte auf den trüben Fluß vor dem Fenster und schrieb:

Sehr geehrter Herr Chefredakteur,

Wie Ihre Zeitung gestern bekanntgab, hat ein gewisser Kommissar Lucas, der seit zwei Wochen behauptet, meine Verhaftung sei nur eine Sache von Stunden, gewöhnliche Verbrecher und Vorbestrafte freigelassen, damit sie mich verfolgen.

Könnten Sie bitte so freundlich sein, meinen Brief zu veröffentlichen, um diese unnötige Jagd und diese unwürdige Situation zu beenden?

Ich schreibe Ihnen zum letztenmal, und keiner wird mehr von mir hören. Ich weiß jetzt nämlich, wie ich das Ziel erreiche, das ich seit meinem Ausbruch aus dem bürgerlichen Leben in Groningen verfolge.

Wenn Sie diesen Brief erhalten, heiße ich nicht mehr Kees Popinga und muß mich nicht mehr wie ein Verbrecher vor der Polizei verstecken.

Dann habe ich einen ehrenwerten Namen, einen unanfechtbaren sozialen Status und gehöre zu jener Kategorie Leute, die sich alles erlauben können, weil sie genug Geld und Zynismus besitzen.

Sie werden verstehen, daß ich Ihnen nicht verrate, wo mein Wirkungsfeld sein wird, ob in London, Amerika oder doch in Paris.

Jedenfalls werde ich ins ganz große Geschäft einsteigen und mich auch nicht mehr mit Frauen wie Pamela oder Jeanne Rozier abgeben, sondern berühmte Schauspielerinnen und Filmstars um mich haben.

Dies ist alles, sehr geehrter Herr Chefredakteur. Ich wollte Sie als ersten informieren, weil Ihr Mitarbeiter Saladin, auf den ich eine Zeitlang böse war, mir mit seinem gestrigen Artikel einen großen Dienst erwiesen hat.

Wenn Sie diesen Brief in Händen haben, bin ich jedenfalls vom Erdboden verschwunden, und Kommissar Lucas kann seine Untersuchung, die er so brillant und korrekt geleitet hat, einstellen…

Damit werde ich den Beweis liefern, daß auch ein einfacher Angestellter, der immer nur die Spielregeln befolgt hat, seine Freiheit erobern und allein kraft seiner Intelligenz jede Situation meistern kann.

Mit verbindlichen Grüßen Ihres zum letztenmal mit diesem Namen zeichnenden

Kees Popinga

Fast hätte er noch ironisch hinzugefügt: Paranoiker. Aber sein Blick fiel auf die kleinen grüngestrichenen Boote und den Wirt, der an der Glastür stand und in den Regen stierte, und er rief spontan aus:

»Ich habe auch ein Boot!«

»Ach!« meinte der andere höflich.

»Aber ein ganz anderes Modell. Ich glaube, in Frankreich gibt es solche nicht…«

Er erklärte, wie sein Boot gebaut war, während die Wirtin mit Eimern kam, um ihre Putzaktion zu beginnen.

Als er so von seinem *Zeedeufel* erzählte, wurden seine Augenlider plötzlich ganz heiß, und er wandte den Kopf ab. Er sah sein schmuckes Boot vor sich, wie es am Ufersaum des Kanals dümpelte…

»Wieviel schulde ich Ihnen?« fragte er hastig. »Übrigens, wie komme ich am besten nach Paris?«

»Mit der Straßenbahn, fünfhundert Meter von hier.«

»Ist es weit nach Juvisy?«

»Man muß ab Alfortville mit dem Zug. Oder über Paris und von dort mit dem Bus...«

Es fiel ihm schwer, hier wegzugehen. Er betrachtete noch einmal den Tisch, an dem er gerade geschrieben hatte, den Ofen, die sich wohlig aalende Katze auf dem Strohstuhl, die alte Frau, die jetzt auf die Knie ging, um den Boden zu wischen, und den Mann im blauen Seemannspullover, der eine geschwungene Pfeife rauchte.

»Der fröhliche Karpfen...«, dachte Popinga.

Er hätte gern etwas gesagt, ihnen zu verstehen gegeben, daß sie ahnungslos ein großes Ereignis miterlebt hatten, und ihnen empfohlen, am nächsten Tag aufmerksam die Zeitung zu lesen.

Er zögerte noch immer. Am liebsten hätte er einen Schnaps getrunken, aber er mußte mit seinen zwanzig Franc haushalten.

»Ich gehe jetzt...«, sagte er seufzend.

Die Leute hatten ja nur darauf gewartet, denn sie fanden ihn schon etwas sonderbar.

Ursprünglich hatte er einen etwas anderen Plan gehabt. Er wollte in aller Ruhe, denn er hatte ja den ganzen Tag vor sich, an der Seine entlang zu Fuß bis Juvisy. Aber da er schließlich noch klar denken konnte, war ihm beim Schreiben des Briefes bewußt geworden, daß es keinen Sinn hatte, ihn in der Nähe von Juvisy einzustecken, denn man würde sofort einen Zusammenhang erkennen, und der ganze Brief wäre umsonst gewesen.

Besser, er fuhr nach Paris zurück. Er nahm die Straßenbahn. Von dem ruckartigen Fahren wurde ihm ganz übel, typisch für seinen Erschöpfungszustand. In der Nähe des Louvre kaufte er eine Briefmarke und steckte seinen Brief, nachdem er ihn eine ganze Weile schwebend in der Hand gehalten hatte, in einen Briefkasten. Von jetzt an brauchte er nicht mehr nachzudenken, sondern mußte einfach nur Punkt für Punkt und ohne einen Fehler zu machen das durchführen, was er beschlossen hatte.

Es regnete noch immer. Paris war grau, schmutzig und verwirrend wie ein Alptraum mit all den Leuten, die selber nicht zu wissen schienen, wohin sie eilten, und in der Nähe der Markthallen gab es Straßen, wo man auf Gemüseabfällen ausrutschte und wo es ganze Schaufenster voller Schuhe gab. Zum erstenmal fiel ihm diese Unzahl von Schuhgeschäften mit Hunderten von Schuhpaaren in der Auslage auf!

Er hätte in seinem Brief vielleicht auch noch schreiben sollen, daß…

Aber nein! Wenn er glaubhaft sein wollte, durfte er nicht zu viel schreiben. Und im übrigen war es sowieso zu spät. Zu spät für alles! Er hatte nicht einmal genug Schneid gehabt, jenem Mann die Kleider wegzunehmen!

Denn er brauchte unbedingt Kleider. Und in der Nacht hatte er irgendwo in der Nähe einer Metrobrücke einen Betrunkenen gesehen, der auf einer Bank schlief.

Er hätte ihn nur durch einen Schlag auf den Kopf zu betäuben und dann zu entkleiden brauchen. Was wäre da schon dabei gewesen? Der Mann hatte sich erbrochen. Eine leere Weinflasche lag neben ihm.

Popinga war sicher, daß er es nicht aus Mitleid unterlassen hatte. Darum ging es nicht. Er wußte einfach: Es war zu spät!

Selbst wenn er es von Anfang an versucht hätte, hätte er es nicht geschafft, das war ihm jetzt klar. Ein Zeitungsartikel hatte ihm den Schlüssel zu seinem Drama geliefert. Beim ersten Überfliegen ging ihm noch kein Licht auf, und er steckte diesen Artikel zu den anderen, die er belanglos fand.

Ganz offensichtlich, schrieb der Redakteur, der mit Charles Bélières zeichnete, *haben wir es hier mit einem Dilettanten zu tun ...*

Aber dann hatte er verstanden! Nämlich in dem Moment, als der Barkeeper ihm eröffnete, daß er um seine Brieftasche erleichtert worden war! *Er war ein Dilettant!* Deshalb behandelte ihn Kommissar Lucas so herablassend. Deshalb nahmen ihn die Journalisten nicht ernst. Deshalb hetzte Louis das ganze »Milieu« gegen ihn auf.

Ein Dilettant!... Es hätte nur an ihm gelegen, etwas anderes zu werden, aber dann hätte er schon früher damit anfangen müssen, und vor allem auf andere Weise...

Warum quälte er sich noch mit solchen Gedanken, da doch alles zu Ende war? Sollte er auch noch im Kopf krank werden, nachdem er schon einen verdorbenen Magen hatte? Außerdem mußte er sich jetzt um die Kleider kümmern und eine gewisse Straße wiederfinden, die er in der letzten Woche entdeckt hatte, eine schmale Straße hinter dem Städtischen Leihamt, wo Unmengen von Gebrauchtwaren angeboten wurden.

Er irrte durch ein seltsames Stadtviertel, durchquerte die Rue des Rosiers, die ihn an Jeanne erinnerte – was würde sie sagen? –, und überlegte kurz, seine Armbanduhr zu verkaufen. Aber wozu? Wieviel würde man ihm für eine Uhr geben, für die er achtzig Franc bezahlt hatte?

Er durfte nicht zimperlich werden und auch nicht vor den Kneipen die Augen verdrehen wie ein Kind, dem man ein Bonbon verweigerte. Alkohol würde nichts ändern! Das einzige, worauf es ankam, war sein Brief. Er dachte nochmals über einzelne Sätze nach und fand schließlich, daß der Brief alles in allem nicht so schlecht war, obwohl er mehrere Details vergessen hatte.

Welche Schlagzeile würde man darübersetzen? Welche Kommentare dazu verfassen?

Vor allem durfte er sich nicht mehr in den Schaufensterscheiben betrachten. Das war lächerlich und auffällig. Und vor allem würde es noch dazu führen, daß er sich selbst bemitleidete!

Er mußte weitergehen... So! Und nun befand er sich in der Rue des Blancs-Manteaux, da war auch der kleine Laden, den er in der letzten Woche bemerkt hatte. Es kam nun vor allem darauf an, daß er natürlich wirkte und sogar zu lächeln versuchte.

»Entschuldigen Sie, Madame...«

Ganz hinten im Laden stand inmitten von Klamottenbergen eine alte Dame.

»Ich möchte gern... Ich habe mir überlegt, mich für ein Kostümfest als Gammler zu verkleiden... Wäre das nicht lustig?«

Allerdings entdeckte er jetzt in einem bambusgerahmten Spiegel einen sehr fahl aussehenden Popinga. Die Erschöpfung vielleicht?

»Wieviel kostet ein alter Anzug wie dieser hier?«

Dieser Anzug war viel abgetragener als all jene, die Mutti in Groningen jedes Jahr an Ostern einem armen Alten schenkte.

»Den kann ich Ihnen für fünfzig Franc geben!... Der ist nämlich noch sehr gut... Er hat ein fast neues Futter...«

Eine ganz neue Erfahrung: Er hätte nie gedacht, daß ein alter Anzug so teuer sein könnte, und ein Paar ausgetretene Schuhe sollte zwanzig Franc kosten.

»Danke... Ich überlege es mir noch... Ich komme wieder.«

Die Frau lief ihm auf die Straße nach und rief:

»Kommen Sie! Ich gebe Ihnen das Ganze für sechzig Franc, weil Sie es sind... Und eine Mütze kriegen Sie auch noch dazu!...«

Er entfloh mit eingezogenen Schultern. Er besaß keine sechzig Franc und nicht einmal fünfzig. Nicht so schlimm! Er würde eine andere Lösung finden. Schon kam ihm eine Idee, die ihm ein sarkastisches Lächeln abzwang, denn das Schicksal spielte so, daß die Wirklichkeit jede Vorstellung übertraf.

Er würde seine Idee logisch bis ans Ende verfolgen!

»Nichts zu ändern...«

Er kam gerade noch rechtzeitig zu sich, er durfte doch nicht mitten auf der Straße Selbstgespräche führen... Es wäre einfach zu dumm, jetzt geschnappt zu werden.

Er ging weiter... betrat noch eine Kirche, aber dort fand gerade eine Hochzeit statt, deshalb verzog er sich wieder.

»Können Sie denn nicht aufpassen, Sie Idiot?«

Der Idiot, das war er, der fast unter ein Auto gekommen wäre! Er drehte sich nicht einmal um!

Wäre es nicht doch besser gewesen, sich schnappen zu lassen, einen Anwalt abzulehnen, sich vor dem Gericht bedächtig zu erheben, mit ruhiger und würdevoller Miene eine Akte zu öffnen und mit gedämpfter Stimme anzuheben:

»Sie haben alle geglaubt, daß...«

Zu spät! Warum fing er immer wieder von vorn an? Schon heute abend würde die Zeitung seinen Brief haben und ihn so schnell wie möglich an Kommissar Lucas weiterleiten.

Er fühlte sich seltsam müde, wie von einem Kater! Klar im Kopf und doch verwirrt. Die Passanten nahm er nur wie Schatten wahr, stieß manchmal mit einem zusammen, stammelte eine Entschuldigung und stürzte weiter; aber von dem, was er beschlossen hatte, vergaß er nicht die kleinste Kleinigkeit und fand dann auch ohne Schwierigkeiten den Weg zur Porte d'Italie, wo er sich über Abfahrtszeit und Fahrpreis des Busses nach Juvisy informierte.

Nachdem er seine Fahrkarte gekauft hatte, blieben ihm noch acht Franc fünfzig, und er überlegte, ob er damit essen oder trinken sollte, tat schließlich beides, indem er zuerst einen Kaffee mit zwei Hörnchen zu sich nahm und dann einen Schnaps trank, und danach gab es wirklich kein Zurück mehr, er würde nicht noch einmal essen und trinken können.

Kein Mensch ahnte etwas davon. Der Kellner bediente ihn wie einen ganz normalen Menschen, und jemand bat ihn sogar um Feuer!

Nachmittags gegen fünf saß er mit Leuten im Bus, denen nichts Besonderes an ihm auffiel.

Dabei hätte er sich vor ein paar Tagen, als er noch Geld besaß, mit einer Bombe in den Bus setzen und das ganze Vehikel samt Fahrgästen in die Luft sprengen können! Er hätte auch einen Zug entgleisen lassen können, was gar nicht so schwierig war!

Nun aber saß er hier aus freiem Entschluß, weil es zu spät war und er im Grunde eine noch bessere Lösung gefunden hatte.

Sie würden sich schwarz ärgern! Und Jeanne Rozier... Wer weiß? Er hatte immer gedacht, daß sie in ihn verliebt war, ohne es selber zu wissen... Künftig würde sie es noch mehr sein und erst so richtig erkennen, was für eine Null Louis war...

Er erkannte den steilen Abhang und die ersten Häuser von Juvisy wieder, stieg aus dem Bus, aber seine Knie waren so weich, daß er einen Augenblick stehenblieb, bevor er loszugehen wagte.

Dann machte er eine verwirrende Beobachtung. Er entdeckte die Werkstatt Goin & Boret und sah, daß die Zimmer im ersten Stock erleuchtet waren. War auch Goin freigelassen worden? Unwahrscheinlich. Dann hätte doch etwas darüber in der Zeitung gestanden. Und außerdem wäre bei Goins Anwesenheit auch in der Werkstatt Licht gewesen.

Nein! Das war bestimmt Rose, die man vorläufig auf freien Fuß gesetzt hatte! Bei diesem Gedanken hätte Popinga fast alles über den Haufen geworfen, denn er konnte kaum der Versuchung widerstehen, einfach hineinzugehen, ihr Angst einzujagen und vielleicht...

Nur wäre es dann mit allem aus gewesen, mit dem Brief und allem übrigen! Auch die Kneipe, wo er am

Automaten gespielt hatte und hinter den beschlagenen Fensterscheiben Männer in Eisenbahnerkluft sitzen sah, durfte er nicht betreten.

Vielleicht war es ein Fehler gewesen, etwas zu essen. Obwohl es ja nur eine Kleinigkeit gewesen war. Aber er hatte sich damit den Magen verdorben. Er ging durch menschenleere Straßen, überquerte den beschrankten Bahnübergang, ließ den Bahnhof hinter sich und sah aus der Ferne jenes erleuchtete Fenster, durch das er aus der Werkstatt geflohen war.

Wenn er sich jetzt nicht beeilte, verlor er den Mut. Auf die Uhrzeit kam es nicht an, denn es war ohnehin dunkel. Wichtig war nur, daß er die Seine fand, und Popinga erkannte, daß er die Gegend falsch in Erinnerung hatte, denn so weit er auch an der Eisenbahnlinie entlangging, der Fluß war noch immer nicht zu sehen.

Er durchquerte Ödland, Schrebergärten, stillgelegte Sandgruben, wo er fast in einen Wassergraben gefallen wäre. Vielleicht erschien ihm der Weg nur deshalb so weit, weil er müde war? Aber nein, er sah ja Lichter von Dörfern und Siedlungen und konnte abschätzen, wie weit er schon gegangen war.

Züge fuhren vorüber. Er schreckte zusammen und wandte sich ab, murmelte dann aber:

»Ist doch nicht schlimm, oder?«

Er wischte sich, weil es regnete, das Gesicht ab, aber er spürte genau, daß die Tropfen, die in seine Mundwinkel flossen, salzig waren.

Er begegnete einem Karren, der von einem trappelnden Pferd gezogen wurde. Aus der Ferne hatte er nur eine Laterne gesehen; aus der Nähe erkannte er dann zwei Menschen, einen Mann und eine Frau, die unter einer schweren Decke eng aneinandergedrängt dasaßen. Er spürte förmlich die Wärme der beiden Körper Hüfte an Hüfte...

»Ist doch nicht schlimm, oder?«

Dabei hätte er für sechzig Franc einen Anzug bekommen! Endlich entdeckte er unweit einer Eisenbahnbrücke die Seine. Er hatte das Gefühl, mehrere Kilometer gegangen zu sein.

Seine Armbanduhr war wieder einmal stehengeblieben. Es war eine schlechte Uhr, aber das spielte jetzt auch keine Rolle mehr.

Und bei alldem wußte er nicht einmal ganz genau, was »Paranoiker« bedeutete!

Es war kalt. Wieder so eine Gemeinheit des Schicksals! Dabei war er jetzt gewungen, sich seiner Schuhe zu entledigen, die aus einem Groningener Geschäft stammten, ebenso seiner Socken, die seine Frau hätte wiedererkennen können. Er tat dies an einer Böschung, wo stachlige Büsche wuchsen. Dann legte er auch Jackett, Weste und Hose ab und erschauderte.

Das einzige, was er hätte anbehalten können, da er es in Paris gekauft hatte, war das Hemd, er fand es aber dann doch zu lächerlich und zog auch dieses aus.

Danach schlüpfte er in seinen Mantel und starrte eine ganze Weile ins Wasser, das ein paar Meter vor ihm vorüberfloß.

Es war wirklich kalt. Vor allem, da er mit nackten Füßen in einer Pfütze stand! Besser, er beeilte sich, da es ja nun einmal sein mußte. Unbeholfen stieg er zum Fluß hinab und warf seine Kleider hinein.

Dann kletterte er mit zitternden Lippen die Böschung wieder hinauf, und als er bei einem grünen Signal, dessen Bedeutung er nicht erkannte, das Bahngleis erreichte, geschah etwas Merkwürdiges.

Während er bisher wie von einem inneren Fieber vorangetrieben worden war, wurde er jetzt plötzlich so ruhig wie nie zuvor.

Gleichzeitig sah er sich um und fragte sich, was er hier eigentlich machte und warum er splitternackt unter dem blauen Mantel über die Schwellen balancierte, um sich die Füße nicht im Schotter zu verletzen.

Seine Haare waren naß, sein Gesicht ebenfalls. Er schlotterte und starrte entsetzt in den Fluß, der seine Kleider wegtrug, die guten Kleider, die ihm, Kees Popinga, gehört hatten!

Ihm, der ein Haus in der besten Gegend von Groningen besaß, einen Ofen perfektester Bauart, Zigarren auf dem Kamin und einen erstklassigen Radioapparat für fast viertausend Franc!

Wenn es nicht so weit gewesen wäre, hätte er vielleicht versuchen können, einfach nach Hause zu gehen, lautlos durchs Küchenfenster einzusteigen, und am nächsten Morgen zu murmeln:

»War doch nicht so schlimm, oder?«

Was hatte er schon getan? Er wollte...

Nein! Daran durfte er nicht mehr denken, auf keinen Fall über all diese Dinge nachgrübeln, denn der Brief war nun einmal abgeschickt.

Es war zu Ende! Einen Zug auf dem Nebengleis hatte er schon verpaßt, den nächsten durfte er nicht verpassen, ganz davon abgesehen, daß ihn ein Gleisarbeiter entdecken konnte, denn er hatte bemerkt, daß Gleisarbeiter mit einer Laterne die Strecke abgingen.

Trotzdem, es war zu dumm... Auch wenn er nichts dafür konnte... Zu dumm, und dennoch legte er sich quer über das rechte Gleis und drückte die Wange auf die Schiene...

Die Schiene war eiskalt. Popinga weinte vor sich hin und spähte in die tiefe Finsternis, von wo bald ein kleiner Lichtschein auf ihn zukommen würde...

Danach würde es keinen Popinga mehr geben... Keiner würde es je erfahren, denn er würde nicht einmal mehr einen Kopf haben!... Und alle würden glauben, da er es ja so geschrieben hatte...

Er wäre fast aufgesprungen, denn er hörte ein Fauchen, er fror zu sehr, er hörte den Zug, der gleich an der Kehre auftauchen würde und...

Er hatte sich vorgenommen, die Augen zu schließen. Aber nun kam der Zug, und er behielt sie offen, er zog die Beine an, seine Augäpfel traten hervor, er bekam keine Luft mehr, obwohl sein Mund offenstand.

Das Licht näherte sich gleichzeitig mit dem Lärm, und plötzlich steigerte sich dieser Lärm und wurde stärker als alles, was er je gehört hatte, so daß er dachte, er wäre vielleicht schon tot.

Aber dann hörte er Stimmen und sonst nichts mehr, und nun erst begriff er, daß auf dem Nebengleis ein Zug angehalten hatte, daß zwei Männer aus der Lokomotive kletterten und Fenster heruntergelassen wurden.

Er stand auf. Wie, wußte er nicht. Er wußte auch nicht, wie er zu laufen angefangen hatte, aber er hörte deutlich, wie einer der Lokführer schrie:

»Vorsicht! Er läuft weg!«

Das stimmte nicht. Er konnte nicht mehr gehen. Er hatte sich hinter einem Busch versteckt, andere liefen um ihn herum, und einer sprang plötzlich auf ihn wie auf ein gefährliches Tier und verdrehte ihm beide Handgelenke.

»Achtung auf dem Gegengleis!...«

Für ihn war es zu Ende. Er bemerkte gar nicht, daß nun auf dem Gleis, das er gewählt hatte, ein Schnellzug vorüberdonnerte, ebensowenig bemerkte er, daß man ihn in Begleitung eines Mannes, einer Frau und des Zugführers in ein Zweiter-Klasse-Abteil setzte.

Ihr Problem! Ihn ging dies nichts mehr an!

12

Es ist ein Unterschied, ob man eine schwarze Schachfigur in eine Teetasse oder in ein Bierglas wirft

Ihr Problem! Er jedenfalls zuckte nicht mit der Wimper, als er, in seinen Mantel gehüllt, auf dem Bahnsteig der Gare de l'Est das Spalier von Neugierigen abschritt, die sich gegenseitig anstießen und Witze rissen.

Er war die Würde selbst und ließ diese primitive Neugier an sich abgleiten. Als er dann in der Dienststelle der Bahnpolizei saß, verlor er auch da seine Ruhe nicht, hielt es aber für unnötig, Fragen zu beantworten, sondern sah sein Gegenüber nur ungläubig staunend an. Da es doch ein für allemal klar war, daß sie ihn nie verstehen würden!

Dann schlief er auf einer schmalen und harten Liege ein. Man weckte ihn, um ihm Kleidung eines Schaffners zu verpassen. Sie war ihm zu eng, er konnte die Weste nicht zuknöpfen, aber das war ihm gleichgültig.

Es war schon fast hell, als man ihm ein Paar Filzpantoffeln mit Ledersohlen brachte, weil man keine Schuhe in seiner Größe gefunden hatte.

Beeindruckt waren aber immer nur die andern! Sie betrachteten ihn mit einer Art ängstlichem Respekt, als verfügte er plötzlich über die Macht, sie alle zu verhexen!

»Wollen Sie nicht endlich sagen, wer Sie sind?«

Ach nein! Wozu denn? Er zuckte nur mit den Schultern.

Man setzte ihn in ein Taxi. Er erkannte den Justizpalast, sie fuhren in einen der Innenhöfe ein. Dann kam er in eine ziemlich helle Zelle mit einem Bett. Nachdem er wieder geschlafen hatte, betatschte ihn ein aufgeregtes Männchen mit grauem Kinnbart am ganzen Körper und stellte eine Menge Fragen.

Popinga antwortete nicht. Dabei wußte er es noch gar nicht – bis er eine Stimme draußen im Gang rufen hörte:

»Herr Professor Abram!... Herr Professor Abram, bitte ans Telefon...«

Dies war also der Erfinder des »Paranoikers«, der jetzt ans Telefon lief, nachdem er die Tür sorgfältig hinter sich geschlossen hatte.

Was kümmerte es Popinga, ob er sich hier im Gefängniskrankenhaus oder sonstwo befand? Alles, was er sich wünschte, war ein bißchen Ruhe, denn er hätte, egal wo, auf einer Bank oder auf dem Boden, zwei, drei, ja vielleicht sogar vier Tage hintereinander schlafen können.

Da nun einmal alles zu Ende war...

Er hatte seine Armbanduhr nicht mehr und auch sonst nichts. Man hatte ihm heiße Milch gebracht. Dann legte er sich in der Zwischenzeit, bis der Professor zurückkommen würde, wieder hin, und dies dauerte wohl lange, denn er schlief, und als man ihn weckte, war da nicht mehr Abram, sondern irgendein Mensch in Zivil, der ihm Handschellen anlegte und ihn durch ein ganzes Labyrinth von Gängen und Treppen schleppte, bis sie in ein Büro kamen, das nach Pfeifenqualm roch.

»Lassen Sie uns allein!«

Die Seine, die man durchs Fenster sehen konnte, war gelb. Ein ganz gewöhnlicher Mann, ein wenig dick und ein wenig kahl, saß da und winkte Popinga, sich ebenfalls zu setzen.

Popinga gehorchte brav, ließ sich schafsgeduldig betrachten und betasten.

»Jaja!...«, brummte sein Gegenüber und beobachtete ihn zuerst aus der Ferne, dann aus der Nähe und sah ihm schließlich in die Augen.

Dann sagte er unvermittelt:

»Was ist Ihnen denn da eingefallen, Monsieur Popinga?«

Er zuckte nicht mit der Wimper. Was interessierte ihn schon, ob dieser Mann hier der berühmte Kommissar Lucas war oder nicht. Genausowenig wie ihn interessierte, daß jetzt die Tür aufging und eine Frau im grauen Fehmantel hereinkam, abrupt stehenblieb und hervorstieß:

»Das ist er ... Aber wie der sich verändert hat!«

Und nun? Wer würde jetzt noch an die Reihe kommen?

Die anderen wickelten ihre Geschäfte ungeniert vor seinen Augen ab. Lucas setzte ein Protokoll auf, das Jeanne Rozier mit ängstlichen Blicken auf Popinga unterschrieb.

Und jetzt? Würden auch noch Louis, Goin und all die anderen, einschließlich Rose, hier vorbeidefilieren?

Wenn man ihn doch schlafen ließe! Was konnte es ihnen ausmachen, da sie ihn dann doch nach Belieben betrachten und sogar abtasten durften?

Er wurde allein gelassen, dann kamen wieder Leute, er wurde aufs neue allein gelassen, dann führte man ihn in seine Zelle zurück, wo er sich endlich hinlegen konnte.

Als ob er so dumm gewesen wäre, ihnen jetzt zu erklären, daß er gar nicht verrückt war!

Nachdem die Partie ohnehin verloren war ...

Vielleicht hätte man es ihm ja ersparen können, ihn zwei- oder dreimal täglich durch die ganzen Gänge und über all die Treppen des Justizpalastes zu Kommissar Lucas zu führen, wo im Dunkeln immer wieder andere Personen standen, die gefragt wurden:

»Erkennen Sie ihn?«

»Nein ... Das ist er nicht ... Er war kleiner ...«

Man legte ihm auch seine Briefe vor.

»Ist das Ihre Handschrift?«

Er murmelte nur:

»Weiß ich nicht.«

Man hätte ihm auch einen Anzug in seiner Größe und Socken kaufen können, denn er hatte immer noch keine Socken! Und die Leute, die in einem merkwürdigen Raum im obersten Stockwerk Fotos von ihm machten und seine Fingerabdrücke nahmen, hätten ihn auch nicht eine Viertelstunde lang völlig nackt in einer Art Vorzimmer sitzen zu lassen brauchen! Aber ansonsten...

Popinga gewöhnte sich so gut ein, daß er an dem Vorlesungstag keine Miene verzog. Dabei war er darauf nicht gefaßt gewesen. Man hatte ihn in einen kleinen Raum geführt, wo schon zwei oder drei offensichtlich geisteskranke Personen warteten. Etwa jede Viertelstunde wurde eine von ihnen abgeholt und kehrte nicht mehr zurück. Eine nach der anderen!

Popinga war als letzter übriggeblieben. Schließlich holte man auch ihn ab, und dann befand er sich plötzlich auf einem Podium, wo eine Wandtafel stand und der winzige Professor Abram herumfuchtelte. Vor dem Podium saßen in einem schwach erleuchteten Saal etwa dreißig Personen, die sich Notizen machten, Studenten, aber auch Leute, die zu alt waren, um noch Studenten zu sein.

»Treten Sie näher, mein Freund... Sie brauchen keine Angst zu haben... Ich möchte Sie nur bitten, auf die paar Fragen zu antworten, die ich Ihnen stellen werde.«

Kees war fest entschlossen, nicht zu antworten. Er hörte nicht einmal zu! Er merkte, daß Professor Abram noch schwierigere Termini gebrauchte als »Paranoiker« und daß die anderen eifrig mitschrieben. Einige dieser Herren näherten sich, um ihn genauer anzusehen, und einer nahm mit einem Instrument seine Schädelmaße ab.

Na, wenn schon... Die eigentlichen Idioten waren doch sie! Oder vielleicht nicht?

Einmal kamen sie auch auf die Idee, ihn ins Sprechzimmer zu führen und ihn hinter einem Gitter unvermittelt Mutti gegenüberzustellen, die es für nötig gehalten hatte, sich wie eine Witwe ganz schwarz anzuziehen.

»Kees!...« rief sie aus und faltete die Hände. »Kees!... Erkennen Sie mich?...«

Wahrscheinlich weil er sie so ganz ruhig ansah, stieß sie dann einen Schrei aus und fiel in Ohnmacht.

Was würden sie sich noch einfallen lassen? Einen Bericht in den Zeitungen? Das konnte Popinga völlig gleichgültig sein, denn er las sie ohnehin nicht!

Andere Leute, vermutlich Psychiater, suchten ihn auf. Nach einiger Zeit erkannte er sie schon daran, daß sie immer die gleichen Fragen stellten.

Aber er hatte den Dreh heraus. Er sah ihnen ungläubig staunend ob all des Aufhebens so tief in die Augen, daß sie es nicht lange aushielten.

Schlafen!... Essen und wieder schlafen und nicht sehr deutliche, oft aber ganz angenehme Dinge träumen...

Eines Tages brachte man ihm einen neuen Anzug, den wohl Mutti besorgt hatte, denn er paßte ganz gut. Am nächsten Tag setzte man ihn in einen Zellenwagen, der vor einem Bahnhof hielt. Danach bestieg er in Begleitung zweier Herren in Zivil einen Zug.

Die beiden Herren wirkten besorgt, während Kees die Abwechslung genoß. Die Vorhänge waren zugezogen, aber es gab Schlitze, durch die er die Leute sehen konnte, die immer wieder im Gang auftauchten, weil sie hofften, ihn erspähen zu können.

»Meinen Sie, wir können heute nacht noch zurück?«

»Weiß nicht. Das hängt von denen ab, die ihn in Empfang nehmen.«

Seine beiden Reisegefährten spielten schließlich Karten und boten ihm Zigaretten an, die sie ihm mit herablassender Geste in den Mund steckten, als wäre er dazu nicht selber fähig gewesen.

Alle Leute waren aus der Zeitung darüber informiert, was sich hier abspielte, nur er nicht, aber es war ihm gleichgültig. Er mußte sogar lächeln, als sie die belgische, dann die holländische Grenze passierten, denn ein Wort der beiden Männer genügte, damit die Zöllner ihr Abteil nicht kontrollierten.

Nach der holländischen Grenze setzte sich übrigens ein Polizist mit ins Abteil. Da er sich nicht auf französisch unterhalten konnte, las er in seiner Ecke Zeitung.

Danach gab es ein langes Hin und Her und sogar Fotografen, die ihm am Bahnhof und in den Gängen des Gerichtsgebäudes von Amsterdam auflauerten; Popinga blieb ruhig, lächelte nur oder antwortete auf die Fragen:

»Ich weiß nicht.«

Es gab auch einen holländischen Abram, sehr viel jünger als jener in Paris, der ihn über eine Stunde lang untersuchte, ihm eine Blutprobe entnahm, ihn röntgte und abhorchte und dabei Selbstgespräche führte, so daß Kees fast gelacht hätte.

Damit war die Sache dann beendet! Die Außenstehenden wußten dies, er nicht. Man hielt ihn wohl endgültig für verrückt, denn man gab ihm keinen Anwalt und redete nicht vom Schwurgericht.

Ganz im Gegenteil! Er wurde in einem Vorort Amsterdams in einem großen Ziegelsteingebäude untergebracht. Durch die vergitterten Fenster blickte er auf einen Fußballplatz, wo jeden Donnerstag und Sonntag gespielt wurde.

Das Essen war gut. Man ließ ihn fast so lange schlafen, wie er wollte. Dann mußte er Übungen machen, bei denen er sich anstellig zeigte.

Er war allein in einem kleinen weißen, kaum möblierten Zimmer, und etwas mühsam war nur, daß er alles mit dem Löffel essen mußte, da man ihm weder Messer noch Gabel gab.

Aber was machte das schon? Es war doch eher amüsant! Sie hielten ihn alle für verrückt.

Unheimlich waren allerdings gewisse Schreie, die nachts aus anderen Zimmern kamen und auf die undeutliche Geräusche folgten. Er selber schrie niemals. So dumm war er nicht.

Der Arzt war ungefähr so alt wie er, und auch er trug graue Anzüge und eine Brille mit Goldrand. Er kam einmal täglich, immer ganz herzlich und aufgeräumt.

»Nun, mein Freund, haben wir gut geschlafen? Immer noch trübselig? Sie werden schon sehen, daß Sie darüber hinwegkommen! Sie haben eine eiserne Gesundheit und überwinden das schnell. Lassen Sie mich mal Ihren Puls fühlen…«

Und Popinga hielt ihm brav sein Handgelenk entgegen.

»Hervorragend! Hervorragend!… Noch ein bißchen Unlust, aber das wird vergehen. Da habe ich ganz andere gesehen…«

Und schließlich dann im Sprechzimmer, in Anwesenheit einer Krankenschwester, ein Besuch Frau Popingas. In Paris hatte sie nichts zu sagen vermocht, weil sie in Tränen ausgebrochen und dann in Ohnmacht gefallen war. Hier schien sie einen Kräftevorrat mitgebracht zu haben.

Sie hatte ein Kleid an, das sie früher immer trug, wenn sie zu ihrem Wohltätigkeitsverein ging, ein hochgeschlossenes dunkles, sehr einfaches Modell.

»Hörst du mich, Kees? Kann ich mit dir reden?«

Er nickte, mehr aus Mitleid.

»Ich darf dich nur jeden ersten Dienstag im Monat besuchen... Sag mir jetzt zuerst einmal, ob du etwas brauchst...«

Er schüttelte den Kopf.

»Du bist sehr unglücklich, nicht wahr?... Aber wir sind es auch... Ich weiß nicht, ob du verstehst, ob du dir vorstellen kannst, was alles geschehen ist... Ich bin fürs erste nach Amsterdam gezogen und habe eine Anstellung in der Keksfabrik de Jonghe bekommen... Ich verdiene nicht viel, aber ich werde geschätzt...«

Er mußte sich ein Lachen verbeißen, weil er daran dachte, daß auch die Keksfabrik de Jonghe bunte Sammelbildchen zum Einkleben ausgab, was ja nun wirklich wie geschaffen für seine Frau war.

»Ich habe Frida von der Schule genommen, sie hat nicht einmal geweint. Jetzt lernt sie Stenographie und bekommt eine Anstellung bei der Firma de Jonghe, sobald sie ihre Abschlußprüfung gemacht hat. Du sagst ja nichts, Kees!«

»Ich finde das sehr gut!«

Als sie jetzt so plötzlich seine Stimme hörte, brach sie in Tränen aus und tupfte sich die rote Nase mit dem Taschentuch.

»Was ich mit Carl machen soll, weiß ich noch nicht genau; er will auf die Seefahrtsschule in Delfzijl. Vielleicht bekomme ich ja ein Stipendium für ihn...«

So brachte man sich also durch! Sie besuchte ihn nun jeden ersten Dienstag im Monat. Sie redete nie über die Vergangenheit, sondern sagte:

»Carl hat durch deinen alten Freund de Greef das Stipendium bekommen. Das war sehr freundlich …«

Oder:

»Wir sind umgezogen, weil unsere Wohnung zu teuer war. Jetzt leben wir bei einer sehr feinen Dame, einer Offizierswitwe, die ein Zimmer vermietet und …«

Alles bestens, oder? Er schlief viel. Er machte seine Übungen und seinen Spaziergang im Hof. Der Arzt, dessen Namen er nicht wußte, begann sich für ihn zu interessieren.

»Was würde Ihnen denn mal Freude machen?« fragte er ihn eines Tages.

Und da es noch zu früh war, antwortete Popinga:

»Ein Heft und ein Bleistift.«

Es war wirklich noch zu früh, deshalb schrieb er mit absichtlich gespreizter Handschrift nur folgende Überschrift hinein:

Die Wahrheit über den Fall Kees Popinga.

Er hatte eine Menge Ideen zu diesem Thema. Er nahm sich vor, das ganze Heft vollzuschreiben und danach noch weitere Hefte zu verlangen, um einen erschöpfenden und wahrheitsgetreuen Bericht über seinen Fall zu verfassen.

Er hatte noch genug Zeit, darüber nachzudenken. Am ersten Tag zeichnete er unter die Überschrift nur dekorative Schnörkel, wie sie in der Romantik üblich waren. Dann steckte er das Heft unter sein Kopfkissen. Am nächsten Tag betrachtete er es lange und legte es wieder an seinen Platz.

Für seine Zeitrechnung mußte er sich an den ersten Dienstag im Monat halten, denn einen Kalender besaß er nicht in seinem Zimmer.

»Was meinst du dazu, Kees?... Frida hat das Angebot, bei einem Journalisten zu arbeiten... Ich überlege, ob...«

Natürlich! Auch er überlegte das... Warum nicht?

»Sie soll es ruhig annehmen.«

»Meinst du?«

War das nicht komisch, daß man ihn hier in der Irrenanstalt aufsuchte, um ihn um seinen Rat zu fragen? Es wurde langsam zur Gewohnheit, daß er bei allem gefragt wurde, auch bei ganz unwichtigen Details, über die es früher in Groningen lange Debatten gegeben hatte.

»Manchmal meine ich, wenn wir eine Wohnung mit Küche hätten... Das würde natürlich mehr Miete kosten, aber andererseits...«

Aber ja! Natürlich! Er war einverstanden. Er gab auch seinen Senf dazu. Und Mutti war mehr Mutti denn je, wenn sie jetzt auch nicht mehr Sammelbildchen bei sich zu Hause, sondern wer weiß was bei de Jonghe klebte.

»Ich bekomme die Kekse zum halben Preis…«

»Ist doch wunderbar, oder?«

Nachdem ihn nun doch kein Mensch mehr würde verstehen können, war vielleicht alles besser so!

Er führte sich so gut, daß er die Erlaubnis bekam, täglich zwei oder drei Stunden mit zwei Geisteskranken zu verbringen, von denen der eine erst bei Eintritt der Dunkelheit durchdrehte, während der andere der friedlichste Mensch der Welt war, solange man ihn nicht ärgerte.

»Aufpassen, Kees!« hatte der Arzt zu ihm gesagt. »Bei der geringsten Dummheit sind Sie wieder allein…«

Warum hätte er diese guten Leute ärgern sollen? Er ließ sie reden. Und dann, wenn sie ausgeredet hatten, kam es vor, daß er anhob:

»Als ich in Paris war…«

Aber dann unterbrach er sich schon bald:

»Das könnt ihr nicht verstehen? Macht nichts. Ein Jammer nur, daß ihr nicht Schach spielt.«

Er bastelte sich mit Seiten aus seinem Heft ein Schachspiel und spielte ganz allein. Eigentlich nicht aus Langeweile, denn er langweilte sich nie, sondern eher aus alter Gewohnheit.

Was ließ sich jetzt noch ändern? Nicht einmal der Gedanke an Kommissar Lucas versetzte ihn in Wut. Er sah ihn noch vor sich, wie er ihn umkreiste, ausfragte und betastete, und wußte genau, daß er, Popinga, die Partie gewonnen hatte. Also dann?

O nein! Er war nicht der Typ, der seine Gefährten oder gar Mutti, die sich nicht verändert hatte, verärgern würde!

Und es kam auch schon vor, daß er gar nicht mehr darauf achtete, wie die Zeit verstrich, so daß er eines Tages lächeln mußte, als Mutti ihm ankündigte:

»Ich bin etwas ratlos… Ich weiß gar nicht, was ich tun soll… Der Neffe der de Jonghes hat sich in Frida verliebt und…«

An ihrer Aufregung konnte Kees Popinga ablesen, daß sie von draußen kam und daß ihr seine Erfahrung fehlte. Aus so etwas eine Staatsaffäre zu machen! Als hätte das Schicksal der ganzen Welt davon abgehangen!

»Wie ist er?«

»Nicht übel… Wohlerzogen… Vielleicht nicht besonders kräftig. Er hat seine Kindheit zum Teil in der Schweiz verbracht.«

Wenn das nicht zum Totlachen war!

»Ist Frida in ihn verliebt?«

»Sie hat gesagt, wenn sie ihn nicht bekommt, heiratet sie nie.«

Frida mit den ausdruckslosen Augen! Das Leben hielt doch noch Überraschungen bereit.

»Sag ihnen, sie sollen heiraten.«

»Es ist nur so, daß die Eltern des jungen Mannes…«

…natürlich ihre Bedenken haben, wenn ihr Sohn die Tochter eines Verrückten heiraten will!

Sollten sie doch ihre Pläne machen! Mehr konnte er nicht tun. Er hatte sich sogar schon ein wenig zu weit vorgewagt, da der Arzt ihn nämlich eines Tages dabei antraf, wie er über einem Schachproblem brütete und, nachdem er eine Viertelstunde hinter ihm gestanden und auf die Lösung gewartet hatte, schließlich murmelte:

»Was meinen Sie, sollen wir hin und wieder zur Teestunde eine Partie spielen? Ich sehe, Sie haben ganz schön was los!«

»Ist doch ganz einfach, oder?«

Als er dem Arzt aber dann an einem richtigen Schachspiel mit Figuren aus Buchsbaum und hellem Holz gegenübersaß, konnte er der Versuchung nicht widerstehen, sich einen Scherz zu erlauben.

Sie befanden sich weder im Schachclub von Groningen noch am Boulevard Saint-Michel in Paris. Auf dem Tisch standen nur Teetassen, doch als Popinga sah, daß er von einem Läufer bedroht wurde, mußte er diesen einfach, während er mit einer anderen Figur vorrückte, verschwinden lassen. Er ließ ihn in seine Teetasse fallen, wie er es seinerzeit mit dem Glas Dunkelbier gemacht hatte.

Der Arzt war im ersten Augenblick verblüfft, sah die Figur in der Teetasse und fuhr sich mit der Hand über die Stirn. Dann erhob er sich und murmelte:

»Entschuldigen Sie ... Ich habe noch einen Termin ...«

Wahrhaftig! Und wenn Popinga dies nun mit Absicht getan hätte? Wenn es ihm Spaß machte, sich an gewisse Dinge zu erinnern...

»Entschuldigen Sie bitte auch«, sagte er. »Das ist eine alte Geschichte, die ich Ihnen nicht erklären kann. Sie würden sie doch nicht verstehen!«

Schade! Aber es war sicherer so. Dies zeigte sich schon daran, daß dem Arzt plötzlich einfiel, ihn nach dem Heft zu fragen, das er ihm für die Niederschrift seiner Memoiren gegeben hatte und in dem bis jetzt immer noch nur stand:

Die Wahrheit über den Fall Kees Popinga.

Der Arzt sah erstaunt auf und schien sich zu fragen, warum sein Patient nicht mehr geschrieben hatte. Da fühlte sich Popinga veranlaßt, mit einem gezwungenen Lächeln zu murmeln:

»Es gibt keine Wahrheit, oder?«

Georges Simenon, 1903 in Liège geboren, verließ wegen der Krankheit seines Vaters früh die Schule und begann kurz eine Konditor- und eine Buchhändlerlehre, bevor er von der *Gazette de Liège* als Lokalreporter eingestellt wurde. Nach ersten Erzählungen, einer Zeit in Paris als Privatsekretär eines Schriftstellers und eines Marquis begann Simenons unvergleichliche Schaffenswut. Den ersten einer Reihe von mehr als 180 Groschenromanen, *Le roman d'une dactylo,* schrieb er an einem Vormittag im Sommer 1924 auf einer Café-Terrasse. Während Monaten lebte er auf seinem Boot, mit dem er bis nach Lappland fuhr, und verfaßte Reiseberichte und erste Maigret-Romane. Manisches Schreiben und ständige Ortswechsel, die ihn um die ganze Welt und schließlich Anfang der siebziger Jahre in ein altes Häuschen in einem Lausanner Neubauviertel führten, bestimmten dreißig Jahre lang sein Leben. In Lausanne, wo Simenon 1989 gestorben ist, entschloß er sich, keine Romane mehr zu schreiben und statt dessen ausgreifende autobiographische Arbeiten zu diktieren. Sein reiches Leben krönte er mit der Niederschrift der monumentalen *Intimen Memoiren.*

Georges Simenon
im Diogenes Verlag

Seit 1977 betreut der Diogenes Verlag das Gesamtwerk Georges Simenons in einer Werkausgabe.
Seit 1995 werden Simenons Werke im Rahmen einer *Neuedition* wieder aufgelegt. Von den über 200 Bänden, die im Laufe der Jahre erschienen sind, sind bis heute rund ein Drittel in zum Teil neuen oder überarbeiteten Übersetzungen erhältlich.

»Er schrieb 193 Romane und 51 Erzählungen unter seinem Namen und über 200 Romane unter 18 verschiedenen Pseudonymen, sein Werk wurde weltweit mehr als eine halbe Milliarde mal verkauft und in 200 Sprachen übersetzt. Damit ist er, nach Jules Verne und Shakespeare, der erfolgreichste Schriftsteller aller Zeiten. Die meisten seiner Bücher schrieb er in weniger als zwei Wochen, und in den 42 Jahren seines Schriftstellerlebens, von dem er sich 1972 zurückzog, schrieb er jährlich durchschnittlich 4 bis 5 Bücher. 56 Kinofilme wurden bisher nach seinen Romanen und Erzählungen gedreht (zu denen u. a. Patricia Highsmith, Jean Anouilh und Marcel Aymé die Drehbücher schrieben) und über 280 Fernsehfilme.«
Patrick Marnham